Stefan Meißner · **jedermann**

STEFAN
MEIßNER

Bibliografische Information der Deutschen Nationalbibliothek: Die Deutsche Nationalbibliothek verzeichnet
diese Publikation in der Deutschen Nationalbibliografie;
detaillierte bibliografische Daten sind im Internet über
dnb.dnb.de abrufbar.

© 2023 Stefan Meißner

Lektorat: Carsten Panitz
Gestaltung und Satz: Martin Mellen, Bielefeld
Herstellung und Verlag: BoD – Books on Demand,
Norderstedt

ISBN 978-3-7448-1880-3

Erster Teil

Erster Teil

1

Der California Zephyr gleitet langsam über die Schienen. Vor dir breitet sich die Sierra Nevada aus. Die Sonne steht hoch am Himmel und brennt braun herab. Alles ist ausgetrocknet. An den Hängen wachsen vereinzelt Pflanzen. Weißkiefern lassen schlaff ihre Nadeln hängen.

Du hattest nie viel übrig für Nadelbäume. Diese verdammten Nadeln vom Weihnachtsbaum findest du noch im April in irgendwelchen Wohnzimmerritzen! Es ärgert dich, dass du ausgerechnet jetzt daran denken musst. Hier soll alles anders sein.

Das ist Natur. Die rohe, ungebundene Natur. Tief unten im American River wurde damals der erste Goldnugget gefunden. Die Bergkette vor dir ist mit Schnee bedeckt. Du starrst auf die Landschaft. Bedrohliches Weiß vor pixeligem Himmel. Du siehst abgetrennte Körperteile, die über dem Feuer gebraten und halb roh von Mäulern zerkaut werden.

Diese Bilder sind nicht programmiert, aber nötig.

»Papa, können wir nicht was Richtiges zocken? Das ist total langweilig!«

Ich blickte vom Monitor auf. Mein Sohn hatte sich mein Smartphone geschnappt und versuchte nun frustriert, die Tastensperre zu umgehen. Ich sah durch das Kellerfenster. Draußen dämmerte es bereits. Ich seufzte. »Dann lass uns mal nach oben gehen. Wir essen gleich. Und Händewaschen nicht vergessen.«

»Warum spielen wir nie die Spiele, die ich spielen will? Papa, ich will eine Playstation. Außerdem habe ich mir eben erst die Hände gewaschen, als wir nach Hause gekommen sind.«

»Dann wäschst du sie bitte noch mal, Finn. Das hatten wir doch schon. Wir brauchen keine Konsole.«

»Aber wir spielen immer nur diesen ollen Zugsimulator. Immer nur diesen langweiligen Kack.«

»Finn!«

»Was denn? Ich habe nicht Scheiße gesagt.«

»Finn, es reicht mir langsam. Es gibt keine Playstation.«

»Das ist total unfair. Max hat auch eine.«

»Es ist mir egal, was Max hat. Wir gehen jetzt nach oben zum Essen, und du wäschst dir vorher die Hände. Schluss. Aus. Ende. Keine Diskussion.«

»Du bist total unfair.« Finn schmiss mein Smartphone auf den Schreibtisch und lief aus dem Keller nach oben.

Noch vor einer Woche hätte ich jetzt die Kellertür zuknallen hören müssen. Ich hatte jedoch vor ein paar Tagen einen Zugluftstopper an der Tür installiert, der nun seine Bewährungsprobe bestand. Dabei hatte ich das Ding nur mit größter Mühe an der Tür festbekommen. Im Baumarkt hatte mich einer der bärtigen Mitarbeiter stirnrunzelnd angesehen und dann belustigt mit dem Kopf geschüttelt, als er verstand, was ich zu kaufen beabsichtigte. ›Wieder so ein Pantoffelheld‹, hatten seine Augen gesagt, um mir dann das teuerste Ding anzudrehen. Aber das war mir egal. Zumindest konnte Finn jetzt nicht die Kellertür zuknallen.

Als ich auf den Monitor blickte, schlängelte sich der Zephyr langsam den schneebedeckten Donnerpass hinauf. Überall weiß. Der Anblick ließ eine merkwürdige Übelkeit in mir aufsteigen. Ich beendete schnell den Train Simulator, fuhr den Computer herunter und ging nach oben in die Küche. Zufrieden stellte ich fest, dass hinter mir die Kellertür geräuschlos ins Schloss fiel.

2

Ich stellte den Saab auf dem Parkplatz ab und ging zum Anmeldeschalter. Meine Frau wollte schon lange einen neuen Wagen kaufen. »Einen Kombi mit viel Platz. Wegen der Kinder«, wie sie sagte. Bisher hatte ich dem Drängen meiner Frau stets standhalten können. Ich hoffte inständig, dass es mir ein weiteres Mal gelang. Seit einiger Zeit kam aus dem Motorraum ein Geräusch, das dort nicht hingehörte. Ein merkwürdiges Klacken. Ich kannte mein Auto seit über zwei Jahrzehnten. Dieses Geräusch hatte ich vorher noch nie gehört und es versprach nichts Gutes.

Ich hatte mir eine Filiale einer möglichst großen und damit unpersönlichen Werkstattkette ausgesucht. Zuvor war ich bei einer Reihe von kleineren Werkstätten gewesen. Doch deren Mitarbeiter wollten mich alle für dumm verkaufen. Mal spotteten sie darüber, dass ich zu viel Öl nachgefüllt hatte und sie das Auto hatten abschleppen müssen. Andere versuchten mich übers Ohr zu hauen, in dem sie Sachen am Wagen reparierten, die meiner Meinung nach gar nicht kaputt gewesen waren. Werkstätten, Baumärkte und Tankstellen waren wirklich keine Orte, an denen ich mich wohlfühlte.

Unbehaglich betätigte ich die Klingel und ein bärtiger Mitarbeiter kam zum Tresen. Ich überreichte ihm den Zettel mit dem Auftrag, den ich ein paar Tage zuvor von einem seiner Kollegen erhalten hatte.

»Okay«, sagte er und reichte mir ein Formular. »Hier noch Ihre Unterschrift.«

Er setzte mich in einen der roten Kunstledersessel, die im Eingangsbereich der Filiale standen. Natürlich lagen Autozeitschriften auf dem kleinen Beistelltisch, um den herum zwei Sessel und ein ebenfalls rotes Sofa angeordnet waren. Ich nahm die Magazine nacheinander in die Hand. Merkwürdigerweise befand sich weit unten im Stapel eine Frauenzeitschrift. Das schien mir die verlockendste Lektüre zu sein. Ich sah mich um. Glücklicherweise wartete außer mir niemand auf sein Auto und die Mitarbeiter achteten nicht weiter auf mich. Ich konnte das Frauenmagazin unbemerkt an mich nehmen und steckte es in eine *Autowelt*.

Das Privatleben der Hollywoodstars oder die Intrigen und Geheimnisse der Königshäuser hatten mich noch nie sonderlich interessiert. Meine Frau kannte sich auf diesem Gebiet sehr gut aus, denn in ihrer Praxis hatten immer Unmengen dieses Lesestoffs ausgelegen und ich hatte sie deswegen oft mit ihrem Wissen aufgezogen. Ich blätterte durch Artikel über Botoxlippen und Brustvergrößerungen, was mich gut unterhielt.

Ich blickte nach draußen, wo gerade mein Auto in die Werkstatt gefahren wurde. Der Mitarbeiter gab entschieden zu viel Gas. Das Silber des Wagens verschwand hinter einer grauen Betonwand und ich hoffte, dass es nicht zu teuer werden würde. Jede Reparatur musste ich schließlich vor meiner Frau rechtfertigen.

Eine Sängerin trauerte um ihren Hund und hatte sich schon eine exakte Kopie ihres Lieblings angeschafft, dem sie den gleichen Namen gegeben hatte. Auf zwei nebeneinander angeordneten Fotos waren die Tiere abgebildet, die genau wie ihr Frauchen toupiert waren. Ein deutscher Schauspieler warb für seinen Film, der ihm persönlich ganz neue Perspektiven auf sich selbst und auf das Leben im Allgemeinen eröffnet habe. Es handelte sich um eine seichte

Komödie, die bald in die Kinos kam.

»Ist hier noch frei«, fragte eine Frauenstimme.

Ich fuhr so ruckartig zusammen, dass beinahe das Frauenmagazin aus seiner Autoweltummantelung gefallen wäre. Vor mir stand eine Polizistin. Blond, im mittleren Alter, die sich in den Sessel gegenüber setzte, ohne auf eine Antwort von mir zu warten.

»Natürlich«, stammelte ich und rückte mich aufrecht in meinem Sessel zurecht.

Die Polizistin trug einen breiten Gürtel, an dem ihre Dienstwaffe hing, und über ihrer blauen Uniform eine schutzsichere Weste. Sie nahm sich eines der Automagazine und blätterte interessiert darin herum. Hatte die Polizei keine eigene Werkstatt, in der sie ihre Dienstwagen reparieren ließ?

Draußen beobachtete ich, wie eine Mutter mit ihrem kleinen Sohn, der höchstens zwei Jahre alt war, mit einem Mechaniker um ihr Auto herum ging. Der glatzköpfige Mann im Overall zeigte dem fast ebenso glatzköpfigen Jungen etwas an den vorderen Scheinwerfern. Der Junge war begeistert, zeigte ebenfalls mit ausgestrecktem Arm auf die besagte Stelle und lief seinem eigenen Zeigefinger nach.

Die Polizistin räusperte sich. Meine Lektüre neigte sich verräterisch aus ihrer Tarnung. Ich nahm das Heft auf und legte es mit der Rückseite nach oben zurück auf den Stapel. Ich versuchte ein Lächeln. Sie verdrehte die Augen und schaute wieder in ihr Magazin.

»Sind Sie der Saab?«, rief mir ein Angestellter zu.

»Ja, hier«, sagte ich, erhob mich umständlich aus dem Sessel und ging erleichtert zum Schalter.

»Also, bei Ihnen ist leider mehr kaputt, als wir anfangs angenommen haben. Da müssten wir einiges neu machen.« Er schob mir einen Kostenvoranschlag herüber.

Ich überflog eine lange Liste, an deren Ende eine fett gedruckte Zahl stand. Vierstellig.

»Ob sich das für das alte Schätzchen noch lohnt?«, fragte er und lehnte sich auf einem Arm zu mir nach vorn. »Ich würde mir das überlegen. Also privat jetzt.«

Ich ließ die Schultern sinken. »Kann ich mit dem Auto denn noch fahren? Jetzt auch wegen meiner Frau und den Kindern.«

Der Mechaniker sah mich an, wie Männer, die etwas von Autos verstehen, Männer, die offensichtlich gar nichts von Autos verstehen, anschauen. »Kurze Strecken. Aber in den Urlaub würde ich nicht mehr fahren.« Er lachte, aber das Lachen war nicht freundlich.

Ich bedankte mich mit einem Seufzer, bezahlte für die schlechten Nachrichten und verließ die Filiale. Mein treuer Saab. Silbern stand er da. Irgendwie traurig, so als wüsste er, wie es um ihn stand.

Ich setzte mich auf den Fahrersitz und strich über das Lenkrad. *Alles hat ein Ende, nur die Wurst hat zwei*. Was war das doch für ein bescheuertes Lied! Aber so war es wohl. Da konnte man nichts machen.

3

Lange vor der entsprechenden Ausfahrt sahen wir alle das Unheil auf uns zukommen. Ich hütete mich davor, etwas zu sagen, spürte jedoch den finsteren Blick meiner Frau. Zu Hause hatte es einen Disput zwischen uns gegeben, wie die Wochenendgestaltung auszusehen habe. Ich hätte mich gern in meinen Keller und vor den PC zurückgezogen und mit dem Zephyr den Donnerpass erklommen. Aber meine Frau hatte die Ansicht vertreten, dass wir etwas als Familie unternehmen sollten. Und natürlich hatte sie sich durchgesetzt. Dabei musste man kein Prophet sein, um zu erahnen, dass die halbe Stadt an einem Samstag hier sein würde.

Schweigend fuhr ich an das Ende der Schlange, die sich Kilometer vor der Ausfahrt auf der A661 gebildet hatte. Es ging weder vor noch zurück. So saßen wir über eine Dreiviertelstunde lang im Auto, bis wir schließlich auf den überfüllten Parkplatz des Möbelhauses fuhren. Ich ließ meine Familie aussteigen, um mich allein auf die Suche nach einem Parkplatz zu begeben.

Als ich meine Familie schließlich nach einer Stunde in der Wohnzimmerabteilung wiederfand, hatte sich meine Frau bereits für ein Sofa entschieden. Sie hatte sich während des Aufenthaltes im Möbelhaus sichtlich beruhigt und lächelte mir zu, als ich auf dem ausgewählten Sofa Platz nahm. Mir war es ein Rätsel, wie man sich unter diesen Menschenmassen wohlfühlen und eine bessere Laune bekommen konnte. Das Polster war ausgesprochen unbequem, aber ich wollte meiner Frau die gute Laune nicht verderben. Also bestätigte ich die Auswahl des Sofas mit einem Nicken.

Auf dem Parkplatz standen wir ratlos vor unserem Auto. Das heißt, ich war ratlos, während meine Kinder damit beschäftigt waren, die letzten Reste ihrer Hotdogs in sich hineinzustopfen. Die großen hässlichen Pakete lagen vor meinem kleinen schönen Saab. Mir blieb nichts anderes übrig, als die Kartons zu öffnen und die Teile des Sofas einzeln zu transportieren. Bei der Arbeit riss ich mir die Hände auf, Blut tropfte auf die Kartons und den Parkplatz. Lilly zappelte, als meine Frau ihr Ketchup und Hotdogsoße aus dem Gesicht wischte. Ich fluchte innerlich, schaffte es aber, ein Drittel der Sofateile zu verstauen. Das würde also bedeuten, dass ich drei Fuhren brauchte, um das Sofa nach Hause zu bringen. Dann würde ich ein letztes Mal fahren müssen, um meine Familie einzusammeln, und dass bei dem Verkehr rund um das Möbelhaus. Das versprach ein schöner Samstag zu werden. Aber was blieb mir anderes übrig?

Ich sagte meiner Frau, dass sie noch einmal in die Cafeteria des Möbelhauses gehen sollten. Das würde hier etwas dauern.

»Und wer passt dann auf die Sachen auf, die hier noch liegen?«, fragte sie. »Wir hätten schon längst einen Kombi kaufen sollen.« Ihre gute Laune war damit wieder verflogen.

»Ich beeile mich«, sagte ich und räumte die übrigen Kartons zur Seite, um mit dem Auto unsere Parklücke verlassen zu können.

Ein Mann wies uns im Vorübergehen darauf hin, dass man auch Anhänger mieten könnte. »Nur so als Tipp«, sagte er und sah meine Frau herausfordernd an. »Aber da müssen Sie schon reservieren, sonst wirds eng. Logisch. Am Wochenende.«

Meine Frau schaute ihm finster hinterher, sagte aber nichts.

Stumm stieg ich in den Saab, um meine erste Fahrt anzutreten. Im Rückspiegel sah ich meine Familie auf dem Parkplatz vor den zerfetzten Kartons stehen. Ein BMW-Kombi wollte in die freigewordene Parklücke, wurde aber von den Paketen und Sofateilen daran gehindert. Der Fahrer beschwerte sich wild gestikulierend. Ich sah, wie meine Frau ihr Gesicht in den Händen vergrub. Das würde für uns alle ein langer Nachmittag werden.

4

Tatsächlich war ich fünfmal an diesem Nachmittag zwischen unserem Reihenhaus und dem Möbelhaus hin und her gefahren. Jedes Mal wenn ich in die Straße unserer Wohnsiedlung bog, krampfte sich mein Rücken zusammen.

Ich schleppte die Pakete und Teile des neuen Sofas unter den Carport, um sie dann später in unser Wohnzimmer zu tragen. Zu allem Überfluss bot mir auch noch Sven Neumann seine Hilfe an. Zum Glück schaffte ich es, ihn abzuwehren. Das hätte mir gerade noch gefehlt. Mir von diesem Arschloch von Nachbar helfen zu lassen.

Als ich ein letztes Mal an diesem Tag auf den Parkplatz des Möbelhauses fuhr, rief ich meine Frau an. Sie war mit den Kindern weitere Hotdogs essen gegangen. Ich sah alle drei müde aus dem Eingang kommen. Die Menschenmassen teilten sich zwischen ihnen, wie sich das Meer vor Moses geteilt hatte. Vermutlich wollte sich niemand mit meiner Frau anlegen. Als dann alle im Auto saßen, herrschte Totenstille. Niemand sagte ein Wort und wir fuhren schweigend nach Hause.

Zu Hause verzog sich Finn in sein Zimmer und meine Frau verschwand ebenfalls. Ich trug sämtliche Teile des Sofas in unser Wohnzimmer und machte mich daran, sie zu sortieren. Lilly holte ihre Wachsmalstifte aus der Malecke und malte Türen und Fenster auf einen der großen Pappkartons. Hinten schnitt ich für sie eine Ladeluke in den Karton, die Lilly öffnen und schließen konnte.

Während ich das Sofa aufbaute, spielte sie mit ihrem Kartonauto. Sie imitierte mich erstaunlich gut. Sie räumte die übrigen Kartons und Papierfetzen ein und aus und stieß dabei unterdrückte Flüche aus, von denen sie hoffentlich nicht wusste, was sie bedeuteten. Gut, dass meine Frau nicht in der Nähe war. Wider Erwarten fehlte kein einziges Teil und so baute ich das Sofa für meine Verhältnisse erstaunlich schnell zusammen.

Zufrieden betrachtete ich das Ergebnis. Jetzt musste ich nur noch das Altpapier entsorgen, und der Tag hätte doch noch ein gutes Ende genommen. *Da hast du was geschafft, mein Freund! Herzlichen Glückwunsch! Darauf sollten wir anstoßen, findest du nicht? Zwinker, zwinker. Ist doch nur Spaß! Entspann dich, alter Kumpel.* Besorgt schaute ich zu Lilly hinüber. Sie würde sich nur schwerlich davon überzeugen lassen, sich von ihrem neuen Automobil zu trennen. Ich überließ ihr den Karton und schleppte das übrige Altpapier in den Keller, um es von dort anderntags wieder durch den Kellerausgang ins Auto zu tragen und dann zum Wertstoffhof zu bringen. All die Kartons passten unmöglich in unsere Altpapiertonne.

Als ich die Treppe endlich wieder hinaufstieg, um mein Tagewerk in einer aufgeräumten Umgebung zu betrachten, überfiel mich ein ungeheurer Schmerz. Mein Kopf fühlte sich an, als würde er in alle Richtungen auseinander- und gleichzeitig zusammengedrückt. Ich konnte mich nicht rühren und hielt mich am Treppengeländer fest, um nicht rücklings in den Keller zurückzufallen. Seit dem Tod meiner kleinen Schwester hatte ich häufig unter Migräneanfällen gelitten. Aber dieser Schmerz war anders. So etwas hatte ich noch nie gespürt. Ich schloss die Augen. Der Schmerz wurde weder stärker noch schwächer. Er war einfach da. Unerbittlich. Und es schien nicht so, als wollte er wieder verschwinden. Ich wusste nicht, wie viel Zeit vergangen war, bis ich die Augen öffnen, mich in Bewegung setzen und die oberste Treppenstufe erreichen konnte.

Im Wohnzimmer legte ich mich auf das neue Sofa und schloss wieder die Augen. Ich hörte die Vögel draußen im Garten und das Rattern der Geschirrspülmaschine aus der Küche. Von Lilly fehlte jede Spur, zumindest hörte ich sie nicht spielen. Vielleicht war sie in ihr Zimmer gegangen. Ich sah den Blitzen und Formen zu, wie sie durch die Schwärze meiner geschlossenen Augen herumwirbelten.

»Liegst du Probe?« Die Stimme meiner Frau drang wie

aus weiter Ferne zu mir herüber.

Ich versuchte, die Augen zu öffnen, schloss sie aber gleich wieder. Ein stechender Schmerz pochte hinter meinem rechten Auge.

»Was ist mit dir? Geht es dir nicht gut?«

»Ich weiß auch nicht. Ich habe Kopfschmerzen. Ich will nur für einen Moment hier liegen.«

»Ich hole dir einen kalten Waschlappen und eine Aspirin«, sagte meine Frau und ging ins Gästebadezimmer.

Ich hörte den Wasserhahn.

»Papa, ich habe Doktor S-af mitgebracht. Der will mit im Auto fahren. Ins Sofage-säft.« Lilly hielt mir ihr Kuschelschaf hin. Ich spürte das Fell an meinem Gesicht und zuckte erschrocken zurück.

»Toll«, sagte ich und nickte. Ich hörte, wie sie zum Karton-Auto lief und mit Doktor S-af hineinkrabbelte.

»Papa, wir wollten doch noch an den PC. Was zocken. Kommst du?«, fragte Finn.

»Mir geht es gerade nicht so gut.« Ich versuchte, mich aufzusetzen, ließ es dann aber bleiben.

»Wir können auch das mit den Zügen zocken.«

»Ich muss mich einen Moment ausruhen. Später, Finn. Okay?«

»Aber du hast es versprochen.«

Seine Stimme hallte in meinem Kopf wider. Der Schmerz wollte nicht aufhören.

»Tut mir leid«, sagte ich.

»Aber du hast es versprochen.«

»Ich weiß.«

»Und versprochen ist versprochen.«

»Das stimmt.«

»Lass Papa mal in Ruhe, Schatz«, sagte meine Frau und legte einen nassen Waschlappen auf meine Stirn. Er war angenehm kühl. »Papa geht es gerade nicht gut. Vielleicht spielst du was mit Lilly?«

»Ich bin doch kein Baby mehr!«, schrie Finn, lief nach oben und knallte seine Zimmertür hinter sich zu.

Ich sparte mir eine Bemerkung über fehlende Zugluftstopper und spülte stattdessen mit einem Schluck Wasser die Aspirin hinunter. Ich hatte nur eine vage Hoffnung, dass sie helfen würde.

»Wir lassen dich jetzt mal allein. Lilly und ich gehen nach oben und legen die Wäsche zusammen. Hilfst du mir, Lilly?«

Ich schloss die Augen und hörte, wie meine Frau und Lilly nach oben gingen. Ich musste an Baumärkte denken und schlief auf der Stelle ein.

Als ich aufwachte, war es ungewöhnlich still im Haus. Ich richtete mich mühsam auf und erhob mich langsam vom Sofa. Der Schlaf hatte den hämmernden Schmerz weder abgemildert noch verstärkt. Ich stöhnte und ging in die Küche, um ein Glas Leitungswasser zu trinken. Wenn ich die Augen schloss, flimmerten unaufhörlich Sterne vor einer schwarzen Fläche. Ich entschied, die Vorhänge im Schlafzimmer zuzuziehen und mich ins Bett zu legen, so wie ich es damals bei meinen Migräneanfällen getan hatte. Auf dem Display meines Smartphones sah ich eine eingegangene Nachricht. Meine Frau und die Kinder waren auf dem Spielplatz.

Ich schloss die Augen. Schneeflocken zitterten umher. Ich hoffte inständig, dass es mir am nächsten Tag besser gehen würde.

5

Du sitzt im Vorgarten deiner Eltern. Du bist vierzehn. Die Sonne brennt, der Rattansessel pikst. Du trägst eine blaue Badehose, ein weißes Unterhemd und den lächerlichen Son-

nenhut, den du im Urlaub am Balaton gekauft hast. *Deine Eltern unterhalten sich mit einer Nachbarin. Alle wohnen schon immer hier in dieser Straße. Du liest weiter in deinem Comicheft.*

Als du wieder zu deinen Eltern schaust, sind sie verschwunden. Die Nachbarin ist noch da. Aber es ist nicht die Nachbarin.

Es ist eine junge Frau. Sie hat lange rote Haare und die grünsten Augen, die du je gesehen hast. Diese Augen sehen dich unverwandt an. Du schaust dich um, ob sie vielleicht jemand anderen meint. Aber da ist niemand außer euch beiden. Das Grün brennt sich in dir fest, brennt sich tief in dir ein.

Sie trägt eine Lederjacke, sonst ist sie nackt. Blut schießt dir ins Gesicht. Du kannst ihre vollen, roten Schamhaare sehen.

Ihre langen glatten Beine kommen auf dich zu. Auf dich, den Vierzehnjährigen. Ihre grazilen weißen Füße berühren das grüne Gras. Der Himmel ist blau. Die Sonne weiß.

Ihre Nase mustert dich belustigt. Ihre Wangenknochen verspotten dich. Die roten Lippen lassen sich zu einem Lächeln herab.

Du kennst sie.

Sie steht direkt vor dir. Sie öffnet den Reißverschluss ihrer Lederjacke. Du siehst ihren Bauchnabel und ihre schlanke Taille. Du siehst die Ansätze ihrer Brüste und schließlich ihre kleinen, harten Brustwarzen.

Du kennst sie. Du kennst die rothaarige Frau.

6

Schweißgebadet wachte ich am nächsten Morgen auf. Der Schmerz in meinem Kopf war unverändert. Neu war hingegen, dass sich meine rechte Gesichtshälfte taub anfühlte. Als ich meine rechte Wange und den Kiefer massierte, kribbelte die Haut unangenehm. So als würden Feuerameisen auf meinem Gesicht eine Revue aufführen. Das war bei einer Migräne damals nie vorgekommen. Ich beschloss, in eine Notfallpraxis zu gehen, denn mein Hausarzt hatte sonntags geschlossen. Meine Frau machte erst Anstalten mich mit dem Auto zu fahren, aber ich zog es vor, allein zu gehen. So hatte ich zumindest meine Ruhe.

Glücklicherweise war die Notfallpraxis an diesem Morgen so gut wie leer und ich kam nach zwei anderen Patienten an die Reihe.

»Wonach sieht das denn aus?«, fragte mich der behandelnde Arzt mit italienischem Akzent.

Ich wusste darauf keine Antwort und sah ihn stumm an. Der Behandlungsstuhl quietschte, was mich an den Sessel in der Autowerkstatt und die Polizistin erinnerte. Ich fühlte mich unwohl.

»Eine Nasennebenhöhlenentzündung? Nein«, korrigierte er sich selbst sofort.

Das grelle Licht der Arztleuchte stach mir in die Augen, und besonders das rechte Auge schmerzte.

»Nein, das ist etwas anderes.« Er schien zu überlegen. »Das sieht mir nach einer Gürtelrose aus. Aber in Ihrem Alter? Und dann noch im Gesicht?« Er sah mich eindringlich über den Rand seiner Brille an.

Ich hatte noch nie etwas von einer Gürtelrose gehört, doch sein Blick verhieß nichts Gutes. Er schaute mich vorwurfsvoll und mitleidig zugleich an. Ich war nun ernsthaft besorgt. Ich hörte stumm zu und verstand nur noch die Hälfte der Worte, die folgten. Der Arzt sprach von einem Herpes Zosta und betonte, wie wichtig eine Schmerztherapie sei. Ich sollte umgehend meinen Hausarzt aufsuchen. Er verschrieb mir verschiedene Medikamente und notierte die Dosierung auf den Rezepten. Ich bedankte mich und ging irritiert und mit einem schlechten Gefühl nach Hause.

7

»Eine Gürtelrose?«, fragte meine Frau. Die Besorgnis stand ihr ins Gesicht geschrieben. Offensichtlich wusste sie mehr als ich. »Ach du Scheiße. Mein armer Mann.«

»Mama, du hast Scheiße gesagt.« Finn freute sich. »Fünfzig Cent ins Fluchglas.«

»S-eiße, S-eiße, S-eiße«, trällerte Lilly.

Meine Frau reagierte nicht auf die Kinder und schaute mir in die Augen. »Du gehst morgen früh gleich zu Doktor Schmelling. Und jetzt ab ins Bett. Wir lassen dich in Ruhe und machen das Mittagessen.«

»Ts-üß Papa.« Lilly gab mir einen Kuss auf die Nase.

Ich fuhr erschrocken zurück. Lillys Lippen brannten wie Feuer. Mein Kind sah mich verdutzt an und drehte sich dann belustigt zur Küchenzeile um. Ich nickte meiner Frau zu und ging nach oben ins Schlafzimmer.

Als ich das Bett erreichte, setzte ich mich auf den Rand und wusste immer noch nicht so recht, was ich von all dem halten sollte.

8

Anstatt zu Doktor Schmelling ging ich am nächsten Tag zur Arbeit. Die Schmerzen waren stärker geworden und ich beschloss, auf dem Weg zum Bahnhof einen Umweg zur nächsten Apotheke zu machen, um die Rezepte aus der Notfallpraxis einzulösen.

Eine junge Apothekerin schaute mich irritiert und auch etwas angewidert an. Oder bildete ich mir das nur ein? Sie musste doch regelmäßig Kunden bedienen, die wesentlich schlimmer aussahen als ich. Sie entschuldigte sich für einen Moment und ging zu einer älteren Kollegin, die eine elegante Hochsteckfrisur trug. Sie zeigte zunächst auf mich und dann auf die Rezepte. Die ältere der beiden flüsterte ihrer jungen Kollegin etwas ins Ohr, die daraufhin entsetzt eine Hand vor den Mund nahm.

Ich kam mir vor, wie der Elefantenmensch. Mein Erscheinungsbild musste sich, seit ich am Morgen in den Spiegel geschaut hatte, verschlechtert haben. Meine rechte Gesichtshälfte war über Nacht weiter angeschwollen und hatte einen dunklen Rotton angenommen. Als ich mit dem Zeigefinger über meine Wange fuhr, brannte die Haut und war gleichzeitig betäubt. Sonst war mir an dem Morgen nichts weiter aufgefallen.

Die junge Apothekerin kam unter dem strengen Blick ihrer Kollegin zurück und sah mich bemüht professionell an. Sie scannte die Medikamente an der Kasse, packte sie in eine kleine Plastiktüte und überreichte sie mir mit einem gezwungenen Lächeln. Ich bezahlte und verließ die Apotheke Richtung Bahnhof.

9

Als ich im Regionalexpress Richtung Frankfurt Hauptbahnhof saß, schaute mich mein Spiegelbild aus dem Fenster an. Meine linke Gesichtshälfte sah aus wie immer. Doch wenn ich den Kopf drehte, dann blickte mich eine Fratze an, die tatsächlich an den Elefantenmenschen erinnerte.

Die Haut der rechten Gesichtshälfte war von der Stirn bis zum Mund weiter angeschwollen. Das rechte Auge sah aus, als hätte ich einen Boxkampf hinter mir. Auf der knallroten, rechten Wange hatten sich weiße Bläschen gebildet, die mir beim Blick in den Spiegel morgens noch nicht aufgefallen waren. Ich dachte an das entsetzte Gesicht der Apothekerin. Hoffentlich fiel ich im Büro nicht zu sehr auf.

Ich seufzte und holte die Medikamente aus der kleinen Plastiktüte. Der Arzt hatte mir eine Tinktur verschrieben, die ich gegen den Juckreiz auf die Haut auftragen sollte. Daneben fand ich ein Schmerzmittel, von dem ich direkt zwei Tabletten mit viel zu heißem Tee aus meiner Thermoskanne herunterspülte.

Ich schaute benommen auf die Signale und hoffte, dass das Medikament bald seine Wirkung zeigte. Bäume, Sträucher und Wiesen zogen zunächst langsam, dann schneller an mir vorüber. Der Zug konnte seine Höchstgeschwindigkeit von 160 km/h noch nicht erreicht haben, und dennoch verschwamm alles in meinem Blickfeld.

Ich schloss die Augen und ließ mich tiefer in den Sitz sinken. Das rechte Augenlid fing furchtbar an zu jucken. Ein Schmerz durchzog plötzlich meine Nase. Ich zuckte zusammen. Vielleicht hätte ich doch lieber zu Doktor Schmelling gehen sollen. Aber daran ließ sich jetzt auch nichts mehr ändern. Ich saß im Zug und war auf dem Weg zur Arbeit.

Wir erreichten Maintal Ost und eine Lautsprecherstimme teilte allen Fahrgästen mit, dass wir auf die Durchfahrt eines ICEs warten müssten und sich die Weiterfahrt daher um wenige Minuten verzögerte. Das kam auf dieser Strecke nur äußerst selten vor.

Ich öffnete die Augen und sah mich zum ersten Mal im Abteil um. Die übrigen Passagiere schauten entweder müde auf ihre Smartphones oder hielten die Augen geschlossen. Niemand schien mich irritiert oder angeekelt anzusehen. Ich schaute auf den erst kürzlich renovierten Bahnsteig, der lächerlich deplatziert vor dem maroden Bahnhofsgebäude wirkte. Die Schmerzmittel fingen langsam an zu wirken.

Mit einem Ruck rauschte der ICE an uns vorbei. Ich schaute in die an mir vorbeiziehenden Fenster, in denen ich die vagen Umrisse der Passagiere erkennen konnte. Plötzlich traf es mich wie ein Schlag. Ich sah deutlich die Frau aus meinem Traum hinter einem der Fenster. Ihre roten Haare funkelten. Ihre grünen Augen sahen mich kühl an und ein Lächeln huschte über ihre rot geschminkten Lippen. Dann verschwand die rothaarige Frau aus meinem Blickfeld.

Das alles konnte nicht länger als ein paar Sekunden gedauert haben. Ich sah ihr Gesicht noch immer vor mir. Regungslos saß ich da und sah dem ICE hinterher, dessen Rücklichter hinter den vollgesprayten Gebäuden an den Gleisanlagen verschwanden.

Die Lautsprecher verkündeten die Weiterfahrt, doch sie waren dumpf, wie in Watte gepackt. Irgendwann ratterte der Zug über die Main-Neckar-Brücke und nach einer langen Rechtskurve zeichnete sich die Skyline von Frankfurt ab.

Das konnte nicht real sein. Ich konnte die Frau aus meinem Traum nicht in der wirklichen Welt gesehen haben. Es war unmöglich und komplett lächerlich. Meine Fantasie hatte mir einen Streich gespielt. Ich hatte heute Morgen nichts gegessen und die Schmerzmittel auf nüchternen Magen genommen. Man musste nicht Medizin studiert haben, um zu erkennen, dass ich mir die rothaarige Frau lediglich eingebildet hatte. Sie war eine Wahnvorstellung, nichts weiter.

Ach ja? Bist du da ganz sicher, mein Freund? Ihre grünen Augen haben dich angefunkelt. Ihre roten Haare und ihre roten Lippen, mit denen sie ihr bittersüßes Lächeln formte. Kann dieses Lächeln nur eine Fantasie sein? Oder wirst du langsam verrückt, mein Lieber?

Ich schüttelte den Kopf. Ich würde beim nächsten Mal darauf achten, die Medikamente nicht auf nüchternen Magen einzunehmen. Und damit hatte es sich. Schluss. Aus. Ende. Keine Diskussion.

Der Zug fuhr über das Überwerfungsbauwerk, bis er schließlich den Hauptbahnhof erreichte und wie erwartet an Gleis 3 hielt. Ich stieg aus und ging Richtung Ausgang. Der Schmerz in meinem Kopf war wieder stärker geworden.

In der Bahnhofshalle blieb ich stehen und sah mich um. Das übliche Gewimmel. Menschen stießen mich mit finsteren Blicken beiseite, ohne sich zu entschuldigen. Alle waren irgendwohin unterwegs. Alles war im Fluss, folgte lediglich unterschiedlichen Strömungen. Nur die Obdachlosen sahen ebenfalls dem Treiben zu. Plötzlich wurde mir klar, dass ich nach der rothaarigen Frau Ausschau hielt.

Ich sah auf meine Armbanduhr. Dann verließ ich schnell den Bahnhof, um noch halbwegs pünktlich ins Büro zu kommen.

10

Unser Großraumbüro war ein Übel der modernen Arbeitswelt. Traurige Zimmerpflanzen teilten sich ein Schicksal mit Angestellten, die ihren Zustand jedoch besser zu überspielen wussten. Durch Wände abgetrennt standen grüppchenweise Schreibtische beieinander.

Ich teilte mir eine Nische mit einem jungen Kollegen, dessen Namen ich mir nicht merken konnte. Es war möglich, dass er Lars oder Lukas hieß. Ich versuchte ihn so gut wie möglich nicht mit seinem Namen anzusprechen. Er trug einen lächerlichen Männerdutt, wie ihn Hipster heute bevorzugten.

Und dann saß in meiner Nische noch die Geißel meines Lebens. Das Aas, wie ich sie insgeheim nannte. Anna Lena Henrichs. Zunächst hatte ich mich damals gefreut, als sie eine alte, dicke Kollegin abgelöst und sich an den Schreibtisch mir gegenüber gesetzt hatte. Doch schon nach kürzester Zeit hatte ich festgestellt, dass sie eine furchtbare Person war. Anna Lena Henrichs war frisch von der Uni in unser

Unternehmen gekommen, stellte jeden infrage und wusste alles besser. Bei einem Meeting mit einem Großkunden hatte sie es tatsächlich gewagt, mich für meine Strategie vor allen zu kritisieren. Und meiner Chefin hatte das gefallen.

Ohnehin schien das Aas eine Förderin in ihr gefunden zu haben. Trotzdem hatte mir die Chefin die Stelle der Teamleitung zugesagt, die bald vakant würde. Sie hatte mich vor zwei Wochen in ihr Büro gebeten und mir kurz mitgeteilt, dass meiner Vorgängerin die Familienplanung wichtiger sei als die Karriere. Nach der Elternzeit würde meine Kollegin sich ein neues Unternehmen suchen müssen. Meine Frau und ich hatten an jenem Abend mit alkoholfreiem Sekt angestoßen. Sie hatte über das ganze Gesicht gestrahlt, mir überschwänglich gratuliert und sich wirklich für mich gefreut.

»Siehst du«, hatte ich zu ihr gesagt. »Ich schaffe das. Wir schaffen das gemeinsam. Wir lassen das hinter uns. Wir sind eine Familie.«

Jetzt stand ich in der Tür, sah dem Treiben im Büro zu und wünschte mich an einen anderen Ort. Die Schmerzen waren seit meinem Eintreffen am Bahnhof nicht weniger geworden und ich hatte gehofft, mich hier einfach an meinem Schreibtisch zu verkriechen und so den Tag zu überstehen. Ausgerechnet heute jedoch herrschte im Büro Chaos.

Arbeiter schleppten Sichtschutzelemente durch die Flure. Blumenvasen, Tische und Bürostühle wurden aus dem Trakt getragen. Alles flirrte vor meinen Augen. Benommen stand ich in der Tür und sah dem Durcheinander von Menschen zu, die wie Insekten einem natürlichen Plan zu folgen schienen. Einem Plan, über den ich nicht unterrichtet worden war. Ich war ein Ahnungsloser unter Eingeweihten. Ein Arbeiter stieß mich geschäftig zur Seite und ich erwachte aus meiner Trance. Ich war überall im Weg.

Ich erinnerte mich. Das Radlertasting. Üblicherweise beauftragten wir Studios mit der Durchführung von Umfragen. Für das Radlertasting war uns plötzlich der Veranstalter abgesprungen und unsere Chefin hatte beschlossen, das Tasting einfach in unseren Büroräumen durchzuführen. Schließlich war die Brauerei ein langjähriger Kunde.

Im Besprechungsraum waren provisorisch etwa zwanzig Kabinen installiert worden. Links und rechts von einem Sichtschutz getrennt, sollten hier die dicht an dicht sitzenden Probanden die Produkte verkösigen. Ich selbst hatte nur kurz an der Entwicklung des Fragenkatalogs mitgearbeitet. Routinearbeit. Nicht besonders umfangreich. Auf Tablets würden die Teilnehmer eintragen, wie ihnen Geschmack, Farbe, Trübung und Design der Schaumkrone gefiel.

Einige Probanden hatten sich bereits in unserer Teeküche eingefunden und hörten den Instruktionen von Anna Lena Henrichs zu. Ich konnte sehen, wie sie an ihren Lippen hingen. Sie war eine attraktive Frau Ende zwanzig und hatte eine umwerfende Figur. Und dazu noch dreißig Euro für eine Stunde Radler trinken. Die Männer grinsten.

Noch hatte mich keiner meiner Kollegen gesehen. Ich flüchtete auf die Herrentoilette und schloss mich in die hinterste Kabine ein. Benommen saß ich auf der zugeklappten Toilette. Durch die Kabinentür drang das aufgeregte Treiben aus dem Büro gedämpft zu mir herein. Ich holte die Schmerzmittel hervor und öffnete zitternd die Packung. Die Kopfschmerzen breiteten sich jetzt auch über Nase und Ohren bis zum Oberkiefer aus. Ich nahm die doppelte Menge der empfohlenen Dosis und schluckte sie ohne Wasser herunter.

Ich blieb sitzen und wartete. Irgendwann mussten die Schmerzen nachlassen. Dann würde ich es schaffen, von der Toilette aufzustehen, durch die Kabinentür zu gehen und den Arbeitstag aufzunehmen. Ich musste mich nur zusammenreißen und den Tag überstehen. Und morgen würde es mir bestimmt besser gehen.

Ich starrte auf die bunten Kacheln am Boden. Das Stockwerk des Bürogebäudes war kurz vor dem Einzug unseres Unternehmens komplett renoviert worden. Glas und Beton waren vorherrschend. Nur die Marmorfliesen in der Lobby und die Kacheln in den Toiletten hatte man erhalten. Kleine Kacheln in Ocker, Braun und Weiß wechselten sich ab. Es gelang mir nicht, irgendein Muster zu erkennen. Sie tauchten in beliebiger Reihenfolge vor meinen Augen auf.

Für das Tasting waren täglich mehrere Durchläufe geplant, und zwar für die nächsten drei Tage. Das würde zur Folge haben, dass ich erst am Freitag wieder in einer ruhigen Umgebung meiner Arbeit nachgehen konnte. Die kribbelnden Schmerzen in meiner rechten Gesichtshälfte ließen allmählich nach. Ich packte meine Sachen zusammen und verließ die Kabine.

Morgen wäre alles wieder, wie es vorher war. Bis dahin musste ich den Tag überstehen und gute Miene zum bösen Spiel machen. Ich spritze mir kaltes Wasser ins Gesicht und wagte es nicht, die Fratze im Spiegel anzusehen, als ich mich von dem Waschbecken aufrichtete. Ich hoffte inständig, dass ich für meine Kollegen kein allzu abweisendes Bild abgeben würde. Vermutlich würde sich das Aas Anna Lena Henrichs über mich das Maul zerreißen. Ich konnte nur versuchen, ihr so gut wie möglich aus dem Weg zu gehen.

Ich verließ die Herrentoilette und stieß auf dem Flur mit jemanden zusammen. Ausgerechnet das Aas stand vor mir. Sie wollte erst eine Entschuldigung anbringen. Doch als sie mich erkannte, starrte sie mich angewidert an. Ich konnte erkennen, wie sich ihrem Ekel eine Schadenfreude hinzugesellte. Sie machte hämisch den Mund auf, um etwas zu sagen. Das würde ein langer Tag im Büro werden.

11

Du kommst an diesem Tag erschöpft nach Hause und lässt deinen Mantel und deine Aktentasche auf die Bank im Hausflur fallen. Dabei besitzt du keine Aktentasche. Niemand ist zu Hause. Vermutlich holt deine Frau gerade Finn aus der Schule ab und hat auch Lilly mitgenommen.

Du setzt dich an den Küchentisch und leerst in einem Zug ein Glas Milch. Obwohl du keine Milch magst. Du deckst den Tisch und wartest darauf, dass deine Familie nach Hause kommt.

Du siehst ein Schimmern im Besteck. Du nimmst Lillys silbernen Bärenlöffel vom Tisch und schaust hinein. Du siehst ein Spiegelbild. Du siehst genauer hin, nimmst den Löffel ganz dicht vor dein Auge. Doch du kannst es nicht richtig erkennen. Wenn du versuchst, deine Augen auf den Löffel zu fokussieren, dann verspringt das Bild. Du drehst den Löffel ins Licht. Hin und her. Aber das Spiegelbild lässt sich einfach nicht fassen. Ist es dein Spiegelbild?

Du lachst nervös und legst den Löffel zurück auf den Küchentisch. Du schließt die Augen. Aber du musst hinsehen. Es gibt ab jetzt kein Zurück mehr. Es gibt Dinge, die sich nicht aufhalten lassen.

Du gehst in den Flur. Du hast beschlossen, in den großen Wandspiegel im Flur zu schauen. Du weißt genau, dass dir nicht gefallen wird, was du dort sehen wirst. Aber du kannst nicht anders.

Langsam näherst du dich dem schweren Holzrahmen. Du drehst dich zum Spiegel und blickst hinein. Du siehst dein gewohntes Spiegelbild. Was hattest du auch erwartet? Monster? Gespenster? Du siehst deinen erstaunten Blick. Du schüttelst den Kopf und schaust dir in die Augen. Jetzt belustigt und erleichtert.

Alles ist wie vorher. Es wird sich nichts ändern. Gleich wird deine Familie nach Hause kommen und ihr werdet zusammen Spaghetti essen, so wie ihr es jeden Montagabend tut. Danach werdet ihr die Kinder ins Bett bringen und noch etwas im Fernsehen schauen. Nicht zu lange, denn morgen müssen alle wieder früh raus.

Du blinzelst dir zu. Du bemerkst, wie ein Tropfen an deiner Stirn herunterläuft. Er bahnt sich einen Weg an deinem rechten Auge vorbei, über die Nase und tropft auf den Fliesenboden. Was ist das? Ein nächster Tropfen beginnt von der Stirn über die Wange zu laufen. Dann ein Nächster. Du fasst dir an die Stirn. Sie gibt nach. Erst zittert sie wie ein Spinnennetz, um dann zu zerfließen. Die Stirn läuft über dein rechtes Auge die Wange hinunter. Das Auge wird mitgerissen und rinnt über die Wange Richtung Kiefer.

Du versuchst, den Fluss aufzuhalten, aber er lässt sich nicht aufhalten, er lässt sich nicht stoppen. Dein Gesicht tropft auf den Boden. Aber du fühlst nichts. Keine Schmerzen. Nur Entsetzen.

Du versuchst zu schreien, aber ein Zahn nach dem anderen fällt auf den Boden in die Pfütze vor dir. Deine Zunge ist nur noch halb zu sehen und dort, wo einst dein Gesicht war, ist nur noch ein klaffendes Loch. Eine Leere. Ein schwarzes Nichts.

12

Wieder wachte ich schweißgebadet auf. Der Digitalwecker zeigte 3:43 Uhr. Meine Frau schlief wie ein Stein und Lilly schlummerte friedlich mit ihrem Kuschelschaf im Arm. Die Haut meiner rechten Gesichtshälfte juckte fürchterlich. Ich stand auf, um ein Glas Wasser zu trinken.

Ich drehte den Wasserhahn in der Küche zu und tropfte ein Schmerzmittel in das Wasserglas. Ich hatte die Tropfen im Schrank mit den Medikamenten gefunden. Vermutlich waren sie ein Überbleibsel meiner Frau, die vor der Geburt unserer Kinder gelegentlich unter Migräne gelitten hatte. Die Tropfen verschwammen vor meinen Augen. Ich konnte mich nicht entscheiden, ob ich die Tropfen beim Austreten aus der Flasche oder beim Aufprall auf das Wasser im Glas zählen sollte. Ich schüttete die bittere Flüssigkeit hinunter und spülte ausgiebig mit Wasser nach. Plötzlich überkam mich der Impuls, in den Keller zu gehen und den Train Simulator zu starten. Es war kein Gedanke, sondern ein unbestimmtes Gefühl, eine Ahnung. Ich schlich möglichst leise die Kellertreppe hinunter, um meine Familie nicht zu wecken.

Im Keller schaltete ich zuerst das Licht und dann den PC an, setzte mich vor den Monitor, stellte die Wasserflasche und das Glas auf den Schreibtisch und wartete, bis das Betriebssystem hochgefahren war. Ich startete den Train Simulator und nach dem Ladebildschirm erschien das vertraute Auswahlmenü auf dem Monitor. Ich wählte den Zug und die Strecke aus und wartete, bis das Szenario geladen war. Ich schenkte mir ein Glas Wasser ein und trank es in einem Zug leer. Ich hoffte, dass die Schmerzen bald nachließen.

Endlich erschien vor mir der Führerstand des ICE4 und ich machte den Zug mit wenigen Handgriffen fahrbereit. Schließlich löste ich die Federspeicherbremse und beschleunigte den Zug aus dem Frankfurter Hauptbahnhof hinaus. Der Zug passierte die Umschlagwerke am Bahnhofsgelände und schlängelte sich über die Rhein-Neckar-Brücke. Auf der linken Seite tauchte der Skytower auf und der Zug machte eine lange Rechtskurve. Ich erreichte den Bahnhof Frankfurt Ost und hielt den Zug an.

Das Szenario sah hier keinen Halt vor und machte mich auf die zu erwartenden Verspätungen an den nächsten Stationen aufmerksam. Ich zoomte die Kamera aus dem ICE heraus und sah mich auf dem Bahnsteig um. Die Haltestelle war sehr detailliert modelliert. In der Simulation fehlten lediglich die Sprayereien am Bahnsteig. Die Stahlstützen, ohne die das baufällige Bahnhofsgebäude auch in der Realität längst eingestürzt wäre, waren ebenfalls sehr realistisch nachgebaut. Ich ließ die Kamera zu der Stelle schweben, an der die rothaarige Frau am Morgen an mir vorbeigefahren war. Ich sah nichts Besonderes. Der Monitor flirrte. Ich zoomte vor und zurück. Ich starrte weiter auf die Pixel. Nichts. Es war lächerlich.

Du bist lächerlich. Wie ein pubertierender Junge bist du mitten in der Nacht in den kalten Keller hinabgestiegen und hast was erwartet? Eine rothaarige Frau aus Bits und Bytes, die in einer Simulation auf dich wartet? Die dich mit ihren grünen Pixelaugen ansieht und langsam ihre Lederjacke auszieht? Bis du ihren perfekt modellierten Bauchnabel und ihre Brüste sehen kannst? Du bist ein Freak!

»Kannst du nicht schlafen?«

Ich fuhr zusammen und drehte mich erschrocken um. Meine Frau stand in der Tür und sah mich mit müden Augen an.

»Hast du solche Schmerzen? Ich will nicht wieder streiten, aber morgen gehst du wirklich zu Doktor Schmelling. Okay?«

»Es geht schon«, log ich. »Ich konnte nur nicht mehr schlafen.«

»Gleich morgen gehst du zu ihm..«

Ich nickte und warf einen letzten Blick auf das leere Bahngleis vor mir auf dem Monitor. Die rothaarige Frau gab es weder in der virtuellen noch in der realen Welt. Ich hatte mich selbst zum Narren gehalten. Wie ein kleiner Junge war ich einer Fantasie hinterhergerannt. Es hatte mit mir und meinem Leben nicht das Mindeste zu tun.

Ich beendete den Train Simulator und fuhr den PC herunter. Dann ergriff ich die Hand meiner Frau und folgte ihr zurück ins Schlafzimmer.

13

Doktor Schmelling sah mich über seine randlose Brille ernst an. Er war ein alter Freund meiner Schwiegereltern, die ein paar Nachbardörfer weiter wohnten. Da ich nie ernsthaft krank war und nur selten einen Arzt benötigte, war er kurzerhand auch mein Hausarzt geworden. Doktor Schmelling musste ungefähr im Alter meines Vaters sein, dachte aber gar nicht daran, in den Ruhestand zu gehen. Ständig hatte er eine Zigarette im Mundwinkel, verzichtete aber darauf, sie anzustecken.

»Da hattest du aber Glück, dass du bei Lorenzo in der Notfallpraxis gelandet bist. Er hat das ganz richtig erkannt und dir das richtige Medikament verschrieben. Du hast das doch gleich genommen.« Er formulierte es nicht als Frage.

Trotzdem nickte ich und hörte mich ein Ja murmeln.

»Damit ist nicht zu spaßen. Je später die Behandlung beginnt, desto langwieriger und schwerer ist der Verlauf. Ich hatte mal eine ältere Dame, die bei zig Ärzten war. Keiner hat es erkannt. Da half kein Medikament mehr. Die musste das komplett aussitzen.«

»Wie lange kann das denn dauern?«

»Es ist folgendermaßen«, er setzte seine Brille ab und lehnte sich in seinem Bürostuhl zurück. »Das ist eine Zweitinfektion des Varizella-Zoster-Virus. Beim ersten Mal bescherte dir das Virus die Windpocken, und seitdem hast du das im Körper. Das lauert dort jahrelang auf eine Schwächung seines Opfers. Und dann –«, er stieß mit seinem hageren Körper nach vorne und haute mit einer Faust auf den Tisch. »Dann schlägt es zu. Auf die Nervenwurzeln.« Er machte eine künstliche Pause, bevor er mit seinen Ausführungen fortfuhr. »Der Verlauf ist eine typische Entzündung. Heftige brennende und ziehende Schmerzen gehen einem Ausschlag voraus. Anschließend entwickeln sich Bläschen, streng auf das Ausbreitungsgebiet des betroffenen Nervs beschränkt. Oder wie ich in deinem Fall fürchte, auf die betroffenen Nerven. Plural. Da hast du richtig einen mitgekriegt. Die Bläschen trocknen schließlich ein und verkrusten, meist ohne Narben zu hinterlassen.«

»Also ist irgendwann wieder alles okay?«

»Die Schmerzen müssen wir in den Griff kriegen. Die müssen so lange mit Schmerzmitteln bekämpft werden, bis sie verschwunden sind. Denn wir wollen doch nicht, dass die Schmerzen chronisch werden?«

»Nein, das wollen wir nicht.«

»Das denke ich mir.«

»Und wie lange dauert das?«, fragte ich.

»Der Zoster ist ein Schweinehund. In deinem Alter ist das ungewöhnlich. Normalerweise befällt die Gürtelrose eher ältere Menschen. Die körperliche Schwächung ist das eine.« Er sah mich mit einem Ärzteblick an, den ich bisher bei ihm nicht gesehen hatte. »Das andere ist die seelische Situation des Patienten. Für dieses Krankheitsbild ist das von enormer Bedeutung. Wie geht es denn der Familie? Den Kindern? Was macht der Beruf?«

»Da ist alles in Ordnung, denke ich.«

»Gut, gut.« Er nickte und setzte seine Brille wieder auf die dünne Nase. »Vielleicht nimmst du mal eine Auszeit. Jeder ist etwas gestresst heutzutage. Ich schreibe dich erst einmal für einen Monat krank.«

»Einen Monat?« Ich war entsetzt.

»Und dann schauen wir nach dem weiteren Verlauf. Der ist bei dem Zoster ganz unterschiedlich. Spätestens wenn die Schmerzmittel zur Neige gehen, kommst du wieder rein. In Ordnung?«

Ich nickte und ließ den Kopf sinken.

»Ach, und noch was. Die Jüngste, wie alt ist sie noch gleich? Sind die Kinder gegen Windpocken geimpft?«

14

Lilly war mit vier Jahren zum Glück gegen Windpocken geimpft worden. Dennoch zog es meine Frau vor, mit den Kindern zu ihren Eltern zu fahren. Sie wollte kein Risiko eingehen. Ich war also für zwei Wochen allein zu Hause und ging nicht zur Arbeit. Meine Chefin war nicht begeistert, dass ich für einen Monat krankgeschrieben war, und war kurz angebunden.

Für gewöhnlich lag ich in dieser Zeit auf dem unbequemen Sofa und schaute irgendetwas im Fernsehen. Manchmal streamte ich eine Dokumentation über *Hessens schönste Bahnstrecken* oder *Mit der Dampflok durch Hessen* auf den Fernseher. Aber ich bekam von dem Inhalt ohnehin nicht viel mit. Die Schmerzmittel knockten mich aus.

Nachts schlief ich höchstens drei bis vier Stunden, der Juckreiz und die Schmerzen waren zu groß. Manchmal war es angenehm, wenn das Kopfkissen auf die empfindliche Gesichtshälfte drückte. Aber es war wie mit dem Juckreiz. Wenn ich nachgab und mich kratzte, bezahlte ich es augenblicklich mit unheimlichen Schmerzen. Ich wälzte mich von einer Seite auf die andere. Um mich abzulenken, hörte ich mir nachts irgendwelche Podcasts an, deren Inhalte wirr in meine Träume flossen. Die Grenze zwischen Traum und Wirklichkeit bekam immer mehr Risse.

15

Du bist auf dem Spielplatz deiner Kindheit. Deine Schwester ist nicht da. Obwohl ihr immer zusammen hier seid. Dir wird klar, dass du kein Kind mehr bist. Sie fehlt dir.

Instinktiv schaust du auf. Im Karussell sitzt ein Mädchen. Es könnte Lilly sein, aber du bist nicht sicher. Das Mädchen schaut dich an und winkt dir zu. Du sollst kommen. Du sollst das Karussell drehen.

Augenblicklich stehst du am Geländer und gibst dem Mädchen Anschwung. Das Mädchen beginnt zu lachen und rutscht vor Freude auf der Sitzbank hin und her.

»Papa auch mal«, höre ich eine Stimme. Sie kommt dir bekannt vor. Du könntest schwören, dass es Lillys Stimme ist, aber sie hat einen anderen Klang, der wie aus einer anderen Welt an dein Ohr dringt.

Du siehst dir dabei zu, wie du das Karussell anhältst und einsteigst. Das Mädchen ist verschwunden. Du zwängst dich auf die zu kleine Sitzbank. Du bist froh, dass du kurze Hosen trägst. Das nackte Metall drückt sich angenehm kühl gegen deine Beine.

Das Mädchen ist wieder da. Es stemmt seine kleinen Hände in die Hüften. Tatkräftig steht es vor dir und ist zu allem bereit. Du könntest mit ihr Pferde stehlen. Sie würde dich niemals hängen lassen. Du kannst ihr vertrauen.

Du hörst wieder die Stimme: »3, 2, 1 – los!«

Das Karussell fängt an, sich zu drehen. Wie von selbst. Das Mädchen steht da und lächelt dir zu. Du drehst dich immer schneller und schneller um die eigene Achse. Der Spielplatz vor deinen Augen verschwimmt.

Die Welt liegt hinter einem Schleier. Das wird dir klar. Ein Schleier, der immer da ist. Wie eine Haut ist er zwischen dir und der Welt gespannt. Straff und durchsichtig. Sonst schaffst du es, diesen Schleier zu ignorieren. Aber nicht jetzt. Du spürst, wie eine ungeheure Übelkeit in dir aufsteigt. Du schließt die Augen. Aber das ändert nichts. Dir ist schlecht. Gleich wirst du dich übergeben müssen.

Du willst rufen. Sie soll aufhören! Sie soll dich in Ruhe lassen! Es war gut, so wie es war. Du willst das hier nicht. Du brauchst ihn, den Schleier. Er ist notwendig. Zum Überleben. Aber du schaffst es nicht, die Schreie aus dir herauszudrücken. Sie bleiben in deinem Hals stecken. Du kannst dich nicht befreien.

Du hörst das vertraute Kichern und wagst nicht, die Augen zu öffnen. Wenn du sie öffnest, ist es weg. Das Kichern ist weg und du wirst es nie wieder hören. Du wirst für immer allein sein. Du wirst deine Schwester ein Leben lang vermissen. Es ist nur ein Traum. Und du willst nicht aufhören zu träumen. Du willst weiter im Karussell sitzen. Gleich wirst du dich übergeben müssen. Aber das ist dir jetzt egal. Du willst das Kichern hören. Du willst ihre Stimme hören.

Aber du weißt, es ist unvermeidlich. Das Kichern wird zu einem Lachen, das so ganz anders ist. Das Lachen ist nicht freundlich. Es verhöhnt dich. Du wurdest reingelegt. Sie war es niemals. Du ahnst, wer dahintersteckt, auch wenn du wünschtest, es wäre nicht so.

Du öffnest die Augen. Das Drehen hört schlagartig auf. Sie steht vor dir. Du hattest die rothaarige Frau von Anfang an erwartet. Du bemerkst, dass deine Kleidung nass an deinem Körper klebt. Ihr Mund bleibt geschlossen, während du betäubt ihr Lachen hören musst. Ihre rot geschminkten Lippen kräuseln sich, aber ihr Mund bleibt geschlossen. Das Grün ihrer Augen lässt dich nicht los. Unter ihrer Lederjacke trägt sie ein gepunktetes Sommerkleid. Weiße Punkte auf dunkelblauem Stoff. Schlanke Füße auf Spielplatzmulch.

Du versuchst, deinen Mund zu öffnen, aber es gelingt dir noch immer nicht.

Ihr steht euch gegenüber. Die Sonne steht hoch am Him-
mel. Sie hat noch immer ihre Arme in die Hüften gestemmt.
Plötzlich öffnet sie den Mund: »3, 2, 1 – los.«

16

Nach der ersten Woche meiner Krankschreibung dachte
ich, es sei an der Zeit, sich im Büro blicken zu lassen. Um
Engagement zu zeigen, kündigte ich mich bei einer Kollegin für die nächste Videokonferenz an. Bevor ich mich vor
die Webcam setzte, trug ich die Tinktur ab, die sonst die
weißen Bläschen auf der roten, geschwollenen Haut bedeckte. Ich wollte meinen Kollegen und nicht zuletzt meiner Chefin demonstrieren, dass ich meine Krankheit nicht
bloß simulierte.

Das rote Lämpchen der Webcam leuchtete, ich sah die
bestürzten Gesichter meiner Kollegen und wusste, dass ich
mir über meine Glaubwürdigkeit keine Sorgen zu machen
brauchte. Doch als ich in der rechten oberen Bildschirmecke
selbst mein entstelltes, ausgezehrtes Gesicht sah, ging mir
durch den Kopf, dass das vielleicht nicht besonders clever
von mir gewesen war. In meiner Firma hatte man dyna-
misch und gesund zu sein und ich sah den angewiderten
Blick meiner Chefin auf mir ruhen. Ich grüßte verlegen in
die Runde und verließ schnell die Konferenz.

In den folgenden Tagen hatte ich kaum Appetit. Zu unregelmäßigen Zeiten schleppte ich mich an den Küchentisch und aß mutlos etwas Müsli oder einen halben Apfel.
Appetitlosigkeit war etwas ganz und gar Untypisches für
mich. Da meine Familie nicht da war, musste ich wohl oder
übel das Haus verlassen und ein paar Besorgungen machen.
Langsam ging mir das Toilettenpapier aus.

Mit gesenktem Kopf ging ich in den nahen Supermarkt

und hoffte, dass mir niemand aus der Nachbarschaft über den Weg laufen würde. Ich hatte keine Lust, meinen Nachbarn mein Aussehen erklären zu müssen. Den kleinen Supermarkt suchten meine Frau und ich lediglich auf, wenn wir Kleinigkeiten zu besorgen hatten. Den Großeinkauf machten wir im Discounter einen Ortsteil weiter. Ich hätte uns nicht als wohlhabende Familie bezeichnet, aber wir mussten uns um Geld im Grunde keine großen Sorgen machen. Wie die meisten hatten wir Kredite abzubezahlen und die Raten für das Haus. Dennoch habe ich Leute nie verstehen können, die achtlos an Sonderangeboten vorbeigehen oder nur aus Prestigegründen ein neues Auto kaufen. Mir fiel mein treuer Saab ein, dem es bald an den Kragen gehen würde.

Ich betrat den Supermarkt und schob den Einkaufswagen zur Obst- und Gemüseabteilung. Dabei hatte ich einige Mühe, denn das linke Vorderrad meines Wagens blockierte vehement. Ich legte ein paar reduzierte Bananen in den Wagen. Sie waren weder Bio noch von einer bekannten Marke. Das würde Diskussionen mit Lilly geben, wenn meine Familie wieder nach Hause kam. Lilly hatte sich das Markenbewusstsein bei meiner Frau abgeschaut. Also legte ich für sie zusätzlich Bio-Bananen zum Vollpreis in den Einkaufswagen. Weiter ging es zum Müsli und zum Toilettenpapier. Das rechte Vorderrad quietschte über die Gänge. Mein Gesicht und mein Einkaufswagen waren mir peinlich.

Ich bog in den Kühlbereich ein und es traf mich der Schlag. Da stand sie. Ich hatte ihre roten Haare erst gar nicht bemerkt, da sie sie unter einer braunen Wollmütze verborgen hatte. Sie trug die bekannte Lederjacke, dazu einen schwarzen Rock und eine schwarze Strumpfhose, die in schwarzen Chelsea Boots endete. Sie legte gerade einen Joghurt in ihren Korb und merkte, dass ich sie anstarrte.

Sie drehte sich zu mir um und sah mich über ihre Schulter hinweg an. Ihre grünen Augen und ihr süffisantes Lächeln waren zu viel für mich.

Ich machte auf dem Absatz kehrt und rammte mit dem Einkaufswagen ein Regal. Ich wollte mit diesem Quatsch nichts mehr zu tun haben. Ich wollte hier in Ruhe einkaufen und wieder gesund werden. Rothaarige Fantasiefrauen waren meiner Genesung bestimmt nicht zuträglich und konnten mir gestohlen bleiben. Ich irrte durch den Gang und blieb schnaufend vor dem Regal mit den Windeln stehen. Mein Herz raste. Ich versuchte, langsam ein- und auszuatmen. Es gelang mir nicht. Meine rechte Gesichtshälfte brannte und juckte unaufhörlich. Ich wurde wütend. Vor Schmerzen und aus Scham.

»Kann ich Ihnen helfen? Ist alles in Ordnung?« Es war der Filialleiter, der mit einem Klemmbrett im Gang stand. Er trug wie immer seine randlose Brille und einen Bürstenschnitt. Wir kannten uns vom Sehen und grüßten uns gelegentlich.

»Ich habe nur Kopfschmerzen. Es ist nichts weiter.«

»Warten Sie, ich hole Ihnen schnell eine Aspirin.«

»Danke, das ist wirklich nicht nötig«, sagte ich.

Doch er ging bereits zu einer Tür, auf der ›Nur für Personal‹ stand. »Das macht wirklich keine Umstände. Ich bin gleich wieder da.« Er verschwand hinter der Tür.

Ich stand da, bewegungsunfähig. Der Kopf dröhnte, das Gesicht brannte. Ich schob meinen Einkaufswagen Richtung Kasse und schaute mich benommen um. Der Laden war weitgehend leer und von der rothaarigen Frau war nichts zu sehen. An der Kasse legte ich meinen spärlichen Einkauf auf das Band. Vor mir bezahlte eine ältere Dame mit Bargeld. Sie war gerade dabei, die letzten Münzen auf die Schale vor sich zu legen.

»Da sind sie ja«, sagte der Filialleiter und hielt mir eine Tablette und einen Plastikbecher entgegen.

»Vielen Dank«, sagte ich. »Das wäre wirklich nicht nötig gewesen.«

Die Kassiererin musterte mich interessiert. Ich schluckte die Tablette hinunter und spülte mit dem Wasser nach.

»Keine Ursache, und gute Besserung.« Der Filialleiter nahm mir den Becher aus der Hand und verließ geschäftig den Kassenbereich.

Ich bezahlte meine Einkäufe und ging zum Ausgang. Auf dem Parkplatz sah ich mich noch einmal um.

17

Die Zeit, bis meine Familie wiederkam, verbrachte ich wahlweise auf dem Sofa oder dem Bett, dröhnte mich mit Schmerzmitteln zu und behandelte die Bläschen in meinem Gesicht. Ich versuchte, nicht mehr an den Vorfall im Supermarkt und an die rothaarige Frau zu denken. Sie war eine Fantasie, hervorgerufen von zu starken Schmerzmitteln. Nichts weiter.

Als meine Familie nach Hause kam, war ich erleichtert. Obwohl es mit der Ruhe schlagartig vorbei war. Ich schloss jeden Einzelnen lange in die Arme, was etwas kitschig ausgesehen haben muss.

Doktor Schmelling schrieb mich für einen weiteren Monat krank und versorgte mich mit ausreichend Schmerzmitteln, mit der Empfehlung, sie großzügig einzunehmen. Dieses Mal hatte ich die Krankschreibung gleich akzeptiert. Im Büro mit einem schmerzenden Gesicht gute Miene zum bösen Spiel machen zu müssen, war keine verlockende Aussicht gewesen.

Um meine Frau etwas zu entlasten, übernahm ich es, Lilly

morgens in den Kindergarten zu bringen. Für gewöhnlich fuhr ich danach direkt nach Hause und legte mich ins Bett. Die Schmerzen waren nicht besser geworden, aber die Bläschen schienen langsam auszutrocknen und zu heilen. Oft räumte ich gegen Mittag die Küche auf und zwang etwas Müsli hinunter.

Die Nachmittage verbrachte ich vor dem Fernseher, bis es Zeit war, Lilly abzuholen. Wenn ich Besorgungen machen musste, beschränkte ich mich auf das Notwendigste und hielt mich nicht länger als unbedingt nötig im Supermarkt auf. Ohne die ständigen Schmerzen hätte es eine schöne Zeit sein können.

18

An diesem Nachmittag war ich zu früh dran, um Lilly aus der Kita abzuholen, und setzte ich mich auf eine Parkbank. Bevor ich das Haus verließ, hatte ich eine Dosis Novamin genommen und wartete nun darauf, dass die Wirkung einsetzte.

Wenn ich Lilly vor sechzehn Uhr abholte, würde sie nur unter lautem Protest mit nach Hause kommen. Alle ihre Freundinnen und Freunde waren jetzt noch in der Kita und sie wollte nicht die Erste sein, die abgeholt wurde. Noch viel schlimmer war es allerdings, wenn sie die Letzte war. Diese Erfahrung hatte ich eine Woche zuvor machen müssen, als ich vor dem Fernseher eingeschlafen und erst gegen siebzehn Uhr in der Kita aufgetaucht war. Lilly hatte nur unter Protest das Gebäude verlassen, auf dem gesamten Heimweg geschmollt und sogar beim Abendessen kein einziges Wort mit mir gesprochen. Das wollte ich uns heute gerne ersparen.

Ich machte den Reißverschluss meiner Jacke zu. Bald würde es Frühling werden, aber an diesem Tag war es noch kühl.

Da sah ich ihn durch den Park schlendern. Die sinkende Sonne warf ein gleichmäßiges Licht über den Weg, sein Schatten fiel über den kurz gemähten Rasen. Peer trug etwas unter dem Arm, das wie ein Steckenpferd aussah. Auch er sah mich, hob den Arm zum Gruß und kam zu mir herüber.

Mit einem Lächeln blieb er vor mir stehen und schaute auf seine Armbanduhr. »Na, auch zu früh dran?«

Ich nickte.

Peer hatte sich einen stattlichen Bart wachsen lassen, was nicht so recht zu ihm passte. Er gab mir die Hand und setzte sich neben mich. Ich freute mich fast, ihn zu treffen. Das Novamin fing an zu wirken.

»Wo willst du denn mit dem Gaul hin?«, fragte ich. »Ist der von Bene?«

»Ach das«, er hob das Steckenpferd. »Um ehrlich zu sein. Das ist nicht vom Sohnemann. Das ist meins.«

»Deins?«

»Ja, hab ich selbst gemacht.«

Ich schaute ihn fragend an.

»Das ist fürs Hobby Horsing.«

»Hobby Horsing?«

»Genau. Die Studenten bei uns im Schrebergarten haben mich drauf gebracht.«

»Aha«, sagte ich.

»Das ist wie beim Springreiten im Fernsehen. Nur mit Steckenpferden.«

Ich brauchte einen Moment, um mir das vorzustellen. »Das heißt, du springst damit über die Wiese?«

»So kann man es wohl sagen.« Er lachte. »Obwohl es etwas anspruchsvoller ist. Danach hast du einen ganz schönen Muskelkater. Das kann ich dir sagen.« Er fasste sich demonstrativ an den Bauch. »Mit den jungen Leuten kann ich da nicht mithalten. Aber egal. Macht echt Spaß.« Es schien ihm tatsächlich ernst mit seinem Hobby Horsing.

Zumindest hatte ich nicht den Eindruck, dass er mich auf den Arm nahm.

»Das ist auf jeden Fall billiger als ein echtes Pferd«, sagte ich. »Im Unterhalt, meine ich.«

Er lachte und nickte.

Ich schaute auf meine Armbanduhr. Wir hatten noch etwas Zeit.

»Wir haben noch etwas Zeit«, sagte Peer. »Außerdem. Wenn wir beide zusammen in der Kita auftauchen, ist keiner von den beiden der letzte.«

»Stimmt«, sagte ich.

»Und was macht deine Gürtelrose?« Er beugte sich vor und betrachtete mein Gesicht. »Sieht immer noch schlimm aus, oder?«

»Es ist schon besser geworden«, log ich.

»Ich habe da mal drüber nachgedacht und dann ist es mir wieder eingefallen. Stephen King hat da mal eine Geschichte drüber geschrieben.«

»Ach«, sagte ich.

»Ja, der Typ ist deswegen völlig durchgedreht. In der Geschichte.« Peer öffnete seine Jacke, zog sie aus und hängte sie über das Steckenpferd.

Mir fröstelte.

»Der hatte das über ein Jahr. Weil sein Kind und seine Frau gestorben waren oder so.«

»Ich nehme an, die Geschichte ist nicht so gut ausgegangen«, sagte ich.

»Ich kann gar nicht mehr sagen, wie das Ende war.« Er kratzte sich am Kinn. Sein Bart raschelte übertrieben. »Ich muss das mal raussuchen, wenn es dich interessiert.«

»Ist schon gut«, sagte ich.

»Das macht keine Umstände.« Er schien zu überlegen. »Solche Sachen sind oft interessant.«

»Was meinst du?«

»Meine Lebensgefährtin hat so ein Buch. Da musste ich gerade dran denken. Über Krankheiten und was sie bedeuten.«

»Aha.«

»Das kann ich dir mal mitbringen.«

»Schon okay.«

»Doch doch, ich mach das«, sagte er. »Dich hat es echt fies erwischt. Und oft hat so was eine tiefere Bedeutung.«

Ich sagte nichts.

»Glaub mir, solchen Sachen sollte man auf den Grund gehen.« Er sah auf seine Armbanduhr. »Jetzt müssen wir aber los. Sonst gibt es nachher doch noch Ärger.«

19

Als ich Anfang März erneut vor Doktor Schmelling saß, lehnte ich eine weitere Krankschreibung vehement ab. Ich fehlte bereits seit zwei Monaten im Büro.

Die Bläschchen waren aus meinem Gesicht verschwunden, nur eine ungesunde Röte war zurückgeblieben. Die Haut schälte sich immer wieder ab, wie bei einem heftigen Sonnenbrand, und wurde von einem ständigen Juckreiz begleitet. Die Nerven waren nicht verheilt, weshalb ich jeder Zeit damit rechnen musste, dass ein höllischer Schmerz durch meine Nase und Wange fuhr.

Doktor Schmelling nickte und verschrieb mir weitere Schmerzmittel. »Unter keinen Umständen darfst du damit geizen«, sagte er. »Und vergiss nicht den psychischen Aspekt an der Sache. Ich hoffe für dich, dass die Nerven schnell verheilen und die Schmerzen in ein paar Monaten vorbei sind.« Er schaute mich nachdenklich an. »Wenn nicht, kommst du noch einmal rein.«

Im Büro wurde ich von meinen Kollegen nicht besonders herzlich empfangen. Es drückte niemand direkt seinen Unmut über mein langes Fehlen aus. Aber ich wusste, dass sie in der letzten Zeit meine Arbeit hatten mit übernehmen müssen. Momentan würde ich im Büro keinen Beliebtheitswettbewerb gewinnen.

Ich ging zu meinem Platz und war froh, Anna Lena Henrichs nicht an ihrem Schreibtisch sitzen zu sehen. So blieben mir ihre spitzen Kommentare erst einmal erspart. Vielleicht hatte ich Glück und das Aas hatte den Tag über außer Haus zu tun. Vielleicht würde es kein so schlechter Tag werden.

Ich grüßte meinen Kollegen, der gebannt auf seinen Monitor starrte. Er fuhr zusammen und schaute mich entgeistert an. Vermutlich hatte er noch nicht mit meiner Anwesenheit gerechnet. Er brauchte einen Augenblick, bis er sich gefasst hatte, und klickte nervös auf der Maus herum.

Ich musste unwillkürlich an die ersten Pornos denken, die ich als Zwölfjähriger auf dem Computer eines Schulfreundes gesehen hatte. Pixelige Aufnahmen reifer Frauen. Abstoßende Botinnen aus einer fremden Welt.

»Guten Morgen«, sagte er und stieß seine Tasse um. Mate-Tee, oder was auch immer sich für ein Hipstergetränk in seiner Tasse befunden hatte, verteilte sich über seinem Schreibtisch und seiner Chinohose. »Scheiße verdammt«, murmelte er und versuchte, den Sumpf mithilfe mehrerer Taschentücher trocken zu legen. Auch sein dunkelblaues Button Down Hemd hatte etwas abbekommen.

Alles nach der neuesten Mode. Niemand, der in der Geschäftswelt etwas auf sich hielt, trug noch einen Anzug. Der Anzug ist ein Symbol der Unterdrückung. Wer Erfolg hat, hat es nicht nötig, einen Anzug zu tragen. Typen in Anzügen arbeiten für Typen in Shorts. Hatte ich irgendwo gelesen. Und tatsächlich war ich der Einzige in meinem Büro, der noch einen Anzug trug. *Die Welt ist verrückt geworden. Du hast immer Anzug getragen, mein Freund.*

Mein Kollege ging jetzt dazu über, die Tastatur zu reinigen. Er hielt sie in die Luft und kippte sie zur Seite. Ein kleiner Bach brauner Flüssigkeit sickerte auf den Schreibtisch. Er fluchte leise und versuchte die braune Brühe mit den Händen in den Papierkorb zu flitschen. Seine blonden, langen Haare wippten dabei im Takt seiner Wischbewegungen hin und her. Ohne Dutt sah er noch lächerlicher aus.

Ich schüttelte den Kopf und setzte mich an meinen Schreibtisch. Ich war wieder hier. Ich hatte mich zu Hause für das Büro ausreichend präpariert und verstaute die Schmerzmittel in meinem Schreibtisch. Vielleicht würde es heute gar nicht so schlecht werden. Vielleicht würde ich den ersten Arbeitstag seit meiner Erkrankung gut überstehen und heute Abend wohlwollend auf den Tag zurückblicken.

»Du sollst gleich rein zu ihr.«

Ich schaute rüber zu meinem Kollegen. Er hatte das Gröbste der Schweinerei beseitigt und war damit beschäftigt, den Haufen durchnässter Taschentücher in den Papierkorb zu stopfen. Er zeigte auf den einzigen Büroraum, der von einer großen Glasscheibe vom Großraumbüro getrennt war.

Ich schaute ihn fragend an.

»Ich weiß nicht, was sie will«, sagte er und zuckte mit den Schultern.

Ich glaubte ihm nicht. Er wusste mehr, als er bereit war zu sagen. Ich nickte und schaltete den Computer ein. Vermutlich wollte mich meine Chefin nach der langen Krankheitspause persönlich begrüßen, auch wenn das nicht ihre Art war. Ihre Personalführung zeichnete sich durch eine professionelle Kälte aus, die man eher einer Auftragskillerin zugeschrieben hätte.

Mein Kollege zupfte an seinem Hemd herum und schien mich vergessen zu haben. Ich stand auf und ging durch das Großraumbüro an meinen Kolleginnen und Kollegen vorbei. Einige nickten mir aufmunternd zu, andere senkten ihre Blicke und taten beschäftigt. Ich versuchte, mich nicht aus der Ruhe bringen zu lassen, aber eine nagende Stimme in mir sagte, dass etwas ganz und gar nicht stimmte.

Meine Chefin hatte die Rollos nicht heruntergelassen und so sah ich sie bereits von Weitem. Sie saß an ihrem Schreibtisch und redete auf die Freisprechanlage ein. Mit einer Hand fuhr sie sich regelmäßig durch ihren grauen Pagenschnitt, während sie mit der anderen Hand nervös mit einem Kugelschreiber auf die Tischplatte tippte.

Sie war zugegebenermaßen eine attraktive Frau. Ihr marineblauer Anzug war eng geschnitten. An ihrem schlanken Körper war kein Gramm Fett zu viel. Sie ging regelmäßig Laufen und trieb in ihrer Freizeit angesagte Trendsportarten. Ohne Zweifel würde sie mich jederzeit in jeder Disziplin schlagen, obwohl sie gut fünfzehn Jahre älter war als ich. Ich klopfte an die Glastür und sie winkte mich, ohne aufzusehen herein.

Leise schloss ich die Tür und stand verloren da. Sie sah auf und hob ihren rechten Zeigefinger, ich sollte einen Moment warten. Wie ein Schuljunge stand ich vor ihrem Schreibtisch. Ich spürte die Blicke meiner Kollegen auf mir. Einige steckten die Köpfe zusammen und tuschelten. Mir wurde immer unbehaglicher zu Mute.

Aber was konnte ich schon zu erwarten haben? Ich war krank gewesen. Zugegeben, für eine recht lange Zeit, aber dafür konnte ich nicht zur Verantwortung gezogen werden. Allerdings konnte man sich bei meiner Chefin niemals sicher sein.

Sie bedankte sich gerade mit freundlicher Stimme und ausdrucksloser Miene und schüttelte den Kopf, als das Gespräch beendet war.

»Beratungsresistent«, sagte sie. »Aber wenn er es so haben will. Dann muss er es eben auf die harte Tour lernen.« Damit wandte sie sich mir zu. Ihre stahlblauen Augen fixierten mich.

Ich war bewegungsunfähig. Wie das Kaninchen vor der Schlange.

»Du bist wieder da«, stellte sie fest.

Meine Haut brannte, meine Nase kribbelte, so wie sie es immer in der letzten Zeit getan hatte, wenn sich starke Nervenschmerzen ankündigten. Ich hoffte, dass das Gespräch bald beendet sein würde. Ich wollte umgehend zurück an meinen Platz und eine Dosis Tramal nehmen.

»Wir hoffen alle, dass es dir nach so langer Pause wieder gut geht«, sagte sie und lächelte eisig.

Ich nickte. *Bei diesem Lächeln holt man sich noch einen Gefrierbrand. Bei der solltest du aufpassen, mein Freund!*

»Schön. Es war viel los, während du weg warst. Am besten lässt du dich vor der Besprechung heute Mittag von Anna Lena auf den aktuellen Stand bringen.«

Anna Lena Henrichs, das Aas.

Ich nickte und sie wandte sich wieder den Unterlagen zu, die vor ihr auf dem Schreibtisch lagen. Damit schien unser kurzes Gespräch beendet zu sein. Ich konnte zurück zu meinen Schmerzmitteln. Ich drehte mich zum Gehen um.

»Eine Sache noch.« Sie schaute nicht auf, als sie sprach. »Anna Lena hat deine Kunden übernommen, die alle mehr als zufrieden mit ihr sind.«

Dieses kleine Miststück.

»Ich habe sie zur neuen Teamleiterin gemacht«, sagte meine Chefin.

Ich sah sie fassungslos an. »Aber –«, brachte ich schließlich heraus.

»Ich gehe davon aus, dass du meine Entscheidung zu hundert Prozent mitträgst.«

»Natürlich«, sagte ich. In meinem Kopf drehte sich alles. Die Zimmerpflanze, die hinter meiner Chefin stand, verschwamm vor meinen Augen. Ich wankte.

»Ist noch etwas?«, fragte sie.

Ich sah zu meiner Chefin und brauchte einen Moment, bis ich sie fokussieren konnte. Das Blau ihrer Augen stach hinter meine Netzhaut. Dann hörte ich ein Klicken. Es kam nicht von außerhalb, sondern war tief in mir. Plötzlich war ich hellwach.

»Nein«, sagte ich und verließ ohne ein weiteres Wort das Büro. Als ich die Tür öffnete, taten meine Kollegen sehr beschäftigt. Ich ging den langen Flur entlang bis zu meinem Schreibtisch und ließ mich auf den Stuhl sinken. Der Hipster saß nicht an seinem Platz. Ich war allein. Ein Glück.

Ich holte das Tramal und einen der Plastikbecher aus der Schublade und schaute dann auf meinen Schreibtisch. Dies würde also weiter mein Arbeitsplatz sein. Während es sich dieses Aas in meinem Büro gemütlich machte.

Sie sitzt gerade in deinem Sessel. Vor deinem Schreibtisch. Dem Schreibtisch, der dir zusteht. Für den du all die Jahre gearbeitet hast. Und dann kommt dieses kleine Miststück, dieses Aas, und schnappt ihn dir weg. Wie willst du das deiner Frau erklären? »Schatz, du wirst nicht glauben, was heute im Büro passiert ist!«

Ocker, braun und weiß bildeten einen Schleier vor meinen Augen. Ich schmeckte das Tramal in meinem Mund. Ich weinte vor Zorn. Verdammt noch mal. Ich weinte. Ich sah auf und vor mir konnte ich die Umrisse der kleinen Fliesen sehen, wie sie auf dem Boden tanzten. Ich wusste nicht, wie ich zur Toilette gekommen war. *Hast du nicht gerade vor deinem Schreibtisch gesessen?* Ich musste mich zusammennehmen. Bald würde das Schmerzmittel wirken.

Ich sah mir selbst dabei zu, wie ich zu meinem alten Platz zurückging, der vermutlich für eine lange Zeit mein Platz bleiben würde.

21

Ich saß am Esstisch und hörte dem Krach meiner Kinder zu. Der Tag im Büro war eine einzige Demütigung gewesen. Voller Häme hatte mich Anna Lena Henrichs am Morgen in ihre neue Büronische gebeten. Auch wenn sie weiter im Großraumbüro saß, war ihr Platz zumindest nicht von allen Seiten einsehbar.

»Die Umstände haben sich nun geändert«, hatte sie gesagt und sich im Bürostuhl aufgerichtet. Ihre Brüste hatten sich dabei spitz unter ihrem stillosen Top abgezeichnet. »Ich hoffe, dass wir professionell damit umgehen und weiter erfolgreich zusammenarbeiten werden.« Ihr süffisantes Lächeln war zum Kotzen gewesen.

Ich hatte die Minzschokolade abgelehnt, die sie mir hingehalten hatte, und sie betont sachlich um den aktuellen Stand gebeten. Die meisten meiner Kunden wurden nun direkt von ihr betreut und sie dachte gar nicht daran, sie mir zurückzugeben. Kunden, die zum Teil seit Jahren eng mit mir zusammengearbeitet hatten.

Auch den übrigen Tag hatte das Aas keine Möglichkeit ausgelassen, mir die neuen Verhältnisse unter die Nase zu reiben. Kurz vor Feierabend hatte sie mir noch eine Aufgabe aufs Auge gedrückt, die unbedingt bis zum Abend fertig werden müsste. Ich hatte länger bleiben müssen und fast das Abendessen mit meiner Familie verpasst.

Mein Blick ging ins Leere und jedes Mal sah ich irritiert auf, wenn ich etwas gefragt wurde. Meine Frau ging davon aus, dass ich wegen der Schmerzen in meinem Gesicht so geistesabwesend war. Ich konnte ihr unmöglich sagen, dass ich die Beförderung doch nicht bekommen würde. *Austauschbar, mein Freund. Du bist austauschbar. Wir sind alle austauschbar und werden irgendwann durch ein jüngeres Modell ersetzt.*

»Schatz, ich habe heute Benes Vater in der Kita getroffen. Ich soll dich grüßen und er hat mir das Buch für dich mitgegeben.« Sie deutete auf die Arbeitsplatte der Küchenzeile, auf der ein knallbuntes Buch lag. »Er sagte, ihr hättet darüber gesprochen.«

»Ach so, ja. Ich habe Peer neulich getroffen.«

Sie nahm das dicke, schwere Buch in die Hand. »Die symbolische Bedeutung der Krankheit«, las sie laut. »Es kann zumindest nicht schaden.«

»Kann nicht s-aden«, sagte Lilly.

»Ich weiß nicht«, sagte ich. »Ich schaue bei Gelegenheit mal rein.«

22

Du gehst einen langen Flur entlang, der mit einer geblümten Tapete tapeziert ist. Überall blättert sie von den Wänden, durch den Putz wachsen Ranken einer eigenartigen Schlingpflanze.

Du bleibst stehen und siehst an dir herunter. Du stellst fest, dass aus deinem Anzug kleine violette Blüten sprießen. Du versuchst eine mit den Fingern zu berühren und stichst dich an ihren Dornen. Blüten haben keine Dornen.

Am Ende des Ganges befindet sich ein Aufzug. Du stehst davor. Wie von selbst. Du wartest geduldig und ohne Unbehagen, bis sich die Türen öffnen.

Du betrittst die Kabine und fährst hinab. Du weißt, dass es sinnlos ist, die Stockwerke zu zählen. Du näherst dich dem Erdinnern. Du wirst ruhiger. Du hast den Gedanken, dass dein Herz ganz aufhört zu schlagen, wenn du angekommen bist. Aber da ist keine Furcht in dir.

Der Aufzug hält und du steigst aus. Die Türen schließen sich und endlich bist du in der Dunkelheit. Endlich bist du angekommen. Komplette Schwärze umgibt dich. Du spürst deinen Herzschlag. Ruhig und gleichmäßig.

Aber da ist etwas. Du bist nicht allein. Du spürst es. Du bist in seinem Revier. Unbefugten ist der Zutritt verboten. Es hat jedes Recht, dich auf der Stelle zu bestrafen, dich in Stücke zu reißen.

Du bewegst dich keinen Zentimeter und schließt die Augen. Du hörst, wie es näherkommt. Du hörst die schnaufenden Atemzüge eines Tieres, das weiß, dass es mit dir anstellen kann, was es will. Du hast dich hier herunter gewagt und dich schutzlos dem Wesen übergeben.

Wenige Zentimeter trennen dich von der Gestalt. Jetzt spürst du ihren kalten Atem auf deinem Gesicht. Du riechst das Tier. Doch du empfindest keine Angst.

Dein Herz hört auf zu schlagen.

Du öffnest die Augen.

23

Das dicke Buch wanderte umgehend in das unterste Fach meines Nachttisches und blieb dort unbeachtet liegen. ›Das Original seit 1976‹ hatte in goldenen Lettern auf dem regenbogenfarbenen Einband gestanden. Ich hatte weder Zeit noch Lust, mich mit solch esoterischem Quatsch zu beschäftigen.

Am Wochenende ging ich mit Lilly in den nahen Park. Es

war noch vor Ostern und dafür ungewöhnlich warm. Lilly lief im T-Shirt hinter ihrem Fußball her, bis wir den Spielplatz erreichten. Sie kletterte bis ganz nach oben auf das Klettergerüst, wovon sich mir allein vom Zuschauen der Magen umdrehte.

Plötzlich rief sie: »Hallo! Benes Papa!«

Ich schaute mich um, konnte Peer aber nirgendwo entdecken. Ich war erleichtert. Bestimmt hatte Lilly Benes Vater mit einem anderen Mann verwechselt.

»Hallo Lilly!«, rief eine Stimme zurück.

Ich drehte mich um. Da stand er, versteckt hinter den Bäumen am Rand des Parks. In seiner rechten Hand hielt er einen Elektrobohrer und in der linken einen durchsichtigen Schlauch, der in einen Plastikeimer führte. *Der hat dir gerade noch gefehlt.* Er stellte den Eimer samt Schlauch neben seinen Rucksack und kam zu uns herüber.

»Schön, euch hier zu sehen. Bene ist leider bei seinen Großeltern, Lilly. Sonst hättet ihr zusammen spielen können.«

»Was ist das da?« Lilly deutete auf den Bohrer.

»Das ist ein Bohrer«, sagte ich.

»Dein Papa hat recht. Und weißt du, was ich damit mache?«

Lilly schüttelte ihren Kopf so heftig, dass sie beinahe vom Klettergerüst gefallen wäre. Peer ließ den Bohrer in der Luft aufheulen. Das Gerät gab ein kräftiges Summen von sich.

»Ich bohre damit die Bäume an, die dahinten stehen. Siehst du?« Er zeigte auf die Stelle, von der er gekommen war.

Lilly schaute entsetzt. »Du tust den Bäumen weh?«

»Nein. Keine Angst. Das macht denen nichts aus. Wollt ihr euch das ansehen?«

»Wir wollten gerade auch weiter«, sagte ich.

»Papa, bitte.«

»Komm schon. Dauert nicht lange. Ich muss Lilly doch zeigen, dass ich kein Baumschänder bin.« Er lachte.

»Ein Baums-änder?«

»Na gut. Aber wir müssen dann wirklich bald weiter«, sagte ich.

Lilly kletterte vom Gerüst und zusammen gingen wir zu der Stelle, wo wir Peer bei seinem Werk unterbrochen hatten.

»Diese Bäume hier, die nennt man Birken«, sagte er zu Lilly. »Die bohre ich ganz vorsichtig an und daraus kommt dann ein Saft. Ich stecke dann diesen dünnen Schlauch hier in das Loch und so tropft der Saft langsam in den Eimer.«

»Und dem Baum tut das nicht weh«, sagte Lilly zweifelnd.

»Genau. Schau mal in den Eimer. Ein bisschen habe ich schon gesammelt. Leider kommt bei den Birken hier noch nicht so viel.«

»Riecht lecker«, sagte Lilly.

»Und was machst du dann mit dem Zeug?«, fragte ich.

»Der Saft ist gesund. Den kannst du so trinken, damit aber auch kochen. Gerade in der russischen Küche ist das sehr beliebt. Und schau Lilly, für die Löcher habe ich eigenes Bienenwachs. Damit mache ich sie wieder zu. Wie ein Pflaster.«

»Du hast eigenes Bienenwachs?«

»Ich habe auch Bienen, wisst ihr. Nur ein paar Völker. Die könnt ihr euch gerne ansehen. Bene wird sich freuen, wenn du zu Besuch kommst, Lilly.«

Lilly schüttelte den Kopf.

»Ich glaube, Lilly hat etwas Angst vor Bienen. Ich habe ihr einmal erzählt, dass ich von einer gestochen wurde.« Ich streichelte Lilly über den Kopf.

»Wenn man sich ruhig verhält, dann stechen sie nicht.«

Lilly guckte skeptisch, nickte aber. »Papa, kann ich noch sp-ielen. Nur eine S-tunde.«

»Meinetwegen eine halbe Stunde.«

»Das ist zu wenig. Eine Viertels-tunde, Papa!«

»Aber Lilly, das ist doch noch weniger. Ich sag dir Bescheid, in Ordnung? Aber nur auf dem Spielplatz.«

Lilly lief zum Spielplatz zurück. Als ich das Karussell sah, musste ich unwillkürlich an die rothaarige Frau denken.

»Was macht denn die Gürtelrose? Hast du was in dem magischen Zauberbuch gefunden?«, fragte Peer.

»Was? Ach so. Nicht so richtig. Das ist irgendwie nichts für mich.«

»Kein Problem. Kann ich verstehen. Kannst es ja noch behalten.«

Ich starrte weiter auf das Karussell.

»Manchmal ist so etwas ganz interessant. Aber was weiß ich schon.« Er nahm den Schlauch aus dem Baumstamm, aus dem langsam die milchige Flüssigkeit tropfte, und schmierte das Loch mit Bienenwachs zu.

Ja, mein Freund, was weiß er schon.

24

Ziemlich abgekämpft kam ich am Hauptbahnhof an. Die Nervenschmerzen waren noch nicht besser geworden und der Juckreiz war ohne Schmerzmittel nicht auszuhalten.

Im letzten Meeting hatte meine Chefin jedem Einzelnen zu verstehen gegeben, dass das Projekt für einen Großkunden bis Quartalsende fertig sein musste. Wer in so einer Situation nicht bereit sei, Überstunden zu machen, der müsse seine Prioritäten überdenken. Anna Lena Henrichs hatte demonstrativ genickt und überlegen in die Runde geschaut. Mich hatte das Aas dabei auch noch angelächelt. Die nächsten Wochen würde ich nicht pünktlich Feierabend machen können.

Müde stand ich am Bahnsteig. Am Telefon war meine

Frau nicht begeistert über meine angekündigten Überstunden gewesen. Ich holte mein Smartphone heraus und sah auf das Display. Es war schon nach elf und meine Familie lag schon lange im Bett und schlief. Mein Zug hatte Verspätung.

Aus irgendeinem Grund blickte ich auf. Da sah ich sie. Sie stand auf dem gegenüberliegenden Bahnsteig und schaute mich an. Ein heftiger Schmerz durchzuckte mein Gesicht. Meine Haut brannte. Es bestand kein Zweifel. Es war die rothaarige Frau. Sie ging zum Ausgang, blieb davor stehen, drehte den Kopf und lächelte mich an. Dann stieg sie die Treppenstufen hinab.

Eine unglaubliche Wut stieg in mir auf. Wie von einer fremden Macht gepackt, lief ich los. Ich nahm die Treppen und lief. Im Tunnel sah ich sie gerade die Rolltreppen nach oben nehmen. Sie wollte durch den Haupteingang nach draußen. Ich rannte hinter ihr her. Mein Gesicht schmerzte. Jeder Nerv in meiner Nase schmerzte. Meine Zähne schmerzten. Ich lief die Rolltreppe hoch und erreichte die Haupthalle.

Um die Uhrzeit war sie nicht besonders voll. Einige Pendler wie ich und ein paar Jugendliche standen herum oder gingen zu den Bahngleisen. Ich schaute mich nach der Frau um. Sie verließ das Gebäude durch den Haupteingang. Ich rannte quer durch die Halle und rempelte dabei ein paar Jugendliche an, die gerade versuchten, ihre Bierflaschen zu öffnen. Ich hörte sie noch etwas hinter mir herrufen, als ich ebenfalls durch die Türen nach draußen auf den Bahnhofsvorplatz stürmte.

Ich sah die roten Haare hinter einer Straßenecke verschwinden. Sie nahm die Straße Richtung Bankenviertel, aus der ich auf meinem Heimweg eben erst gekommen war. Keine Zeit, um durchzuatmen.

Als ich an der Straßenecke ankam, sah ich sie gerade um

die nächste Kurve verschwinden. Ich musste an eine Kindersendung aus den Neunzigern denken, die ich damals regelmäßig gesehen hatte. Kinder mussten Rätsel lösen, um Carmen Sandiego zu schnappen. Das hier war alles total lächerlich. Das war mein Leben, keine Kindersendung aus den Neunzigern.

Aber ich musste hinter ihr her. Meiner Carmen Sandiego. Das alles musste ein Ende haben. In der Kurve hielt ich erneut nach ihr Ausschau. Sie blieb vor einem alten Bürogebäude stehen, das mir vorher noch nie aufgefallen war. Sie blickte sich zu mir um und betrat durch eine Drehtür das Gebäude.

Langsam ging ich auf die unscheinbare Fassade zu. Die meisten Fenster waren dunkel, nur in wenigen brannte noch Licht. Das Foyer war durch einzelne Wandstrahler erleuchtet und wirkte wenig einladend. Vor der Drehtür des Gebäudes grüßte mich ein alter Mann im grauen Anzug, der aus einem großen Glas Mayonnaise löffelte. Ich murmelte eine Erwiderung, ging durch die Drehtür und sah mich im leeren Foyer um.

Links stand auf dem verlassenen Empfangstresen ein Schild mit der Aufschrift ›Geschlossen‹. Daneben stand eine Reihe altertümlich wirkender Verkaufsautomaten. Rechts von mir stand eine Couchgarnitur aus schwarzem Leder, über der düstere Landschaftsmalereien in schweren Holzrahmen eingefasst waren. Ich sah auf mein Smartphone. Gleich würde es halb zwölf werden.

Von Carmen Sandiego war nichts zu sehen. Ich ging zum Schild, auf dem die verschiedenen Firmen des Gebäudes aufgelistet waren. Ich hatte keinen Anhaltspunkt, wohin die Frau verschwunden sein könnte. Keine der Firmen sagte mir etwas. Ich schaute mich noch einmal im Foyer um, konnte aber auch hier nichts Auffälliges entdecken. Ich ließ mich auf eines der Sofas fallen und schloss für einen Moment die Augen. Es musste irgendeinen Hinweis geben. Auf dem Schild standen lediglich Finanzdienstleister, Notare und Rechtsanwälte, von denen ich noch nie gehört hatte.

Ich ging zum Aufzug hinüber und blieb vor ihm stehen. Auch hier war nichts Außergewöhnliches festzustellen. Ich sah nichts, was mir einen Hinweis auf die rothaarige Frau hätte geben können. Ich drückte den Knopf für den Aufzug und musste nur kurz warten, bis sich vor mir die Türen öffneten. Einem Impuls folgend stieg ich ein und drückte den Knopf für das Untergeschoss.

Die Türen schlossen sich und der Aufzug fuhr mit einem Ruck nach unten. *Wie von selbst fährt er los. Du fährst hinab. Gleich wird dich die Finsternis empfangen, dich in sich auf-nehmen.* Doch als sich die Türen öffneten, erstreckte sich vor mir ein gewöhnlicher Kellergang.

Ich trat irgendwie enttäuscht aus dem Fahrstuhl. Neon-röhren summten über mir und erhellten mit ihrem un-gemütlichen Licht die Umgebung. Langsam ging ich den Gang entlang. Auf der linken Seite befanden sich mehrere Türen, die jedoch alle verschlossen waren. Ganz am Ende des etwa dreißig Meter langen Korridors stand eine Tür einen Spalt offen.

Ich ging näher heran und öffnete sie vorsichtig. Keine Ahnung, was ich dachte, was mich dort erwarten würde. Im Raum war es stockdunkel, nur das Neonlicht des Flures er-hellte die Finsternis etwas. Ich ertastete einen Lichtschalter neben der Tür. Als ich ihn hin und her drehte, tat sich nichts. Der Raum blieb, wie er war. Langsam gewöhnten sich jedoch meine Augen an das schummrige Licht.

Vor mir konnte ich die Umrisse eines rechteckigen Kas-tens erkennen, der auf einem kleinen Tisch stand. Davor befand sich ein breiter Sessel. Ich ging in den Raum hinein. Das Licht aus dem Flur hinter mir spiegelte sich an der gegenüberliegenden Wand.

Als ich etwa in der Raummitte angekommen war, ging mit einem lauten ›Klack‹ ein grelles Licht an. Es blendete mich so sehr, dass ich meine Hände schützend vor die Augen hielt. Ich konnte zwei Scheinwerfer erkennen, die links und rechts von der Decke herabhingen. Die Wand war komplett verspiegelt. Im Dämmerlicht hatte ich nicht sehen können, dass es sich bei dem rechteckigen Kasten um einen Flachbildfernseher handelte. Ich blickte mich um. Außer dem Fernseher, der auf einem Tisch stand und dem schwarzen Sessel, befand sich an einer Wand ein Waschbecken, das ich vorher übersehen hatte. Sonst war der Raum leer.

Der Fernseher ging an und zeigte einen Raum, der so aussah wie der, in dem ich mich gerade aufhielt. Oder vielleicht war es sogar der Raum, in dem ich mich aufhielt. Die Perspektive war jedoch eine andere. Außerdem zeigte der Bildschirm ausschließlich einen schwarzen Sessel. Von einem Fernseher samt Tisch war nichts zu sehen.

Hinter mir fiel die Tür ins Schloss. Ich drehte mich um, lief zur Tür und rüttelte an der Klinke. Ohne Erfolg. Ich drehte mich zur verspiegelten Wand um. »Ich habe keine Lust auf diese dummen Spielchen«, sagte ich etwas zu leise, um selbst davon überzeugt zu sein. »Öffnen Sie sofort die Tür oder ich rufe die Polizei.« Ich schaute auf mein Smartphone. Kein Empfang.

Auf dem Fernseher tat sich etwas. Ich hörte das Klacken hochhackiger Schuhe. Eine Person ging betont langsam über den Fliesenboden und blieb kurz stehen, bevor sie sich in den Sessel setzte. Ich sah das mir bekannte Lächeln. Es war die rothaarige Frau. Aufrecht saß sie da, die Beine in schwarzen Nylonstrümpfen übereinandergeschlagen. Ihre grazilen Füße steckten in schwarz-weiß gestreiften Pumps.

Unter einer offenen Lederjacke trug sie ein schwarzes eng anliegendes Kleid. Die Konturen ihres schlanken Körpers zeichneten sich deutlich ab. Das Grün ihrer Augen flimmerte mir in High Definition vom Bildschirm entgegen.

»Da bist du ja endlich.« Ihr Lächeln verschwand. »Fangen wir an. Du wirst mit der Zeit verstehen, warum du hier bist.«

Ich hörte zum ersten Mal ihre Stimme. Sie klang tiefer als ich erwartet hatte. Ich ging näher an den Fernseher heran. Sie stellte beide Füße parallel auf den Boden und spreizte ihre Beine. Sie trug einen schwarzen Slip. Das konnte ich deutlich auf dem Bildschirm erkennen. Und obwohl sich all das vor mir auf dem Fernseher abspielte, hatte ich das Gefühl, sie säße direkt vor mir.

»Ich mache es dir jetzt Schritt für Schritt vor und du machst es Schritt für Schritt nach,« sagte sie und holte einen durchsichtigen Dildo hinter dem Sessel hervor.

25

»Als Erstes will ich, dass du dich hinsetzt und deinen Penis hart machst.«

Ich schaute mich im Raum um und lachte etwas zu laut auf. Das alles konnte doch nur ein schlechter Scherz sein. Ich würde wohl kaum vor einem Fernseher onanieren, der in irgendeinem mir fremden Keller im Frankfurter Bankenviertel stand. Dazu noch vor einer komplett verspiegelten Wand.

»Hören Sie, machen Sie einfach die Tür auf und wir vergessen das Ganze,« sagte ich. Doch es kam keine Reaktion. Ich betrachtete mein dämliches Ich in der verspiegelten Fläche. Schon wieder stieg Wut in mir auf, diesmal vermutlich am meisten über mich selbst. »Ich will hier keinen Ärger haben. Machen Sie jetzt die Tür auf!«

Ich rüttelte wieder erfolglos an der Türklinke und sah

mich erneut im Raum um. Es gab keine Fenster, durch die ich hätte fliehen können. Ich befand mich unter der Erde in einem Kellergeschoss. Ich saß in der Falle. Ich ging auf die verspiegelte Wand zu. »Hören Sie, wenn Sie dahinter sind. Ich verliere langsam die Geduld.« Ich hämmerte gegen das Glas. »Jetzt machen Sie die beschissene Tür auf oder ich verklage Sie. Das ist Freiheitsberaubung.«

»Du bist aus einem bestimmten Grund hier.« Die rothaarige Frau schaute mir aus dem Fernseher entgegen. »Setz dich hin und tu, was ich dir sage.«

Ich schaute in ihre grünen Augen. Sie schienen die Wahrheit zu sagen. Ich ging zum schwarzen Sessel hinüber und setzte mich. Die rothaarige Frau nickte.

»Massiere deinen Penis, bis er hart ist.«

Ich öffnete mechanisch meine Hose, ließ sie herunter und nahm meinen Penis in die Hand. Merkwürdigerweise fühlte ich mich nun überhaupt nicht mehr beobachtet. In diesem Raum gab es nur sie und mich. Ich hatte sie in meinen Träumen und zuletzt in der Realität gesehen und war ihr bis hierher gefolgt. Jetzt sah ich ihre grünen Augen auf dem Bildschirm und merkte, wie mein Glied härter wurde.

»Es kann losgehen«, sagte sie.

Ich wusste nicht, ob sie mich sehen konnte oder nicht. Aber ich nickte.

»Vor dir steht eine Flasche mit Massageöl.«

Jetzt bemerkte ich die kleine Flasche, die mit einer rosa Flüssigkeit gefüllt war. Ich nahm sie vom Tisch.

»Träufle das Öl auf deine Eichel, bis sie feucht ist.«

Ich tat, was sie sagte.

»Mit der rechten Hand reibst du deinen Penis in kreisenden Bewegungen ein. Erst die Eichel, dann den ganzen Schaft. Ganz sanft, ohne Druck.«

Das Öl wurde langsam warm und fühlte sich gut an.

Sie lächelte. »Jetzt erhöhe den Druck mit der ganzen Hand und gleite den Schaft auf und ab. Nimm deine Vorhaut dabei immer mit nach oben und unten. Siehst du, so.« Sie fuhr mit ihrer Hand den Dildo hoch und runter. »Und jetzt ein bisschen schneller. Genauso ist es gut. Jetzt massierst du langsam mit der flachen Hand die Eichel. In kreisenden Bewegungen. So reizen wir sie.« Sie machte eine kleine Pause.

Ich folgte wie paralysiert ihren Anweisungen.

»Forme jetzt mit deinem Daumen und deinem Zeigefinger einen Ring. Setze ihn auf die Spitze und zieh ihn mit viel Druck den ganzen Schaft hoch und runter.«

Ich spürte wie mein Penis praller wurde und mein Körper zu zittern begann.

»Jetzt hör auf.«

Abrupt hielt ich in der Bewegung inne und war wieder im Keller. Ich schien von weit her zu kommen.

»Du stehst jetzt auf.«

Ich stellte mich hin und verrückte dabei den Sessel. Das Geräusch, das dabei entstand, erinnerte mich an etwas.

»Jetzt umgreifst du deinen Penis mit beiden Händen und onanierst ohne Druck.« Sie schaute in die Kamera und betrachtete mein Glied; vielleicht tat sie auch nur so. Sie nickte, beugte sich zurück, zog ihre rote Lederjacke aus und warf sie neben den Sessel. Dann drehte sie sich um und zog langsam ihr schwarzes Kleid aus. Sie deutete dabei tanzende Bewegungen an und beugte sich nach vorne, als das Kleid ihr Gesäß herunter glitt. Sie drehte ihren Kopf und sah mich an. Wieder ihr Lächeln.

»Erhöhe jetzt den Druck, mit beiden Händen. Und bleib stehen, auch wenn die Beine zittern.« Sie lachte süffisant, drehte sich wieder zu mir und streichelte ihre Brüste. »Aber denk daran. Du darfst erst kommen, wenn ich es dir sage.«

Ihre Stimme war klar und bestimmend. Es gab kein Zurück. Es hatte nie ein Zurück gegeben.

»Jetzt umfasst du mit der linken Hand deine Hoden und drückst fest zu. Knete sie. Das regt die Spermaproduktion an. Mit deiner rechten Hand massierst du fest deinen gesamten Schaft.«

Um ehrlich zu sein, hatte ich meine Hoden noch nie in der Hand gehalten und auch meine Frau war im Laufe unserer Ehe nicht auf den Gedanken gekommen. Es fühlte sich merkwürdig fremdbestimmt an, so als wäre es nicht meine Hand. Vielmehr handelte es sich um die Kralle eines Tieres, die meine Hoden fest umschloss.

»Setz dich zurück in den Sessel.« Ich ließ mich in den Sessel sinken und auch sie setzte sich und spreizte ihre Beine. »Zieh deine Vorhaut herunter und drück am Ende deines Schaftes fest zu.«

Mein Penis fühlte sich an, als würde er jeden Moment zerspringen.

»Umgreife mit der linken Hand den Penis und gleite mit mittlerem Druck den Schaft rauf und runter. Onaniere so weiter, bis ich dich gleich mit einem Countdown zum Orgasmus führe.« Sie legte den Dildo neben sich auf den Sessel und spreizte ihre langen Beine. Ihre Pumps glänzten schwarz und weiß im künstlichen Licht. Sie schob ihren schwarzen Slip zur Seite und begann sich selbst zu befriedigen. Ihre Schamlippen glänzten.

Ich war wie in Trance. Ich starrte auf den Bildschirm und tat, was sie verlangte.

»Und jetzt möchte ich, dass du für mich kommst. Ich werde dir einen Countdown geben.« Sie begann von zehn an rückwärts zu zählen.

Ich konnte den Orgasmus kaum noch aufhalten.

Sie lächelte wieder und hörte auf zu zählen. »Ich weiß,

du hältst es nicht mehr aus. Aber mach weiter. Los. Komm. 3, 2, 1 – los.«

Dieses furchtbare Lächeln.

»Jetzt komm.«

Ich ejakulierte.

Mit meinem Sexualleben war ich immer ganz zufrieden gewesen. Es mochte bisher nicht besonders aufregend gewesen sein. Aber ich hatte ihm auch nie eine große Bedeutung beigemessen. Was ich in diesem Moment erlebte, war ganz und gar außergewöhnlich.

»Ja, das hast du doch sehr fein gemacht«, sagte sie und lächelte ein letztes Mal, bevor das Bild des Fernsehers erlosch.

26

Als ich zu Hause ankam, war es tief in der Nacht. Was sollte ich meiner Frau erzählen, wo ich gewesen war? Leise schloss ich die Haustür auf. So fühlte es sich also an, wenn man seine Frau betrügt. Das heißt, konnte man überhaupt von Betrug sprechen? Ich hatte die rothaarige Frau nicht einmal angefasst. Vielmehr hatte ich einen interaktiven Porno gesehen, bei dem ich onaniert hatte. Mehr war nicht passiert. Mehr hatte ich nicht getan. Und doch fühlte es sich wie Betrug an. Zumindest nahm ich das an. Ich war meiner Frau bis jetzt immer treu gewesen. Natürlich hatte ich zu Pornos onaniert. Natürlich hatte ich anderen Frauen auf der Straße hinterhergeschaut. Doch wer tat das nicht? Auf einer Weihnachtsfeier hatte sich mal ein Flirt mit einer sehr viel jüngeren Praktikantin ergeben. Aber es war nicht einmal zu einem alkoholisierten Kuss gekommen.

Leise schloss ich die Tür und hängte meinen Mantel an die Garderobe. Im Spiegel konnte ich wegen der Dunkelheit mein Gesicht nicht sehen. Das war auch besser so. Ich konnte schlecht nach oben ins Schlafzimmer gehen und mich zu meiner Frau ins Bett legen. Dann würde sie garantiert wach werden und auf dem Wecker die späte Uhrzeit sehen. Ich ging ins Wohnzimmer, zog meine Kleidung aus und legte sie über den Sessel. Mondlicht erhellte den Raum.

Ich legte mich in Unterwäsche auf das Sofa und breitete die Decke über mir aus. Morgen, beziehungsweise in ein paar Stunden, konnte ich meiner Frau erzählen, dass ich sie nicht hatte wecken wollen und viel früher nach Hause gekommen war. Meine rechte Gesichtshälfte brannte. Ich schloss die Augen.

Ich fühlte mich schuldig. Aber ich konnte meiner Frau unmöglich erzählen, was passiert war. Was hätte ich ihr auch sagen sollen? »Hör mal Schatz, eine lustige Geschichte: Eigentlich war ich schon auf dem Heimweg, aber ich habe die rothaarige Frau aus meinen Träumen bis zu einem Bürogebäude verfolgt. Und stell dir vor. Als ich im Keller eingeschlossen wurde, tauchte sie auf einem Fernseher auf, gab mir eine Wichsanleitung und masturbierte. Und ich weiß auch nicht wieso. Aber ich tat, was sie sagte und onanierte vor ihren Augen. Kannst du dir das vorstellen? Verrückte Geschichte, oder?«

Man konnte nicht von einem Betrug sprechen. Nein, ganz und gar nicht. Ich hatte die rothaarige Frau lediglich auf einem Fernseher gesehen. Aber dennoch hatte ich das ungute Gefühl, dass sie mir die Geschichte übelnehmen würde. Sie würde mich für verrückt erklären oder, was noch viel schlimmer war, sie würde davon ausgehen, dass ich wieder angefangen hatte zu trinken. Und das konnte ich nun wirklich nicht riskieren. Abgesehen davon war es eine absolut peinliche Geschichte, in die ich da geraten war.

Nachdem das Bild auf dem Fernseher erloschen war, hatte sich die Tür mit einem lauten Klicken entriegelt. Ich konnte wieder aus dem Keller. Ich war mit heruntergelassener Hose zum Waschbecken gegangen. Meine Trippelschritte hatten das Ganze noch lächerlicher wirken lassen. Glücklicherweise war Wasser aus dem Hahn gekommen. So hatte ich mich waschen und mit Papiertüchern abtrocknen können. Ich hatte den Keller und das Foyer schnell hinter mir gelassen und war zum Bahnhof zurückgegangen.

Ich lag auf dem Sofa und dachte an die rothaarige Frau, an ihr Lächeln. Sie hatte mich in einen verspiegelten Keller gelockt, damit ich vor ihrem Abbild auf dem Fernseher onanierte. Sie hatte gesagt, dass ich nicht ohne Grund dort sei. Nie wieder würde ich in diesen Keller hinunterfahren und den verspiegelten Raum betreten. Das war eine einmalige Sache gewesen. Ein dummer Ausrutscher, der mir nicht noch einmal passieren würde. Niemand war zu Schaden gekommen und dabei würde ich es belassen.

In den Stunden bis zum Sonnenaufgang schlief ich immer wieder kurz ein, nur um dann wieder aufzuwachen und die grünen Augen und die roten Haare vor mir zu sehen. Jedes Mal stieg Schamesröte in mir auf und ließ die Gürtelrose umso heller in der Dunkelheit des Wohnzimmers erstrahlen. Als ich meine Frau und die Kinder die Treppe herunterkommen hörte, stand ich erleichtert und mit einem mulmigen Gefühl vom Sofa auf.

27

Ich erzählte meiner Frau nichts von der letzten Nacht. Und auch sonst wäre mir niemand eingefallen, dem ich diese peinliche Geschichte hätte erzählen können. Was hätte das auch geändert? Ich ging an den folgenden Tagen wie gewohnt zur Arbeit und machte die Überstunden, die von mir verlangt wurden. Wenn es sich vermeiden ließ, ging ich nicht an der Straße vorbei, die zu dem obskuren Büro-gebäude führte, sondern machte einen weiten Bogen darum.

Der Frühling schritt voran und es war an diesem Wochen-ende Zeit, mit der Gartenarbeit zu beginnen. Dagegen hatte ich nicht viel einzuwenden. Auch wenn mir die Arbeit kei-nen großen Spaß machte, ging sie mir leicht von der Hand. Das Zurückschneiden der Stauden machte mir keine Mühe und auch das Entfernen des Rasenfilzes und des Mooses war für mich nur eine geringe Anstrengung. Anders sah es da mit unserem Gartenhaus aus, das verloren in einer Ecke stand. Eigentlich hätte ich es schon im letzten Jahr streichen sollen.

»Wird auch langsam mal Zeit, was?«

Ich drehte mich um. Am Gartenzaun stand Sven Neu-mann. Der Dödel von Nachbar war gerade dabei gewesen, das mehrstöckige Spielhaus aus seinem Winterschlaf zu reißen. Eine schwere Plane lag auf dem perfekt geschnit-tenen Rasen.

»Ja«, sagte ich. »Der Frühling ist wohl da.« *So ein bescheu-erter Satz.*

»Ich meine das Holz. Was ist das? Fichte?« Er deutete auf das traurig aussehende Gartenhaus.

Ich nickte unbestimmt. Fichte war möglich.

»Nimm es mir nicht übel, aber das sieht ganz schön ver-wittert aus. Das würde ich erst noch mal abschleifen, bevor ich mit der Lasur drangehe.«

Ich schaute zu unserem Gartenhaus, sagte aber nichts. Sven Neumann war einer dieser sonnengebräunten Typen, die in der Finanzindustrie richtig Geld machten, zu Hause aber gern mit ihren eigenen Händen arbeiteten und sich im Sommer ein Kanu auf das Dach ihres Volvo Kombi schnall-ten, um nach Schweden zu fahren.

»Was macht die Sache mit deinem Gesicht? Du warst lan-ge krankgeschrieben, habe ich gehört. Alles wieder okay?«

»Ist schon wieder gut. Ist nur noch etwas rot.«

»Schön zu hören.«

Beide standen wir stumm da. Einen Moment zu lang.

»Ich muss dann auch mal weiter machen. Man sieht sich«, sagte der Idiot.

»Ja«, sagte ich und hob die Hand.

Er ging zurück zur Plane, faltete sie mit geübten Handgriffen zusammen und trug sie in ein Gartenhaus, in das unseres mindestens zweimal hineingepasst hätte. Der riesige Garten war bereits für den Sommer vorbereitet. Ein Komposter und mehrere Hoch- und Blumenbeete waren teilweise bepflanzt. Das Spielhaus glänzte in der Frühlingssonne, flankiert von einem Klettergerüst, einem fast real großen Fußballtor und einem Pferd aus Holz. »Damit die Kleine auch zu Hause voltigieren kann«, hatte seine Frau Melanie letztes Jahr zu meiner Frau gesagt.

Ich schaute wieder auf unser Gartenhaus. Ich kam nicht darum herum, in den Baumarkt zu fahren und eine Holzlasur zu kaufen.

28

Ein paar Tage später kam ich an der Straße vorbei, die zum ominösen Bürogebäude führte. Die Schmerzen in meinem Gesicht hatten mich den Tag über wie gelähmt vor dem Schreibtisch sitzen lassen. Bevor ich das Büro verlassen hatte, hatte ich daher eine Extradosis Tramal genommen, die nun auf dem Weg zum Bahnhof zu wirken begann.

Gedankenverloren blickte ich auf. Doch anstatt schnell weiterzugehen, blieb ich stehen. Benommen schaute ich die Straße hinunter, bevor ich wie von selbst einen Fuß vor den anderen setzte.

Schließlich blieb ich vor der Fassade stehen. Bei Tageslicht sah sie noch unscheinbarer aus, als ich es in Erinnerung hatte. In manchen Büros brannte Licht und der für ein Bürogebäude gewöhnliche Strom an Menschen ging ein und aus. Das Gebäude hatte nichts Auffälliges an sich.

Ich wartete und rührte mich nicht. In diesem bewegungslosen Zustand, in dieser Starre, spürte ich nichts. Die Schmerzen der Gürtelrose waren verschwunden. Kein Brennen, kein Jucken. Plötzlich ging ein Ruck durch meinen Körper und ich fing an, mich in Bewegung zu setzen.

Ich betrat die Lobby. Nichts hatte sich verändert.

Ich fuhr mit dem Aufzug in den Keller hinunter und ging durch den Gang auf die wieder nur angelehnte Tür zu. Ich konnte mir selbst dabei zusehen, wie ich die Klinke herunterdrückte und langsam eintrat.

Diesmal war der verspiegelte Raum hell erleuchtet. Alles war wie beim letzten Mal. Der Fernseher stand auf dem kleinen Metalltisch, der wiederum vor dem Ledersessel stand. Ich schloss die Tür, setzte mich in den Sessel und wartete darauf, dass etwas passierte.

Schließlich erschien auf dem Fernseher das Bild der rothaarigen Frau. Wieder saß sie mit durchgestrecktem Kreuz in dem Sessel. Sie trug die schwarz-weiß gestreiften Pumps, die rote Lederjacke und das schwarze eng anliegende Kleid.

»Da bist du ja endlich.« Sie begrüßte mich mit gespielter Strenge.

Ich musste an meine Religionslehrerin aus der achten Klasse denken.

Ihr Lächeln verschwand. »Fangen wir an. Du wirst mit der Zeit verstehen, warum du hier bist. Ich mache es dir jetzt Schritt für Schritt vor und du machst es Schritt für Schritt nach.« Damit holte sie wieder den Dildo hinter dem Sessel hervor und alles begann von Neuem.

Ich weiß nicht, ob alles exakt so ablief wie beim letzten

Mal oder ob es sogar die gleiche Videoaufnahme war. Wie in Trance machte ich wieder nach, was sie mir vormachte.

Als wir fertig waren, reinigte ich mich am Waschbecken an der Wand und verließ das Gebäude.

Erst als ich auf dem Heimweg im Zug saß, erwachte ich nach und nach aus meinem Zustand. Ich konnte nicht fassen, dass ich es schon wieder getan hatte. Dabei hatte ich mir geschworen, dass mir das nie wieder passieren würde. Mein Gesicht erblühte im vollen Rot, als ich die Haustür aufschloss und die Stimmen meiner Familie in der Küche hörte.

29

In den folgenden drei Wochen stieg ich immer öfter zur rothaarigen Frau in den Keller hinab. Zunächst suchte ich sie nur zögerlich, dann jedoch beinahe täglich auf. Ich machte früher Feierabend, um dann schnell zur rothaarigen Frau zu kommen. An den Wochenenden erzählte ich meiner Frau, dass ich dringend Überstunden machen müsse, und fuhr dann geradewegs zum Bürogebäude. Ich verhielt mich unauffällig und stellte mich geschickt dabei an, meine Besuche zu verbergen. Meine Frau schien nicht zu ahnen, dass ich einen für sie fremden Ort aufsuchte, um dort zu onanieren. Wie hätte sie auch auf so etwas Abwegiges kommen sollen?

Ich ging meiner Arbeit ohne großen Elan nach. Ich erledigte lediglich das, was von mir erwartet wurde. Da ich nur noch wenige Kunden betreute, blieb ich nicht länger im Büro, als unbedingt erforderlich war. So lange ich mir keine Fehler erlaubte, würde ich mit dieser Arbeitsmoral durchkommen. Sollte sich doch das Aas totarbeiten und sich bei der Chefin einschleimen. Ich war damit durch. So lange ich auf dem Heimweg einen Abstecher in meinen Keller machen konnte, war ich zufrieden.

Meine Gürtelrose zeigte sich unverändert. An manchen Tagen vergaß ich fast, dass es sie gab. Doch dann durchfuhr mich, wie um mich an sie zu erinnern, ein heftiger Schmerz. »Der Zoster ist ein Schweinehund«, hatte Doktor Schmelling damals zu mir gesagt. Dem konnte ich nur beipflichten.

Zunächst vermutete ich, dass die rothaarige Frau von derselben Videoaufnahme zu mir sprach. Sie trug immer die Lederjacke und das schwarze Kleid, immer dieselben Pumps. Sie saß in ihrer unnahbaren, aufrechten Haltung vor mir. Auch wählte sie dieselben Worte, wenn sie zu mir sprach. Mit der Zeit bemerkte ich jedoch, dass sie ihren Text und die Abläufe leicht zu variieren schien, auch wenn alles Übrige gleich blieb. Zumindest hatte ich den Eindruck, dass es so war.

Letztlich spielte es auch keine Rolle. Jedes Mal, wenn ich den langen Gang zum verspiegelten Keller entlang ging, durchströmte mich eine freudige Erregung, die beinahe nicht auszuhalten war. So etwas hatte ich noch nie gefühlt. Von mir aus hätte es ewig so weitergehen können.

30

Du gehst den Flur entlang. Gleich wirst du sie wiedersehen. Alles ist wie immer. Das Neonlicht, die kahlen Wände. Du fragst dich schon lange nicht mehr, was das alles zu bedeuten hat. Es ist egal. Du kannst ohne sie nicht leben, nicht mehr sein.

Der Gedanke lässt dich erstarren. Was ist, wenn du die Tür öffnest und einen leeren Raum betrittst? Wenn Scheinwerfer, Spiegelwand, Waschbecken, Papiertücher, Massageöl, Tisch, Sessel und Fernseher nicht da sind? Deine Schritte werden schneller. Jetzt ist es fast Gewissheit. Nichts ist mehr da. Sie ist nicht mehr da. Alles ist verloren.

Du öffnest die Tür. Der Raum ist hell erleuchtet. Alles steht an seinem Platz. Alles ist da, wo es hingehört.

Du lässt dich in den Sessel fallen. Es ist alles wie immer. Und es wird für alle Zeiten so sein. Sie wird zu dir kommen. Sie wird dich empfangen. Ihr Lächeln wird dich erschauern lassen, das Grün zum Schwitzen bringen.

Das Bild geht an. Du hörst ihre Pumps auf dem Kachelboden. Sie setzt sich wie all die anderen Male vor dich hin. Wie kann sie nur so aufrecht sitzen? Sie ist eine Königin. Deine Königin. Sie wird es immer sein. Sie verfolgt ihren Plan und du folgst ihr. Eine Viertelstunde wird zur Ewigkeit.

Doch dann. Kurz vor dem Ende. Du hörst Trauer in ihrer Stimme. Trauer, die da nicht hingehört, die nicht da sein darf. Oder ist es Freude? Du schreckst auf. Etwas ist anders. Etwas stimmt nicht.

Du hörst etwas. Ihr Lächeln ist diesmal ein Abschied. Es sind Schritte. Nicht hinter dir, sondern aus dem Fernseher. Hinter ihr. Keine grazilen Schritte wie die ihren. Die rothaarige Frau ist erstarrt.

Ein Schatten tritt ins Bild und bleibt hinter dem Sessel stehen. Es sind nur Umrisse. Eine Schwärze, die hinter ihr steht. Die rothaarige Frau schlägt ihre zuvor gespreizten Beine übereinander und korrigiert ihre Haltung. Aufrecht sitzt sie da. Ganz vorne im Sessel.

»Du bist aus einem bestimmten Grund hier«, sagt sie. Es ist ihre Stimme, und doch bewegt sich ihr Mund nicht. Du siehst ihre roten Lippen auf dem Fernseher. »Ich will jetzt, dass du zu mir kommst.«

Du verstehst nicht, was sie meint. Sie ist im Fernseher. Und du bist hier. In der realen Welt.

»Komm zu mir. Du weißt, wie. Du weißt, was du dann zu tun hast.«

Du starrst auf den Bildschirm. Du starrst auf das Rot ihrer Lippen, in das Grün ihrer Augen. Du verstehst sie. Du hast sie immer verstanden. Du weißt, weswegen du hier bist.

Vor dir sitzt die rothaarige Frau. Deine Geliebte. Du stehst hinter ihr. Es soll so sein. Es muss so sein. Du wusstest von Anfang an, dass du aus diesem Grund hier bist.

Eine Süße liegt in der Luft. Du riechst sie zum ersten Mal. Du legst deine Hände um ihren Hals und drückst zu. Sie zuckt unter dir, leistet aber keinen Widerstand. Lange nehmt ihr Abschied. Du betrachtest ihren grazilen Nacken. Ihre Schulterblätter. Es würde dich nicht wundern, wenn du die Ansätze von Flügeln erkennen würdest.

Dieses Aas. Dieses kleine Miststück. Rot. Überall rot. Unter den berauschenden Wellen fällt dir ihr Muttermal auf. Das hättest du sonst nicht gesehen. Es wäre dir entgangen. Der Moment wäre dir entwischt.

Eine Ewigkeit dauert es, dann siehst du auf ihren schlaffen Körper hinab. Du lächelst ihr Lächeln.

31

»Papa, du kannst so toll Wurst zusammenrollen! Man kann mit Wurst Musik machen.« Lilly nahm die aufgerollte Wurstscheibe wie eine Trompete in den Mund. »Und man hat einen tollen Ges-mack.«

»Schatz, bitte iss die Wurst vernünftig. Und iss auch von dem Brötchen. Sonst wird dir von der vielen Wurst wieder schlecht«, sagte meine Frau.

Sie war wie jeden Sonntag direkt nach dem Aufstehen mit den Kindern beim Bäcker um die Ecke gewesen und hatte reichlich Backwaren gekauft. Ich hatte bereits zwei Brötchen gegessen und schnitt gerade ein Croissant in zwei Hälften. Einen solchen Appetit hatte ich seit Langem nicht mehr gehabt. Der Lokalsender spielte *Sunday Morning* von *Velvet Underground*. Die Gürtelrose zeigte sich an diesem Morgen gnädig und ich hatte nach dem Aufstehen lediglich die übliche Dosis Schmerzmittel genommen. Eine nebulöse Erinnerung, vielmehr ein vages Gefühl stieg in mir auf, als ich auf meine Hände schaute. Sie zitterten.

»Papa, streichen wir heute die Hütte?«, fragte Finn.

Ich schaute aus dem Küchenfenster. »Wenn es heute nicht regnet, können wir das in Angriff nehmen. Ich schaue gleich mal, wie das Wetter werden soll.«

»Ich auch«, sagte Lilly. Ihre Haare hatten sich im Brötchen verfangen, Erdbeermarmelade und Butter klebten in ihren Haarsträhnen.

»Du kannst natürlich auch mitmachen«, sagte ich. Ich hoffte tatsächlich, dass es keinen Regen geben würde. Ich stellte es mir ganz nett vor, den Sonntagvormittag mit den Kindern im Garten zu verbringen.

»Ich ziehe meine neue Mats-hose an. Die ist gelb.«

»Die ist doch noch zu groß, Lilly«, sagte meine Frau und versuchte mit einem feuchten Küchenpapier die Haare von den klebrigen Elementen zu befreien.

»Ich will aber meine Mats-hose anziehen.«

»Schatz, im Sommer kannst du sie bestimmt schon anziehen.«

»Ich will die gelbe Mats-hose.«

»Maus, du stolperst dann doch über deine eigenen Füße.«

»Mir egal.«

»Schatz.«

»Mats-hose.«

»Das war *Daniel Boone* mit *Beautiful Sunday*«, sagte der Radiosprecher. »Jetzt zu den Nachrichten. Alles aus der Region und der Welt. Wie immer mit Katja Kuhns.« Der Nachrichtenjingle des Senders setzte ein und eine Frauenstimme begrüßte die Zuhörer. »Mein Name ist Katja Kuhns und das sind die Nachrichten für Frankfurt, die Region und die Welt. In der letzten Nacht kam es im Bankenviertel zu einem gewaltsamen Mord. Bei dem Opfer soll es sich um die neunundzwanzigjährige Anna Lena H. handeln, die heute Morgen in einer Seitenstraße tot aufgefunden wurde. Einzelheiten zum Tathergang konnte die Polizei noch nicht mitteilen. Inoffizielle Quellen berichten, dass das Opfer erdrosselt worden ist.«

Meine Frau schaltete das Radio aus. »Dass die so etwas ohne Vorwarnung senden. Die denken auch nicht an die Kinder.«

»Mama, wir wissen, was ein Mord ist. Selbst Lilly weiß das«, sagte Finn.

»Ich weiß das auch«, sagte Lilly und nickte. »Papa, was ist erdros-elt?«

Ich saß wie erstarrt da. Ich konnte nichts sagen. Jedes Wort blieb mir im Hals stecken. In meinem Kopf drehte sich alles. Die letzte Nacht. Mir fiel alles wieder ein. Es war ein Traum gewesen. Ich hatte meine Hände um die rothaarige Frau gelegt und hatte zugedrückt. Aber was hatte das mit Anna Lena Henrichs zu tun? Es musste ein Zufall sein.

Mach dir da nichts vor. Das ist kein Zufall. Du weißt, dass es das Aas ist. Du steckst knietief in der Scheiße, mein Freund.

»Lilly, Schatz, manchmal tun Menschen sich gegenseitig weh«, sprang meine Frau für mich ein. »Und manchmal tötet ein Mensch einen anderen sogar. Das darf aber niemand tun.«

»Deswegen heißt das bei der Polizei auch Täter«, warf Finn ein.

»Ich weiß schon, dass man das nicht darf. Ich bin doch kein Baby«, sagte Lilly. »Dieser Mens- im Radio ist nicht sehr nett.«

Wir frühstückten zu Ende. Ein nicht sehr netter Mensch bekam jedoch keinen Bissen mehr herunter.

Zweiter T

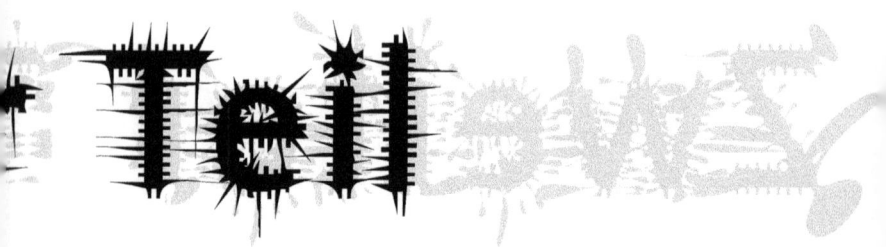

Ich stand vor unserem Gartenhaus und konnte mich nicht rühren. Das konnte unmöglich passiert sein.

Während des restlichen Frühstücks waren mehr und mehr Bilder in mir aufgestiegen. Im Traum hatte ich die Seiten gewechselt. Ich war zur rothaarigen Frau herübergegangen und hatte sie erwürgt. Lange hatte ich dabei auf ihren Hals und ihre Schultern geschaut. Sie hatte es gewollt, hatte die Umarmung genossen. Am Ende war ein befriedigendes Gefühl in mir zurückgeblieben. Das musste ich mir eingestehen. Es war jedoch lediglich ein Traum gewesen, nichts weiter.

In der Realität war ich noch nie handgreiflich geworden. Bis auf eine Schlägerei in der Grundschule. Mit einem Mädchen namens Sonja Pergande. Vordergründig war es um einen Spielzeugdinosaurier gegangen. Tatsächlich jedoch hatte die ganze Schule den wahren Grund gewusst. Und Sonja Pergande hatte den Kampf gewonnen.

Wochenlang hatte ich mir die Sprüche auf dem Schulhof anhören müssen. Gegen ein Mädchen verloren! Dabei hatte es niemanden interessiert, dass sie einen guten Kopf größer und mindestens fünf Kilo schwerer gewesen war als ich. Ich kann mich noch an den enttäuschten Ausdruck auf dem Gesicht meines Vaters erinnern, als er davon erfuhr. Gegen ein Mädchen verloren.

Seitdem hatte ich mich aus allen Scherereien herausgehalten. Ich würde niemals Hand an meine Frau oder an meine Kinder legen. Zu solch einer Tat war ich nicht fähig. Ich war mit Sicherheit kein Mörder. Niemals. Es musste sich um einen Zufall handeln.

Lilly lief um das Gartenhäuschen herum und stolperte dabei immer wieder über ihre gelbe Matschhose. Sie warf dabei vor Freude die Arme in die Luft. Finn kam mit dem Eimer Holzlasur und den Pinseln aus dem Haus, die ich im Baumarkt besorgt hatte.

»Hab alles. Kann losgehen«, rief er.

»Ich will den roten Pinsel«, sagte Lilly.

»Von mir aus«, sagte Finn. Er hielt ihr den roten Pinsel hin und hob ihn hoch über ihren Kopf, als sie danach griff. Das Spiel wiederholte sich ein paar Mal, bis Lilly ihrem großen Bruder vor das Schienbein trat. Wie eine Trophäe hielt sie den Pinsel in der Hand, während sich Finn fluchend das Bein hielt.

»Habt ihr schon angefangen?«, fragte meine Frau, die in den Garten kam.

»Wollen wir gerade«, sagte ich.

Meine Frau ignorierte die Flüche unseres Sohnes und blieb mit kritischem Blick vor dem Häuschen stehen. »Das Holz sieht aber nicht gut aus. Willst du das nicht lieber erst abschleifen? Nachher hält die Lasur nicht.«

»Das wird schon gehen«, sagte ich, bemüht um einen fachmännischen Ton.

Finn und Lilly sahen mich jetzt ebenso skeptisch an, wie ihre Mutter.

Im Nachbargarten kam Sven Neumann aus dem Gartenhaus und trug seine geliebte Feuerschale in die Nähe unseres Grundstücks. Das hatte ich verdrängt. Sobald es Frühling wurde, brannte in seinem Garten dieses blöde

Ding, das er als Lagerfeuer und Grill nutzte. In den Sommerferien zündete er die Feuerstelle sogar mittags an. Wir saßen dann eingehüllt in dichtem Rauch auf der Terrasse und mussten uns und die zum Trocknen aufgehängte Wäsche in Sicherheit bringen. Das ging dann bis in den späten Herbst so. Erstaunlicherweise schien der Rauch immer auf unser Grundstück zu ziehen, während die anderen Nachbargrundstücke verschont blieben.

Als Sven Neumann uns sah, grüßte er und kam an den Gartenzaun. Meine Frau grüßte zurück und ging lächelnd zu ihm hinüber. Ich war froh, nicht mit ihm reden zu müssen und hob den Pinsel zum Gruß.

Ich schaute mir das Häuschen genauer an. Tatsächlich blätterte die Lasur an zahlreichen Stellen vom Holz ab. Die Kinder waren wenig überzeugt von unserer Arbeit. Selbst Lilly betrachtete mit einem ernsten Gesichtsausdruck das Holz. Meine Kinder hatten sich das wohl leichter vorgestellt.

Ich hörte das laute Lachen meiner Frau und sah zu ihnen hinüber. Für die beiden schien die Unterhaltung keine nachbarschaftliche Pflicht zu sein. Im Gegenteil. Meine Frau fasste sich auffallend oft in ihre Haare, während sie lachte. Sven Neumann trug ein eng anliegendes T-Shirt, das seine ausgeprägte Brustmuskulatur betonte, und zeigte übertrieben oft seine weißen Zähne. Aus seinen Cargo-Shorts ragten braun gebrannte Beine, die von irgendwelchen Outdoor-Aktivitäten definiert waren.

Hinter ihnen kamen seine Kinder aus dem Haus und liefen zu ihren Spielgeräten. Finn und Lilly sahen sie, ließen die Pinsel fallen und stürmten zu meiner Frau. Als sie und Sven Neumann nickten, kletterten sie über den Zaun und begrüßten laut jubelnd Maximilian und Emma.

Es blieb an mir hängen, das Häuschen zu streichen. Vermutlich war es ohne die Kinder leichter. Meine rechte Gesichtshälfte juckte. Ich öffnete die Dose mit der Holzlasur und dachte an die rothaarige Frau.

Der Traum konnte unmöglich etwas mit einem realen Mord zu tun haben. Dem Mord an einer Anna Lena H. Es musste nicht Anna Lena Henrichs sein, die ermordet worden war. In Frankfurt lebten mit Sicherheit mehr als eine Anna Lena, deren Nachname mit einem ›H‹ anfing. Es war lediglich ein dummer Zufall. Am Montag würde ich das Aas im Büro sehen und mir wünschen, dass meine Befürchtungen wahr geworden wären. Ein Lächeln huschte über mein Gesicht.

Ich rührte in der Lasur und trug sie unentschlossen auf das marode Holz auf.

2

Ich wartete auf den Aufzug. Kein Kollege war zu sehen. Vermutlich saßen alle fleißig an ihren Schreibtischen, nur ich war zu spät dran. Mein Jackett stank nach Rauch. Sven Neumann hatte am Sonntagabend sein Lagerfeuer entfacht und die Rauchschwaden waren über unser Grundstück und in meine Jacketts gezogen, die ich zum Lüften auf die Terrasse gehängt hatte. Die Rauchsaison war für dieses Jahr eröffnet. Am Morgen war es deswegen zum Streit zwischen mir und meiner Frau gekommen, die unseren Nachbarn verteidigt und mich als Spießer bezeichnet hatte.

Die Türen des leeren Aufzugs öffneten sich. Ich stieg ein und fuhr nach oben ins Büro. In der Enge des Aufzugs stank mein Jackett umso mehr nach Rauch. Ich musste es sobald wie möglich loswerden.

Der Aufzug hielt im passenden Stockwerk, ohne dass jemand eingestiegen wäre. Mit einem unbestimmten Gefühl stieg ich aus. Als ich zu meinem Schreibtisch ging, hörte ich vereinzeltes Flüstern. Ich setzte mich an meinen Platz, zog schnell mein Jackett aus und schaltete den Computer ein.

Ich hatte eine Menge zu tun. Die Präsentation musste bis Mitte der Woche fertig sein und das Aas saß mir im Nacken. Ich wollte mich gerade auf meine Arbeit konzentrieren, als sich mein Kollege mit dem Dutt zu mir herüberbeugte. »Hast du es noch nicht gehört?«

»Was gehört?«, fragte ich.

»Es war doch überall in den Nachrichten.«

»Was?«

»Anna Lena ist tot.«

»Anna Lena?«

»Anna Lena Henrichs.« Er zeigte zu ihrem Schreibtisch am anderen Ende des Raumes. »Es soll Mord gewesen sein.«

»Mord«, sagte ich tonlos.

»Ja, krass, oder?« Er schien recht gefasst zu sein. Er hob seine Nase und schnüffelte übertrieben. »Riechst du das auch. Ist hier was angebrannt?«

»Das bin ich.«

Er sah mich fragend an.

»Mein Jackett«, sagte ich.

»Ach so.« Er nahm einen Schluck aus seiner Tasse. »Anna Lena. Echt krass.«

»Ja«, sagte ich. »Echt krass.« Ich starrte auf den Bildschirm und spürte, wie große Übelkeit in mir aufstieg. Meine rechte Gesichtshälfte schmerzte. Schweiß rann an meinen Schläfen und den Nacken hinunter.

Für Lars oder Lukas schien damit ebenfalls das Gespräch beendet zu sein. Er schaute vor sich auf den Monitor und richtete seinen Dutt. *Was für ein Idiot!*

Ich griff in die Schreibtischschublade, holte eine Ibuprofen und zwei Doxycyclin heraus und würgte die Tabletten trocken herunter, um nicht auf die Toilette gehen zu müssen.

Das Telefon auf meinem Schreibtisch klingelte. Meine Chefin wünschte mich in ihrem Büro zu sprechen. Was wollte sie? Wusste sie etwas über mich und Anna Lena? Wurde ich verdächtigt?

Ich stand auf. Alles drehte sich vor meinen Augen. Ich musste mich für einen Moment an der Tischkante festhalten, um nicht das Gleichgewicht zu verlieren. *Du setzt jetzt einen Fuß vor den anderen und gehst zu deiner Chefin. Es ist keine große Sache, mein Freund. Wirklich keine große Sache. Es weiß niemand von unserem kleinen Geheimnis. Und wir wollen doch dafür sorgen, dass es so bleibt, oder nicht? Also reiß dich zusammen!*

»Alles okay?« Mein Kollege schaute mich fragend an.

»Jaja, alles in Ordnung.« Ich setzte mich langsam in Bewegung und hoffte, die Schmerzmittel würden bald wirken. *Sie ist tot. Das Aas ist tatsächlich tot. Freu dich, dass du sie los bist. Egal, wer sie umgebracht hat. Mach dir jetzt bloß nicht ins Hemd! Sei einmal ein Mann.*

Ich schwankte, als ich durch das Büro ging. Ich schaute in traurige Gesichter, überall Bestürzung in den Mienen. Diesmal lachte niemand über mich. Ich grüßte kurz mit einem Nicken, wenn Kollegen zu mir aufsahen.

Ich klopfte an die Glastür zum Büro meiner Chefin. Sie winkte mich herein und ich schloss die Tür hinter uns.

»Du weißt, was mit Anna Lena passiert ist?«

Ich nickte.

»Traurige Geschichte.« Sie stand auf und schaute aus dem Panoramafenster auf die Hochhäuser um uns herum. »Anna Lena hätte viel erreichen können.« Sie drehte sich zu mir um. »Du übernimmst ihre Stelle. Keine Krankheiten mehr. Voller Einsatz. Wir haben uns verstanden?«

»Ja«, sagte ich.

»Du solltest deinen Look überdenken. Anzüge trägt keiner

mehr.« Sie musterte mich. »Du hast abgenommen. Läufst du?«

Ich nickte.

»Gut, bleib in Form. Glückwunsch zur Beförderung.« Damit setzte sie sich hinter ihren Schreibtisch, schlug die Beine übereinander und vertiefte sich in ihre Arbeit.

Unser Gespräch war beendet.

3

Als ich die Haltestelle verließ, nahm ich einen letzten Schluck aus dem Pappbecher und warf ihn in den Mülleimer. Ich hatte am Frankfurter Hauptbahnhof zur Feier des Tages eine Flasche Whisky gekauft. Im Zug hatte ich einen ersten Schluck genommen und mir auf der kurzen Fahrt ein paar Mal nachgeschenkt.

Ich hatte meine Beförderung bekommen. Was mit Anna Lena Henrichs passiert war, war tragisch. Gar kein Zweifel. Aber es hatte mit mir nichts zu tun. Ich hatte lediglich geträumt. Zufälligerweise in der gleichen Nacht, in der sie ermordet worden war. Trotzdem war ich für ihren Tod nicht verantwortlich. Ich hatte die Beförderung verdient. Das war die Wahrheit. Ich hatte das Recht, ein wenig zu feiern.

Als ich nach Hause ging, merkte ich den Whisky bei jedem Schritt. Ein angenehmer Nebel legte sich über die Welt. *Genieß es, mein Freund. Es ist viel zu lange her! Genehmige dir zu Hause noch einen oder zwei. Deine Frau wird davon nichts merken, wenn du es klug anstellst. Versau es nur nicht!*

Morgen räumst du deinen neuen Schreibtisch ein. Es war clever, es nicht sofort zu tun. Du bist kein gefühlloses Monster. Denk an deine Kollegen. Aber du weißt, dass du den Schreibtisch verdient hast. Er steht dir zu. Es war immer deiner.

Die Flasche Whisky schwankte in meinem Rucksack hin

und her. Ich nahm einen Kaugummi aus der Folie und kaute darauf herum. Ich hatte noch nie verstehen können, wie manche Leute freiwillig auf einem Kaugummi herumkauen konnten. Aber ich wollte meine Frau auf gar keinen Fall mit einer Whiskyfahne begrüßen. Nicht nach allem, was damals passiert war.

Während des Abendessens war ich mehrere Male aufgestanden, um heimlich ein paar Schlucke zu nehmen. Diesmal trank ich direkt aus der Flasche. Meine Frau hatte mich prüfend angeschaut, mein eigentümliches Verhalten aber schließlich auf die Schmerzmittel geschoben. Zumindest thematisierte sie mein ständiges Kommen und Gehen nicht weiter.

Als die Kinder im Bett waren, hatte ich fast die halbe Flasche geleert. Ich versuchte, den Alkoholgeruch mit Erdnussflips und Chips zu überdecken. Meine Frau kam zu mir ins Wohnzimmer und ließ sich auf den Sessel gegenüber fallen.

»Was ist los mit dir?«

»Mit mir? Was soll denn los sein?«, fragte ich.

»Du verhältst dich heute Abend so –« Sie machte eine Pause. »So wie damals.«

»Mir geht's gut.«

»Wirklich?« Meine Frau sah mich zweifelnd an. »Weißt du noch, was du mir damals versprochen hast? Was du uns versprochen hast?«

»Glaubst du etwa, ich hab was getrunken?«

Meine Frau antwortete nicht und sah mich besorgt an.

»Es geht mir gut«, sagte ich und versuchte ein Lächeln.

»Hast du?«

»Was?«

»Hast du was getrunken?«

Ich schaute ihr in die Augen. *Oh oh! Ich fürchte, du hast es versaut, mein Lieber. Sie hat etwas gemerkt. Natürlich*

hat sie das. Dein Frauchen hat das viel zu lange mitgemacht.
Hast du wirklich gedacht, dass sie deine Fahne nicht riecht?
Dein Verhalten nicht bemerkt? Idiot! Ich schüttelte den Kopf.

»Es muss an den Schmerzmitteln liegen.« Ich spürte den skeptischen Blick meiner Frau auf mir ruhen. »Es war ein stressiger Tag im Büro und die Schmerzen waren nicht auszuhalten. Es kann sein, dass ich zu viel Tramal oder Novamin genommen habe.« Sie wollte mir glauben, das merkte ich. »Ich geh noch mal zum Schmelling. Vielleicht kann er mir was anderes verschreiben.«

Sie schien ein wenig beruhigter zu sein und setzte sich zu mir auf das Sofa. »Ich will doch nur, dass es dir gut geht«, sagte sie. »Dass du bald wieder gesund bist.«

»Es geht aufwärts«, sagte ich. »Bald ist es bestimmt überstanden.«

»Tut mir leid, dass ich so reagiert habe. Das Kaugummi als du nach Hause kamst. Es hat mich nur daran erinnert.«

»Ist schon gut. Es tut mir leid, dass du dir Sorgen gemacht hast«, sagte ich.

Sie kuschelte sich an mich und ich merkte, dass wir uns lange nicht so nah gewesen waren. Wir nahmen uns in die Arme und sie fing an, mich an der Brust und am Bauch zu streicheln.

Als ihre Hand in meine Hose glitt, hielt sie mein schlaffes Glied in der Hand. Sie bewegte ihre Hand auf und ab, doch mein Penis blieb, wie er war. Sie zog mir die Hose herunter und nahm meinen Penis in den Mund. Doch der zeigte sich unbeeindruckt.

Ich versuchte, an die rothaarige Frau zu denken. Doch ich bekam kein klares Bild von ihr vor Augen. Es waren Schemen, die ich von ihr sah. Vage Umrisse ihrer Figur. Ihre roten Haare flammten auf. Ihr Gesicht erschien wie durch eine Milchglasscheibe. Es ließ sich nicht fassen. Nicht scharf stellen. Alles war verschwommen und unklar. Mein Penis regte sich nicht.

»Tut mir leid«, sagte ich.

»Ist schon gut. Das liegt bestimmt an den Medikamenten. Hat Doktor Schmelling nicht so was gesagt?«

»Ja«, sagte ich tonlos.

»Wir versuchen es ein anderes Mal.« Sie zwinkerte mir aufmunternd zu und gab mir einen Klaps auf meinen nackten Po. »Willst du noch was aus der Küche? Ich bring dir einen Tee mit.«

Ich nickte.

Sie ging in die Küche.

Ich blieb noch eine Weile mit heruntergelassener Hose und schlaffem Glied vor dem Fernseher sitzen, auf dem gerade das Abendprogramm begann.

4

Am nächsten Morgen schmerzte jeder Nerv in meinem Gesicht. Ich hatte Mühe aufzustehen. Vor mir drehte sich alles. Ich schaltete den Wecker aus und ließ den Kopf auf das warme Kissen sinken. Ich hatte den Wecker eine Stunde vorgestellt, damit ich an meinem ersten Tag als Teamleiter vor meinen Mitarbeitern im Büro war. Meine Frau und Lilly lagen neben mir und schliefen. Wenn ich jetzt nicht sofort aufstand, würde ich wieder einschlafen und letztlich verschlafen. Das konnte ich mir nicht leisten. Meine Chefin lief vermutlich gerade einen Halbmarathon, bevor sie gleich ins Büro ging. Ich erhob mich ächzend.

Im Badezimmer schaute ich in den Spiegel. Es war schlimmer als je zuvor. Meine rechte Gesichtshälfte war puterrot und viele kleine Hautfetzen lösten sich von meinem Gesicht. An Rasieren war nicht zu denken. Es würde ohne gehen müssen. Mein Schädel dröhnte und ich hatte ein Pfeifen in den Ohren. Ich übergab mich ins Waschbecken. Das half ein wenig.

Ich sah die Schmerzmittel im Badezimmerschrank. In diesem Zustand war es unmöglich, sie zu nehmen. Ich hätte sie umgehend wieder erbrochen. Ich putzte mit geschlossenen Augen die Zähne und dachte an den letzten Abend. Ich hatte die Flasche ausgetrunken, als meine Frau ins Bett gegangen war. Das rächte sich jetzt in seiner ganzen Härte.

Ich stieg unter die Dusche und stellte das Wasser so heiß ein, wie es gerade noch auszuhalten war. Ich hatte irgendwo gehört, dass so die Hautporen geöffnet würden, was gegen einen Kater helfen sollte. Unter der Dusche übergab ich mich ein weiteres Mal.

5

Es war Mittag. Ich stand vor meinem neuen Schreibtisch und hatte Mühe, mich aufrecht zu halten. Meine Beine gaben immer wieder nach. Ich ließ mich in meinen Schreibtischstuhl fallen und atmete durch. Ich musste dringend Flüssigkeit aufnehmen.

Am Morgen hatte ich den Weg ins Büro unter größter Anstrengung hinter mich gebracht. Im Zug hatte ich zum ersten Mal Schmerzmittel nehmen können. Das war ein Anfang gewesen. Und ich hatte weiter Glück gehabt, denn meine Chefin wollte wegen einer Telefonkonferenz den Vormittag über nicht gestört werden. Sie hatte also weder mein Zuspätkommen noch den Zustand bemerkt, in dem ich mich befunden hatte. So hatte ich den Morgen über damit verbracht, den Schreibtisch einzuräumen und meinen Platz einzurichten.

Ich holte eine Flasche mit Mineralwasser aus dem Schreibtisch und es gelang mir, einige Schlucke zu trinken. Trotz meines Katers genoss ich den Blick auf das Büro, der sich mir bot. Es trennte mich zwar keine Tür vom Hauptraum, aber die Wände hinter und neben mir boten eine bisher nicht gekannte Intimsphäre.

Das Dröhnen in meinem Kopf ließ allmählich nach und der Juckreiz in meinem Gesicht wurde erträglicher. Ich schaute auf das halbe Käsebrötchen, das vor mir auf dem Schreibtisch lag. Auch wenn mir nicht nach Essen zu Mute war, musste ich etwas in den Magen bekommen. Ich nahm zwei Bissen und kaute lange, bevor ich sie mühsam herunterschluckte. Es ging definitiv aufwärts. Ich war mit einem blauen Auge davongekommen.

»Könnte ich Sie kurz sprechen?«

Ich sah vom Schreibtisch auf. Vor mir stand eine Frau Ende fünfzig.

»Mein Name ist Krüger. Mordkommission.« Sie zeigte mir ihren Dienstausweis.

Ich hatte gar nicht bemerkt, dass jemand Fremdes ins Büro gekommen war, obwohl ich von meinem Platz eine gute Sicht über den ganzen Raum hatte. Ich kam mir vor wie in einem dieser schlechten Krimis, die ständig im öffentlich-rechtlichen Fernsehen laufen.

»Sie sind Herr –« Sie blätterte in ihren Notizblock.

Ich sagte ihr meinen Namen und gab ihr die Hand. Sie hatte einen festen Händedruck.

»Man hat mir gesagt, ich solle mich an Sie wenden.« Sie deutete in die Richtung meines früheren Arbeitsplatzes. Der Dutt versteckte sich schnell hinter dem Monitor als er merkte, dass wir in seine Richtung schauten. Er hatte ihr anscheinend schon einiges erzählt. »Sie haben ja sicher mitbekommen, dass Frau Henrichs Opfer eines Gewaltverbrechens geworden ist.«

»Natürlich. Weiß man schon – ich meine, haben Sie schon eine Vermutung, wer das getan haben könnte?«

»Wir gehen momentan allen Spuren nach, durchleuchten neben dem Privatleben auch das berufliche Umfeld des Opfers. Reine Routine.« Sie hörte sich an wie aus einem Tatort. »Ich weiß, ich muss mich für Sie anhören, wie aus einem Tatort. Darf ich mich setzen?« Ohne eine Antwort abzuwarten, setzte sie sich auf den Stuhl vor meinem Schreibtisch.

Ich lächelte verlegen. »Ich habe nicht viel übrig für Krimis, Frau Kommissarin.«

»Frau Krüger reicht. Wie gesagt, wir sind ja nicht im Fernsehen.«

Ich nickte verlegen. »Wissen Sie schon, wie sie ermordet wurde?«

»Frau Henrichs wurde erwürgt.«

Ich stockte. »Erwürgt?«

»Überrascht Sie das?«

»Nein, nein. Eigentlich nicht.« *Sie wurde erwürgt. Hast du das gehört, mein Freund? Jetzt hast du es offiziell!* Mir wurde übel.

»Geht es Ihnen gut?«

»Danke. Ich habe nur –« Ich musste mich sammeln. »Wo wurde sie gefunden?«

»Sie wurde ganz in der Nähe tot aufgefunden.«

»Hier in der Nähe?«

Sie nickte. »Ein paar Straßen weiter Richtung Hauptbahnhof. Passanten haben sie entdeckt.«

Ein heftiger Schmerz durchfuhr meine Gesichtsnerven. Er verschlug mir die Sprache. Ich griff nach der Schreibtischschublade, öffnete sie aber nicht.

»Sie sehen angefasst aus. Kann ich etwas für Sie tun?«

»Nein danke«, sagte ich schnell. »Mir scheint etwas übel zu sein.«

Die Kommissarin musterte mich aufmerksam. »Kannten Sie Frau Henrichs gut? Standen Sie sich nahe?«

»Wir waren Kollegen«, sagte ich. »Privat hatten wir keinen Kontakt.«

»Ist Ihnen eine Veränderung an ihr aufgefallen? Wirkte sie in letzter Zeit anders als sonst?«

Tatsächlich hatte sich das Aas genauso nervtötend aufgeführt, wie sonst auch. Vielleicht sogar schlimmer. Sie hatte keine Gelegenheit ausgelassen, mich zu demütigen. »Nicht, dass ich es bemerkt hätte«, sagte ich matt.

»Und Sie haben ihren Job übernommen?« Sie wartete darauf, dass ich etwas sagte.

Ich versuchte, die Übelkeit zu unterdrücken und räusperte mich. »Das ist richtig. Es kam natürlich ganz unerwartet.« Ich rutschte im Stuhl in eine aufrechte Position. »Aber unter diesen Umständen habe ich nicht ablehnen können. Meine Chefin hat mich darum gebeten.«

Grüne Augen funkeln dich an. Die grünsten Augen, die du dir vorstellen kannst.

»Ihre Chefin scheint nicht jemand zu sein, der um etwas bittet. Wenn Sie mir die Bemerkung gestatten.«

Ich schaute in den Konferenzraum, in dem meine Chefin wild gestikulierend auf die Freisprechanlage einredete.

»Einer Ihrer Kollegen meinte, Sie wären eigentlich für die Stelle von Frau Henrichs vorgesehen gewesen.«

Lange rote Haare ergießen sich auf schmalen Schultern. Ich versuchte ein Lächeln und spürte, wie ich errötete. Dann durchfuhr erneut ein heftiger Schmerz meine Nase und Wange. *Der schlanke Hals liegt da. Er ist für dich bereit. Du weißt, was zu tun ist. Deine Hände umschließen ihn sanft und drücken zu.* Das Käsebrötchen rebellierte in meinem Magen. *Sie ist dir auf der Spur, mein Freund. Sie weiß Bescheid. Sie weiß, dass du es warst.*

»Geht es Ihnen wirklich gut?«

»Danke. Es geht schon«, sagte ich. »Ich war etwas krank und die Nerven in meinem Gesicht sind noch nicht wieder die alten.«

»Sie hatten eine Gürtelrose«, stellte die Kommissarin fest. Ich nickte.

»Im Gesicht?«

Ich nickte wieder.

»Das ist eine schmerzhafte Sache. Das kann lange dauern.«

»Das Gröbste ist vorbei, danke.«

Jetzt nickte Frau Krüger, wenn auch skeptisch. »Frau Henrichs wurde also befördert und Sie gingen leer aus. Woran lag das?«

»Nun, ich war eine ganze Weile krank und Anna Lena hat mich vertreten. Dabei hat sie wohl einen guten Eindruck bei unserer Chefin hinterlassen.«

»Die Stelle war Ihnen fest zugesagt?«

»Wenn Sie so wollen.«

»Sie haben also fest damit gerechnet, befördert zu werden. Das muss für Sie ein Schock gewesen sein. Es war kein netter Zug Ihrer Vorgesetzten.«

Ich schaute wieder in den Konferenzraum. Diesmal schrie meine Chefin einen Mitarbeiter an.

»Sie kamen also nach Ihrer langen Krankheitspause zurück und mussten feststellen, dass Sie ersetzt worden waren und Ihre Karriere einen Dämpfer erlitten hatte.«

Ich zuckte unwillkürlich zusammen. »Gefreut habe ich mich nicht darüber. Natürlich nicht. Aber warum fragen Sie mich das?« *Du weißt, warum sie dich das fragt, mein Freund. Du weißt es ganz genau.*

»Wie ich schon sagte, das ist reine Routine. Ich versuche, das Opfer näher kennenzulernen. Und sein Umfeld. Sie verstehen das sicher.«

»Natürlich. Sie machen nur Ihre Arbeit.«

Sie nickte unbestimmt. »Wann haben Sie Frau Henrichs zum letzten Mal gesehen?«

Tja, wann hast du sie das letzte Mal gesehen, du unschuldiges kleines Lämmchen? War es, als deine Hände ihren Hals umschlossen und immer fester zudrückten? Als sie sich röchelnd unter dir wandte und um Atem rang? Als sie um ihr Leben bettelte? Und du keine Gnade zeigtest. Weil ein Tier dazu nicht in der Lage ist, kein Mitgefühl kennt. Ich griff noch rechtzeitig den Papierkorb neben meinem Schreibtisch und übergab mich stöhnend.

Im Büro wurde aufgehört zu arbeiten. Meine Kollegen guckten erschrocken in meine Richtung. Frau Krüger schaute interessiert zu.

»Kann ich Ihnen irgendwie helfen?«, sagte sie teilnahmslos.

»Danke, es geht schon. Vielleicht ist es ein Virus.«

»Verstehe. Ich lasse Sie lieber allein«, sagte sie und stand auf.

»Am Freitag«, sagte ich und betrachtete dabei mein Erbrochenes. »Da habe ich sie zuletzt gesehen. Ich habe pünktlich Feierabend gemacht. Da war Anna Lena noch im Büro.«

Sie notierte schweigend etwas auf ihrem Notizblock und drehte sich dann zum Gehen um.

»Warten Sie, ich bringe Sie noch zur Tür.«

»Nicht nötig, ich kenne den Weg. Ich komme noch einmal auf Sie zu, wenn ich weitere Fragen habe.« Damit ging sie Richtung Ausgang.

Ich übergab mich ein weiteres Mal.

Als ich vom Papierkorb aufschaute, sah ich, dass Frau Krüger am Schreibtisch des Dutt-Arschlochs stehen geblieben war und sich nun mit ihm unterhielt.

Die dicke Kuh hat sich vorher schon mit ihm unterhalten. Das sieht man doch! Und er hat alles ausgeplaudert. Er

hat ihr erzählt, dass das Aas dir die Stelle vor der Nase weg-
geschnappt hat. Vor deiner roten Gürtelrosennase. Er hat
ihr erzählt, dass es deine Stelle war. Er hat dich reingeritten,
dich angeschwärzt. Das Arschloch mit dem Dutt. Du bist der
Hauptverdächtige. Und auch nicht zu Unrecht, oder?

Mein Kollege verabschiedete sich überschwänglich von
der Kommissarin, die durch den Ausgang verschwand. Er
blickte noch einmal grinsend in meine Richtung und schaute schnell auf seinen Monitor, als ich seinen Blick erwiderte.

Sollte mich die Kommissarin ruhig für verdächtig halten.
Ich hatte nichts zu verbergen. In der Realität hatte ich nichts
Verbotenes getan, geschweige denn, jemanden ermordet.
Ich konnte ganz gelassen sein.

Ich nahm das Novamin aus meinem Schreibtisch, öffnete zittrig die kleine Flasche und tropfte die Flüssigkeit
in ein Glas. Mein Blick fiel auf die zweite Hälfte des Käse-
brötchens, das ich umgehend in den Papierkorb zu dem Erbrochenem warf. Ich musste mir schleunigst einen neuen
Papierkorb besorgen.

6

Auf dem Weg zum Bahnhof machte ich einen Abstecher zum
Bürogebäude, in dessem verspiegelten Keller ich so oft die
rothaarige Frau getroffen hatte. Irgendetwas ließ mir keine
Ruhe. Ich musste mich selbst davon überzeugen, dass ich
nichts mit Anna Lena Henrichs Tod zu tun hatte. Doch was
war, wenn ich beobachtet wurde? Wenn mich die Kommissarin beschattete? Ich musste wachsam sein.

Ich stellte mich in einen Hauseingang auf der gegenüberliegenden Seite und beobachtete das Gebäude. Von
außen sah es aus wie immer. Ich konnte nichts Auffälliges
feststellen. Niemand schien ein besonderes Interesse daran

zu haben, zumindest konnte ich niemanden erkennen. Die meisten Menschen verließen das Gebäude und machten sich auf in den Feierabend.

Langsam ging ich auf den Eingang zu und betrat die Lobby. Auch hier war alles unverändert. Menschen gingen an mir vorbei, ohne mich zu beachten. Ich fing an zu schwitzen und musste meine Jacke öffnen.

Als ich mit dem Aufzug in den Keller fuhr, dachte ich an die unzähligen Male, die ich hier hinabgefahren war, um die rothaarige Frau zu besuchen. Dabei hatte ich stets eine ungeheure Vorfreude empfunden. Ein Kribbeln, dass es gleich losging. Meine Nackenhaare hatten sich jedes Mal in freudiger Erregung aufgestellt. Doch dieses Mal war es anders. Ich spürte, dass die rothaarige Frau nicht da war. Sie war weg, wohin auch immer.

Ich ging den langen Flur entlang und blieb vor der Tür stehen. Ich musste an die letzten Träume denken, die ich von der rothaarigen Frau gehabt hatte. An die Angst, dass sie nicht mehr da sein könnte. Dass sie mich allein zurückgelassen haben könnte. Und ich dachte daran, wie wir uns letztlich voneinander verabschiedet hatten.

Ich öffnete die Tür und betätigte den Lichtschalter. Der Keller war leer. Fernseher, Tisch und Sessel waren verschwunden. Sogar die Spiegelwand war nicht mehr da. An ihrer Stelle zeigte sich jetzt eine schlichte Kellerwand, die in einem dunklen Grün gestrichen war. Ich ging näher an die Wand heran. Es war nicht die mindeste Spur von irgendwelchen Rückständen zu erkennen. Die Wand sah exakt so aus wie die übrigen Wände des Raums.

Es war ein normaler Keller eines normalen Bürogebäudes. Wie konnte das sein? War ich nicht unzählige Male hier herabgestiegen? Und hatte nicht jedes Mal die rothaarige Frau durch den Fernseher zu mir gesprochen?

»Was machen Sie denn hier?«

Ich drehte mich um. Vor mir stand ein älterer Mann in einem Blaumann, vermutlich der Hausmeister.

»Ich –«, begann ich und wusste nicht weiter.

»Sie haben sich wohl verlaufen.«

Ich nickte.

Er schaute mich von oben bis unten an. »Die Büros sind oben.«

»Ja, vielen Dank«, sagte ich und ging Richtung Ausgang.

Der Mann folgte mir in den Flur, schüttelte seinen bulligen Kopf und ging in einen anderen Raum. Ich bemühte mich, das Gebäude so schnell wie möglich zu verlassen.

Als ich durch die Drehtür auf die Straße trat, kam mir ein schwacher Windstoß entgegen, der sich angenehm kühl auf meine Gürtelrose legte. Ich spürte, wie der Schweiß an meinem Körper herunterlief. Ich atmete tief ein und sah mich um. Von der Kommissarin war nichts zu sehen und auch sonst schien sich niemand für mich zu interessieren.

Wie konnte es sein, dass ich den Keller leer vorgefunden hatte? Hatte ihn jemand in aller Eile ausgeräumt und dabei sogar die Spiegelwand abmontiert, ohne dabei auch nur die geringste Spur zu hinterlassen? Oder hatte ich mir am Ende alles nur eingebildet? Wurde ich verrückt?

Möglich ist es, mein Freund. Ganz frisch scheinst du wirklich nicht mehr zu sein. Aber warum machst du dir so einen Kopf? Der Keller ist leer. Umso besser. Keine Spuren. Keine Hinweise auf irgendetwas. Was immer in dem Keller war oder auch nicht war. Was immer dort unten passiert ist. Es spielt keine Rolle. Da kann die fette Krüger sich auf den Kopf stellen, so viel sie will. Also entspann dich, mein Freund!

Mein Mund war vollkommen ausgetrocknet. Am Bahnhof würde ich mir ein paar Dosen Bier genehmigen und darauf warten, bis sich ein wohliger Schleier über alles legte.

Der erste Arbeitstag als Teamleiter war vorbei. Und alles in allem konnte ich zufrieden sein. Die Kommissarin war im Büro aufgetaucht und hatte Fragen gestellt. Aber sie hatte nichts gegen mich in der Hand. Und im Keller befand sich nichts, was auf meine dortigen Besuche oder die rothaarige Frau hindeutete. Ein Lächeln huschte wie von selbst über meine Lippen.

Ich wollte mich gerade Richtung Bahnhof in Bewegung setzen, da spürte ich, wie mich jemand beobachtete. Ich drehte mich so unauffällig wie möglich um. Ein alter Mann stand an der Ecke des Bürogebäudes und sah mich an. Er trug einen grauen Anzug und hielt etwas in der Hand, das ich nicht erkennen konnte. Es war mir unmöglich, sein genaues Alter zu schätzen, denn er machte einen verwahrlosten Eindruck. Ein langer, grauer Bart umfasste sein hageres Gesicht und überhaupt war seine ganze Erscheinung ein Obdachlosenklischee. Er erwiderte meinen Blick für eine gewisse Zeit und verschwand dann in einer Seitenstraße.

Für einen Moment stand ich wie paralysiert da, bevor ich es schaffte, ihm hinterher zu gehen. Ich hatte den Mann schon einmal gesehen. Ich wusste nicht genau, wo und wann, aber die Gestalt war mir schon einmal begegnet.

Ich bog um die Ecke des Bürogebäudes und befand mich in einer Sackgasse. Mülltonnen und Pappkartons bildeten die Kulisse. Unwillkürlich fielen mir die zahlreichen Kartons mit den Sofateilen ein, die ich zunächst unter den Carport und dann ins Wohnzimmer geschleppt hatte. Ich fasste an meine rechte Gesichtshälfte und ging auf das Sammelsurium an Kartons und Decken zu. Vermutlich lebte hier der alte Mann zwischen all dem Dreck und Müll.

Ich schaute in einen der großen Kartons. Stapel von leeren Gläsern und Dosen. Doch von dem Mann fehlte jede Spur. Ich untersuchte auch die übrigen Kartons, aber es war niemand zu sehen. Der alte Mann war wie vom Erdboden verschluckt.

Unter einer der Decken schaute ein kleines Buch hervor. Eigentlich ekelte es mich, aber, einem Impuls folgend, beugte ich mich hinunter und zog es unter der Decke hervor. Als ich es in den Händen hielt, bemerkte ich, dass es sich mehr um ein dünnes Heftchen als um ein Buch handelte. Es schien sehr alt zu sein. Auf dem vergilbten und zerfledderten Einband stand in einer alten Schrift der umständliche Titel *Pfad der Tragödie. Tagebuchauszüge eines Mitglieds der Donner Party, die bei der Überquerung des Donnerpasses dem Schneetreiben zum Opfer fiel (20. November 1846 bis 24. Januar 1847).*

Der Donnerpass. Mir fiel die Zugsimulation ein, in der ich ein ums andere Mal mit dem California Zephyr den Donnerpass überquert hatte. War es ein Zufall, dass ich hier hinter dem ominösen Bürogebäude ein Heft darüber fand? *Was glaubst du, mein Freund? Gibt es solche Zufälle? Mach dich nicht lächerlich. Du kennst die Antwort.* Ich sah mich nach allen Seiten um, steckte das Heft in meinen Rucksack, verließ so schnell wie möglich die Sackgasse und überquerte die Straße Richtung Bahnhof.

7

Die erste Woche als Teamleiter verlief ohne besondere Vorkommnisse. Obwohl ich mich während des Verhörs mit der Kommissarin vor aller Augen in den Papierkorb übergeben hatte, brachten mir meine Mitarbeiter den nötigen Respekt entgegen.

Für das Wochenende hatte ich mir Arbeit mit nach Hause genommen. Ich saß am Samstagmorgen vor meinem Schreibtisch und starrte auf den Desktop. Ich hatte immer mal wieder an das vergilbte Heftchen denken müssen, dass ich bei den Sachen des alten Mannes gefunden und mitgenommen hatte. Aus irgendeinem Grund hatte ich es bisher nicht geschafft, mir den Inhalt anzusehen. Ich brachte es einfach nicht fertig, es aufzuschlagen und so hatte ich es in die Schublade meines Schreibtisches gelegt. Sollte ich den Train Simulator starten und dem Donnerpass einen Besuch abstatten? *Ja klar, warum denn nicht? Das hat bei der rothaarigen Frau ja auch schon bestens funktioniert. Du erinnerst dich sicher, wie du nachts hier unten vor dem Monitor gehockt hast und von deiner Frau überrascht wurdest. Du bist und bleibst eine Witzfigur, trotz deiner Beförderung.*

Ich schaute aus dem Kellerfenster. Die Sonne stand bereits hoch am Himmel. Für Ende April schien es ein warmer Tag zu werden. Die Woche über war es wärmer und wärmer geworden, sodass im Büro schließlich die Klimaanlage angestellt worden war. Es hing mit irgendeinem Hoch zusammen, an dessen Namen ich mich nicht erinnern konnte.

Mein Blick fiel auf die Desktopverknüpfung des Train Simulators. Anstatt darauf zu klicken, öffnete ich den Internetbrowser und startete *YouTube*. Auf der Startseite wurde mir eine Vielzahl von Bahnstrecken angezeigt, die ich zum Teil bereits gesehen hatte.

Weiter unten sah ich ein Video, das lediglich den Titel *Isabell* trug. Ich klickte es an. Billige Klaviermusik untermalt mit Streichern kam aus den Lautsprechern auf meinem Schreibtisch. Das Video zeigte das Foto eines blonden jungen Mädchens. Mit ihren großen braunen Augen und voll geschminkten Lippen lächelte sie in die Kamera. Das Bild musste auf einer Schulfeier oder etwas Ähnlichem aufgenommen worden sein. Etwas verlegen stand sie in einem champagnerfarbenen Kleid und mit zu viel Modeschmuck auf der Tanzfläche.

Es setzte der Rap einer jungen Männerstimme ein. Warum mussten die immer das ›Ch‹ wie ein ›Sch‹ aussprechen? Die Stimme sang über den Tod des Mädchens, das sich vor einen Zug geworfen hatte. Er und all ihre Freunde konnten die Nachricht über ihren Tod nicht fassen.

Ich klappte die Kommentarfunktion unter dem Video auf. Viele Benutzer hatten ihre Beileidsbekundungen hinterlassen. Das Video war vor über zehn Jahren hochgeladen worden, der letzte Kommentar war vor acht Jahren gepostet worden.

Ich klickte auf ›Replay‹ und hörte mir das Video noch weitere fünf Mal an. Bei der Zeile ›Wir haben zusammen Shisha geraucht im Freibad‹ kamen mir die Tränen. *Lächerlich. Du bist absolut lächerlich. Du bist ein erwachsener Mann, der sich Videos über eine tote Teenagerin ansieht und dabei flennt. Deine Schwester würde sich für dich schämen. Du bist einfach eine Schande. Schluss. Aus. Ende. Keine Diskussion.*

Ich nahm etwas Novamin und schaute wieder aus dem Kellerfenster. Die Sonne schien. Über mir hörte ich, wie Finn und Lilly sich lautstark stritten. Meine Frau war am Morgen zu ihren Eltern gefahren und würde vor dem Abendessen nicht zurück sein. Es würde also an mir hängen bleiben, den Streit zu schlichten. Mit einem Seufzen schloss ich den Internetbrowser und schlich nach oben zu meinen streitenden Kindern.

8

Am Nachmittag ging ich mit den Kindern in den Garten. Es war jetzt so warm, dass die Kinder in kurzen Hosen und T-Shirts herumliefen. Ich trug eine kurze Jeans und ein braunes T-Shirt zu meinen beigen Sneakern.

Ich ging hinüber zum Gartenhaus und betrachtete es. Die neue Lasur blätterte vom Holz ab. Innerlich fluchend holte ich die Heckenschere heraus und begann, die Sträucher an der Grenze zum Nachbargrundstück zu beschneiden.

Finn und Lilly waren bereits über den Zaun geklettert und spielten mit den Nachbarskindern. Das Spielhaus hatte eine weiß gestrichene Veranda, auf der nicht nur Lilly, sondern auch die ältere Emma aufrecht stehen konnten. Im anderen Teil des Gartens waren die Jungs damit beschäftigt, mit dicken Stöckern gegen das massive Holzpferd zu hauen.

Ich grinste und kehrte zum Gartenhäuschen zurück, um den Dünger für die Sträucher zu holen.

»Jungs, könntet ihr das bitte lassen!« Melanie Neumann trat aus der Veranda. Sie sah toll aus in ihrem mintgrünen Kleid, das ihr bis kurz über die Knie reichte. Die Jungs hörten auf, wie wild auf das Pferd einzudreschen und liefen johlend zu den Mädels rüber.

Melanie Neumann sah zu mir herüber und winkte. Ich winkte zurück. Sie kam zum Zaun, um sich mit mir zu unterhalten. Widerwillig ging ich ihr entgegen. Ich hatte sie nie besonders gemocht. Sie war stets ein Anhängsel ihres Mannes gewesen. Ihr blondes Haar hatte sie wegen der Hitze zu einem Dutt hochgesteckt. Ihre blauen Augen musterten mich aufmerksam als ich näher kam. Mir fielen ihre feingliedrigen Füße auf, die in hellbraunen Sandalen steckten. Ihre Fuß- und Fingernägel hatte sie dunkelgrün lackiert.

»Das ist vielleicht eine Hitze heute«, sagte sie. »Und das im April! Bist du fleißig bei der Gartenarbeit?« Sie lächelte. Ich wusste nicht, ob sie sich über mich lustig machte. Sven und sie redeten bestimmt schlecht über meine Fähigkeiten als Gärtner.

»Ja, na ja, man tut, was man kann.« Ich kratzte mich verlegen am Hinterkopf.

Vom Spielhaus kam Geschrei. Die Jungs bewarfen die Mädchen mit Blumenerde.

»Max, hör sofort auf damit!«, rief Melanie Neumann.

Maximilian und Finn hörten sofort mit dem Unfug auf.

»Spielt doch Fußball, um Herrgotts Willen. Aber lasst die Mädchen in Ruhe. Lilly, Emma, alles in Ordnung?«

Die Mädchen nickten stumm und verzogen sich in das Innere des Spielhauses.

»Man kann sie nicht eine Minute aus den Augen lassen«, sagte Melanie Neumann.

Ich nickte.

»Sven will jetzt ein Riesentrampolin für den Garten anschaffen. Ich habe ihm gesagt, dass sich die Kinder damit noch umbringen werden.« Sie schaute auf meinen Sack mit Dünger. »Du hast zu tun. Ich will dich nicht aufhalten.«

»Ach Quatsch«, sagte ich. »Ich bin froh über jede Ablenkung.«

Sie lächelte. »Wenn das so ist. Komm doch mit rein. Ich bräuchte mal deine Meinung, die Meinung eines Mannes.« Ihre blauen Augen funkelten mich an. »Nur, wenn du möchtest«, sagte sie. Sie streckte beide Hände als Unschuldsgeste von sich. Ihre weißen Handflächen reflektierten die grelle Sonne.

»Klar. Die Sträucher können warten.« Ich ließ den Sack fallen. »Worum geht's denn?«

»Das siehst du dann«, sagte sie und ging in Richtung Haus.

Melanie Neumann schien gar nicht so übel zu sein, wie ich gedacht hatte. Ich sprang über den Gartenzaun und folgte ihr über den perfekt geschnittenen Rasen zum Haus. Sie drehte sich um und zwinkerte mir zu. Ich rief den Kindern zu, dass ich kurz weg wäre. Aber die interessierten sich gar nicht für uns. Von Weitem sah ich, wie die Jungs abwechselnd mit dem Fußball auf das Tor schossen. Wir gingen durch die Veranda ins Innere des Hauses.

Sie ließ mir den Vortritt und schloss die Schiebetür hinter

sich. »Einen Moment kein Geschrei. Max und Emma sind momentan unausstehlich. Vor allem Max. Na ja, willst du was trinken?«

»Ja gerne.«

Sie ging zum offenen Küchenbereich, der durch eine Theke vom Wohn- und Essbereich getrennt war. Das Haus war stilvoll und gleichzeitig gemütlich eingerichtet. Das musste ich neidvoll anerkennen. Es waren teure Möbel, die aber nicht wahllos herumstanden, sondern sorgfältig aufeinander abgestimmt waren. Vermutlich hatten sie eine Innenarchitektin damit beauftragt.

Melanie Neumann öffnete den Kühlschrank und holte zwei Flaschen heraus. Sie öffnete sie mit einem Flaschenöffner, der im Kühlschrank integriert war. Nicht nur die Küche, das gesamte Haus war um ein Vielfaches teurer ausgestattet als unseres. Sie hielt mir eine der grünen Flaschen hin und wir stießen an. Sie sah meinen überraschten Blick.

»Ein Bier am Samstagnachmittag wird uns schon nicht umbringen.«

»Stimmt«, sagte ich.

Wir tranken das kühle Bier. Unsere Blicke trafen sich.

»Komisch, dass ihr nie bei uns zum Essen wart.«

Ich hatte bisher alle Einladungen von Neumanns auf kreative Weise erfolgreich abgeblockt. Sehr zum Missfallen meiner Frau.

»Ja, schade«, sagte ich.

»Aber das können wir ja nachholen«, sagte sie und ging rüber zur Couchgarnitur. »Setz dich doch.«

»Ja, danke«, sagte ich.

Das sicher sündhaft teure Ledersofa schmiegte sich angenehm kühl an meine Oberschenkel. Vom Sofa aus hatte ich einen perfekten Blick auf den Garten. Max und Finn waren dazu übergegangen, nicht mehr auf das Fußballtor, sondern auf das Spielhaus zu schießen. Melanie Neumann konnte das von ihrem Platz aus nicht sehen. Ich nahm einen großen Schluck aus der Flasche.

»Geht's dir wieder besser?«

Ich verstand nicht, was sie meinte und schaute sie fragend an.

»Wegen deiner Gürtelrose«, sagte sie.

»Es geht mir schon viel besser, danke.«

»Das ist schön. Eine Gürtelrose ist eine schlimme Geschichte. Ich hatte mal eine am Bauch. Ich will mir gar nicht vorstellen, was für Schmerzen das im Gesicht sein müssen.«

»Na ja, zum Glück ist das vorbei. Mehr oder weniger.«

»Das ist eine langwierige Sache.«

»Das Bier kühlt von innen.«

Sie lachte etwas. Ich kam langsam in Fahrt. So viele Worte hatte ich bisher nicht mit ihr gewechselt.

»Dann brauchst du noch eins. Meines ist jedenfalls schon leer.« Sie erhob sich und nahm mir die ebenfalls leere Flasche aus der Hand. Ihre blauen Augen strahlten, als sie rüber in die Küche ging. Was lief hier gerade ab?

Was hier abläuft, mein Freund? Was meinst du wohl? Warum sitzt du hier auf dem Sofa? Warum hat sie dich eingeladen? Sie will dich näher kennenlernen. Und noch mehr! Meinst du, sie hat dich ohne Hintergedanken in das Haus gelockt? Du Idiot! Das ist offensichtlich. Du bist vielleicht eine Pfeife!

Als sie wiederkam, legte sie einen Katalog auf den Couchtisch und überreichte mir eine der kühlen Flaschen. Unsere Hände berührten sich dabei für einen Moment. Sie setzte sich an ihren alten Platz und prostete mir zu.

Wir tranken.

»Ihr habt es wirklich sehr schön hier«, unterbrach ich die Stille. Der Alkohol zeigte bei mir überraschend schnell seine

Wirkung. Ich hatte, bevor ich in den Garten ging, Novamin und Tramal genommen. Da hatte ich noch nicht ahnen können, dass ich wenig später auf dem Nachbarssofa Bier mit Melanie Neumann trinken würde.

»Danke, aber ich hatte auch ein wenig Hilfe von einer Freundin. Sie ist Innenarchitektin. Es ist noch nicht ganz fertig.« Sie sah sich im Wohnzimmer um.

»Sieht toll aus«, sagte ich und sah ihr dabei in die Augen.

Sie schaute mich frech an. Auf ihren Wangen zeichnete sich eine zarte Röte ab.

Ich schaute an die Zimmerdecke und trank aus der Flasche. Als ich den Blick senkte, schaute sie mich unverhohlen an. Ich verschluckte mich, Bier tropfte auf mein billiges T-Shirt und auf ihren teuren Teppich.

»Nicht bewegen«, schrie Melanie Neumann fast, sprang auf und lief in die Küche.

Es war mir peinlich. Ich merkte wie mein Gesicht zu jucken begann. Blitzschnell war sie mit einem Handtuch und einem Fleckenentferner wieder da und machte vor mir auf den Knien am Teppich herum.

Ich schaute ihr dabei zu und entschuldigte mich mehrmals halbherzig. Sie erwiderte nichts und war voll und ganz mit der Entfernung des Fleckes beschäftigt. Unter dem Kleid zeichnete sich ihr trainierter Körper ab. Sie mochte nicht auf dem Fitnessniveau meiner Chefin sein, aber auch Melanie Neumann musste sich zweifelsfrei nicht verstecken. Sie sprühte weiß perlenden Schaum auf den Teppich und rubbelte darauf herum. Ihre Brüste wackelten dabei hin und her. Schweiß stand auf ihrer Stirn. Die feinen Härchen ihrer Unterarme hatten sich aufgestellt. Sie keuchte halblaut.

Ich bekam eine Erektion.

Sie hat dich aus diesem Grund eingeladen. Daran besteht kein Zweifel. Also los jetzt! Oder willst du die Gelegenheit verstreichen lassen? Ich fasste ihre Arme und zog sie zu mir auf das Sofa.

Sie sah mich irritiert an.

Die Unschuldsmiene kann sie sich sparen! Sie weiß ganz genau, was hier gespielt wird. Ich nahm ihr leicht verschwitztes Gesicht in beide Hände. Dann küsste ich sie heftig auf ihren Mund. Meine rechte Hand fuhr in ihren Ausschnitt. Sie hatte kleinere Brüste als ich erwartet hatte.

Sie riss sich von mir los, schaute mich entsetzt an und schlug mir ins Gesicht. Die Ohrfeige schallte laut im Wohn-Essbereich.

»Was soll das?«, fuhr sie mich wütend an. »Ich bin glücklich verheiratet.«

»Ich doch auch«, sagte ich.

»Ach ja?«

»Ja«, sagte ich halblaut.

»Und was soll das dann?«

»Ich weiß nicht.«

»Du weißt nicht?«

»Da habe ich wohl etwas missverstanden«, sagte ich und erhob mich schnell vom Sofa.

»Missverstanden? Da gibt es nichts misszuverstehen, du Schwein.«

»Ich sollte jetzt lieber gehen.«

»Ja, das solltest du wohl.«

Ich sah den Hass in ihren Augen, der vor einem Moment noch Lust und Abenteuer versprochen hatte. Die Hitze in meinem Kopf war kaum auszuhalten. Gebeugt ging ich zur Verandatür, hinter der Lilly mich mit großen Augen anschaute. Ich öffnete umständlich die Schiebetür und nahm Lilly auf den Arm.

In Neumanns Garten rief ich Finn zu, dass wir jetzt zum Abendessen nach Hause müssten. Dabei war es gerade mal halb fünf am Nachmittag. Finn protestierte. Als er jedoch mein Gesicht sah, stieg er widerwillig über den Zaun zurück auf unser Grundstück.

Im Haus liefen Lilly und Finn in ihre Zimmer und ich ging in die Küche, um das Abendessen vorzubereiten. Mein Gesicht glühte und ich merkte, wie mir kalter Schweiß den Rücken herunterrann.

Ich musste mit Lilly reden und herausbekommen, ob sie etwas von der peinlichen Situation mit Melanie Neumann mitbekommen hatte. Ich sah auf die Küchenuhr. Es blieb mir noch etwas Zeit, bis meine Frau nach Hause kommen würde.

Ich nahm eine doppelte Menge Tramal und setzte mich an den Küchentisch. Es würde etwas dauern, bis die Wirkung einsetzte, bis der Nebel sich über die Welt legte.

Hatte ich Melanie Neumann so falsch verstanden? Quatsch! Die hatte eindeutig Interesse. Ich will dir sagen, was los ist, Kumpel! *Sie hat Angst vor der eigenen Courage bekommen. Die Alte war deswegen auch so entsetzt. Als es hart auf hart kam, hat sie Schiss bekommen und dir den schwarzen Peter zugeschoben. Die wird ihrem Sven nichts sagen. Dann müsste sie erklären, warum sie mit ihrem Nachbarn nachmittags auf dem Sofa Alkohol trinkt, während er nicht zu Hause ist. Und warum sie auf allen vieren vor dir herumrutscht. Mach dich nicht verrückt deswegen. Entspann dich!*

Ich entspannte mich. Doch dann hörte ich den Schlüssel in der Haustür. Meine Frau kam früher nach Hause, als ich erwartet hatte.

9

»Papa, woher ist der Fris-käse?«

Ich suchte auf der Packung. »Hergestellt in Bremen«, las ich.

»Dann müssen wir immer Käse aus Bremen kaufen.«

»Ist der so lecker?«

Lilly nickte. »Und gesund.«

»Schatz, iss aber auch bitte von dem Toast. Sonst wird dir wieder schlecht.«

»Ja, Mami.«

»Wie war denn euer Nachmittag? Gab es etwas Besonderes?«

Die Kinder blickten müde vor sich hin. Sie hatten keine Lust, zu erzählen. Das war gut. Allerdings sollte ich mich besser nicht zu früh in Sicherheit wiegen.

»Wir waren draußen. Gartenarbeit«, sagte ich. Mir fiel ein, dass der Sack mit Dünger immer noch unter den Sträuchern lag. Dort wo ich ihn fallen gelassen hatte, bevor ich Melanie Neumann ins Haus gefolgt war.

»Und habt ihr Papa geholfen?«

»Und wie«, sagte ich und zwinkerte.

»Ich war im Sp-ielhaus. Finn hat mit Erde ges-missen. Und Max auch.«

»Stimmt das Finn?«

Finn zuckte mit den Schultern.

»Finn, wir wollen nicht, dass du mit Erde schmeißt. Oder mit sonst irgendetwas. Haben wir uns verstanden?«

Finn nickte.

»Ich möchte gerne von dir hören, dass du es verstanden hast.«

»Ja«, sagte Finn widerwillig.

»In Ordnung«, sagte meine Frau und wandte sich Lilly zu. »Und war Emma auch dabei?«

»Ja, und Papa auch.«

»Im Spielhaus?«, fragte meine Frau und sah mich schmunzelnd an.

»Nein Mami, Papa ist doch viel zu groß.« Lilly lachte laut auf.

Ich hoffte, damit wäre das Thema beendet und bat Finn um die Margarine. Ich hatte es immer schon eigenartig gefunden, abends Butter zu essen.

Lilly hatte sich wieder etwas von ihrem Lachanfall beruhigt. »Papa war nicht im Sp-ielhaus«, sagte sie noch immer lachend. »Der war im richtigen Haus.«

»Du warst bei Neumanns?«, fragte mich meine Frau höhnisch.

Ich lächelte nervös.

»Papa hat Bier getrunken. Mit Emmas Mama.«

Ich versuchte, nicht rot zu werden und merkte, dass es mir nicht gelang.

»Du hast mit Melanie Neumann Bier getrunken?« Meine Frau sah mich erstaunt an.

Ich durfte jetzt keinen Fehler machen. »Eine Flasche«, sagte ich. »Alkoholfrei.« Die Röte meines Gesichtes breitete sich über die Ohren und meine Stirn aus. Ich wusste nicht, was ich sagen sollte.

»Kaum ist ihr Sven das Wochenende über nicht da, holt sie sich einen Hausfreund ins Haus.« Meine Frau lachte.

»Sven ist nicht da?«, fragte ich.

»Er ist auf Geschäftsreise. Ich habe Melanie heute Morgen vor dem Haus getroffen.«

»Ach so«, sagte ich.

»Was ist ein Hausfreund?«, fragte Finn.

Meine Frau lachte wieder. »So hat man das früher genannt. Ist auch egal«, sagte sie und sah mir in die Augen. »Was hat sie denn gewollt?«

»Gewollt?«

»Irgendetwas muss sie doch von dir gewollt haben. Oder habt ihr nur Bier getrunken?«

Ich hielt ihren Blick für ein paar Sekunden stand. »Alkoholfreies Bier«, sagte ich dann, erhob mich und holte das

Novamin aus dem Küchenschrank. Langsam träufelte ich es in ein Wasserglas. So musste ich meiner Frau nicht weiter in die Augen sehen.

»Ging es um Svens Geschenk?«, fragte meine Frau.

»Geschenk?« Ich drehte mich zu ihr um.

»Sven hat nächste Woche Geburtstag. Sie haben uns zur Party eingeladen? Wie du dich ja sicher erinnerst.« Sie sah mich vorwurfsvoll an.

»Ja«, sagte ich und konnte mich nicht erinnern.

»Wir haben zugesagt, Schatz. Also dieses Mal keine Ausreden. Du hast es versprochen.«

»Vers-prochen ist vers-prochen und wird nicht gebrochen.«

»Versprochen ist versprochen«, sagte ich. Die Geburtstagsparty hatte mir gerade noch gefehlt.

»Von wegen«, sagte Finn und sah mich finster an, während er in seinem Essen herumstocherte.

»Dass sie sogar dich um deine Meinung fragt«, sagte meine Frau. »Melanie hat schon die halbe Nachbarschaft befragt. Es geht um eine Rolex. Hast du sie noch nicht mit dem Katalog rumlaufen sehen?«

»Katalog?«

»Für die Uhr. Sie kann sich nicht entscheiden, welches Modell sie Sven schenken soll. Sie macht alle in der Nachbarschaft ganz wuschig damit.«

»Wuschig«, sagte ich. Hatte Melanie Neumann nicht einen Katalog auf den Couchtisch gelegt, bevor sie mir das zweite Bier gereicht hatte?

»Ich habe die Preise im Katalog gesehen.« Meine Frau rührte sich etwas Müsli in ihren Quark, den sie abends oft als Dessert aß.

»Die müssen das Geld echt überhaben«, sagte ich einfallslos.

»Was ist eine Lolex?«, fragte Lilly.

»Eine ganz besonders teure Uhr«, sagte meine Frau.

»Wie teuer?«, fragte Finn.

»So teuer, dass wir uns davon ein neues Auto kaufen könnten«, sagte meine Frau und sah mich an.

Das Autothema nervte mich. Aber ich war froh, nicht mehr darüber sprechen zu müssen, was ich mit Melanie Neumann getrieben hatte. Ich beschloss Nägel mit Köpfen zu machen und hoffte, Lilly stieg auf das Thema ein und alles, was sie am Nachmittag gesehen hatte, wäre für sie vergessen.

»Also gut, kaufen wir ein neues Auto«, sagte ich.

Meine Frau sah überrascht von ihrem Müsli auf.

»Welche Farbe soll das Auto denn haben?«, fragte ich in die Runde.

»Blau«, sagte Finn.

»Pink«, sagte Lilly.

»Geht es vielleicht auch weniger klischeehaft?«, fragte meine Frau.

»Was ist das?«, fragte Lilly.

»Ein Klischee ist, wenn –«, begann ich.

»Ich mag dieses Braun, was man jetzt überall sieht bei den neuen Wagen«, fiel meine Frau mir ins Wort und strahlte.

»Das finde ich auch gut«, sagte ich.

»Kackbraun.«

»Finn!«

»Was denn?«

»Ja, du hast nicht Scheiße gesagt. Das wissen wir«, sagte ich.

»Aber du jetzt«, sagte Finn.

»Braun ist nicht s-ön.«

»Wir können uns im Autohaus die Farben ja erst einmal anschauen«, sagte meine Frau.

»Braun ist blöd.« Lilly ließ nicht locker. Sie verschränkte die Arme vor ihrem Körper, was sehr niedlich aussah.

»Schätzchen, wir werden schon eine Farbe finden, die uns allen gefällt.« Ich beugte mich zu ihr herunter, nahm sie in die Arme und wollte ihr einen Kuss geben.

»Ich will keinen Kuss.«

Ich richtete mich wieder auf.

»So wie Emmas Mama«, sagte Lilly.

»Wie Emmas Mama?«, fragte meine Frau.

»Die will auch keinen Kuss von Papa.«

Meine Frau sah mich irritiert an.

10

Ich war noch nie gut darin gewesen, mich aus Sachen herauszureden. Während des Abendessens hatte ich Lilly lachend unterstellt, sie hätte da etwas falsch verstanden. Oder ihre Augen hätten ihr einen Streich gespielt. Wie hätte ich das, was Lilly gesehen hatte, sonst meiner Frau erklären sollen?

Meine Frau hatte mich erst skeptisch gemustert, dann aber Lilly über den Kopf gestreichelt und die Sache gut sein lassen. Den Abend über war die Sache kein Thema mehr gewesen.

Als meine Frau und ich schließlich allein vor dem Fernseher saßen, fing sie dann doch wieder davon an. »Da seid ihr also ein solches Traumpaar, dass sich Lilly solche Sachen einbildet«, sagte sie.

»Was meinst du?« Ich sah weiter auf den Fernseher, auf dem gerade eine bescheuerte Quizsendung im ersten Programm lief. Wann war das Fernsehprogramm eigentlich so dermaßen schlecht geworden?

»Na, du und Melanie Neumann. Ihr scheint ja einen großen Eindruck auf Lilly gemacht zu haben.«

»Ach so, das. Lilly hat sich da was zusammengesponnen.«

»Lilly hat eine rege Fantasie. Das ist ganz normal in ihrem Alter«, sagte meine Frau.

»Da kommt sie ganz nach ihrer Mutter.« Ich lachte bemüht und nahm die eiskalte Hand meiner Frau, ohne sie dabei anzusehen.

»Wie sie wohl auf so eine Idee kommt?«

Ich spürte den Blick meiner Frau auf mir. »Keine Ahnung«, sagte ich. »Vielleicht aus einer dieser furchtbaren Seifenopern aus dem Vorabendprogramm.«

Meine Frau lachte nicht und schaute mich weiter an.

Ich war bemüht, Interesse für das Fernsehprogramm zu heucheln. Der schleimige Moderator quasselte auf die korpulente Kandidatin ein. Er tätschelte ihr die Hand und machte ihr Komplimente. Die Dicke wurde rot und lachte infantil.

»Warum bist du denn vorher wieder gegangen? Bevor sie dir die Uhren zeigen konnte?«

»Es war schon spät. Zeit zum Abendessen. Was ist das hier? Ein Verhör?« Ich schnaufte ein Lachen. Es erinnerte mich an meinen Vater.

Meine Frau ließ meine Hand los, schaute zum schmierigen Moderator und redete den Abend über kein Wort mehr mit mir.

11

Am Montagmorgen klingelte der Wecker eine Stunde früher als sonst. Meine Frau murmelte etwas, drehte sich auf die andere Seite und schlief weiter. Auch Lilly, die zwischen uns lag, räusperte sich und kuschelte sich dann an mich. Ich spürte die Wärme ihres kleinen Körpers. Die Tageszeitung kam für gewöhnlich gegen fünf Uhr morgens. Das wollte ich heute auf keinen Fall verpassen.

Ich stand auf, schlich nach unten in die Küche und stellte die Kaffeemaschine an. Ich nahm meine morgendliche Dosis Novamin und schaute aus dem Küchenfenster. Die Straßenlaternen warfen schwache, gelbliche Lichtkegel auf das Kopfsteinpflaster. Die Dämmerung hatte noch nicht eingesetzt. In allen Fenstern der Nachbarhäuser herrschte Dunkelheit. Die Wohnsiedlung lag ruhig da.

Unsere Zeitung war in den letzten Wochen unregelmäßig gekommen. Das würde jetzt ein Ende haben. Heute Morgen würde ich die Sache klären. Ein für alle Mal. Ich nahm an, dass die Zeitung von einem Nachbarn geklaut wurde. Vermutlich von Sven Neumann. Dem war alles zuzutrauen.

Die Kaffeemaschine röchelte. Ich schenkte mir eine Tasse ein, goss viel Milch dazu und bezog wieder meinen Beobachtungsposten. Gegen halb sechs war es so weit.

Ich sah die Zeitungsausträgerin an den Nachbarhäusern. Sie zog einen kleinen Wagen hinter sich her, auf dem sie die Zeitungen gestapelt hatte. Mechanisch nahm sie ein Exemplar vom Stapel und legte es vor die Tür oder steckte es in einen der Briefkästen.

Sie kam an unserem Haus an, blieb kurz in der Einfahrt stehen und ging dann, ohne eine Zeitung zurückzulassen, weiter. Ich verstand nicht, was ich gerade gesehen hatte. Warum warf die Frau bei uns keine Zeitung ein?

Ich stürzte aus dem Haus, um die Frau zur Rede zu stellen. Sie war bereits drei Häuser weiter und stopfte gerade eine Zeitung in einen viel zu engen Briefkastenschlitz.

»Entschuldigung«, sagte ich.

Die Frau reagierte nicht, sondern ging weiter zum nächsten Haus.

»Entschuldigen Sie«, sagte ich diesmal etwas lauter und lief in Schlafanzug und Pantoffeln hinter ihr her. »Hallo Sie!«

Jetzt drehte sie sich um. Es war eine noch ältere Frau, als

ich vom Küchenfenster aus vermutet hatte. Sie schien weit über siebzig zu sein.

»Entschuldigung, Sie tragen doch hier die Zeitungen aus.«

»Wonach sieht es denn sonst aus, junger Mann?«

Ich stutzte. »Warum haben Sie denn bei uns keine Zeitung eingeworfen?«

»Haben Sie eine Zeitung bestellt?«

»Ja natürlich, wie unsere Nachbarn auch.«

»Dann habe ich bei Ihnen auch eine eingeworfen.« Damit ließ sie mich stehen und schlurfte weiter zum nächsten Haus.

Das kann nicht wahr sein. Lässt die Alte dich hier stehen! Lass dir das nicht gefallen. »Hey, Sie«, rief ich, als ich mich wieder berappelt hatte.

Genervt drehte sie sich um. »Was ist denn noch?«

»Ich habe aber gesehen, dass Sie bei uns keine Zeitung eingeworfen haben.«

»Aha«, sagte sie.

»Ich habe das von unserem Küchenfenster aus gesehen.«

»Soso.« Sie war gut drei Köpfe kleiner als ich und verdiente höchstens ein Zehntel meines Gehaltes. Trotzdem sah sie mich von oben herab an.

»Rein zufällig«, sagte ich und zeigte auf unser Haus. »Ich wohne hier vorne.«

»Ach so. Ja, nee. Das ist mir oft zu umständlich.«

»Wie, zu umständlich? Die anderen haben doch auch alle eine Zeitung bekommen.«

»Da komme ich oft so schwer ran.« Sie winkte mit der Hand ab. »Der Stapel ist zu weit hinten. Diese Ausgabe lasse ich meistens aus.«

Ich schaute sie verständnislos an.

Sie seufzte über so viel Begriffsstutzigkeit. »Sie haben einen anderen Regionalteil, als die anderen Leute hier. Ihre

Zeitung liegt im Lager immer ganz hinten.« Sie schien zufrieden mit ihrer Erklärung zu sein, zuckte mit den Schultern und ging weiter.

Ich begann langsam zu verstehen und ging wieder hinter ihr her. »Moment, wenn ich Sie richtig verstehe, nehmen Sie unsere Zeitung gar nicht erst mit aus ihrem Lager?«

Sie nickte als wäre das nun wirklich nicht so schwer zu verstehen.

Ich war aufgebracht. »Sie sagen mir gerade, Sie machen das ganz bewusst?«

»Junger Mann, die liegen ganz hinten. Und Sie sehen doch, ich bin nicht mehr die Jüngste.«

»Das können Sie doch nicht machen. Ich bezahle ja schließlich für meine Zeitung.«

»Da kann ich Ihnen auch nicht helfen.«

»Aber natürlich können Sie das. Bringen Sie mir einfach meine Zeitung!«

»Nehmen Sie doch den Regionalteil, den Ihre Nachbarn auch haben.«

»Ich will aber nicht den Regionalteil von hier.«

»Alle anderen haben den doch auch.«

»Ich will ihn aber nicht. Ich will nicht wissen, welcher bekackter Tauben- oder Kaninchenzüchterverein einen Preis gewonnen hat!«

Ein Hund fing an zu bellen.

»Tja, das müssen Sie mit denen von der Zeitung klären. Ich bin nun wirklich nicht für den redaktionellen Inhalt verantwortlich.«

»Nein! Sie sind verdammt noch mal dafür verantwortlich, mir morgens meine Zeitung zu bringen!«

Um uns herum gingen die Lichter in den Häusern an.

»Junger Mann, ich lasse mich von Ihnen nicht anschreien«, sagte sie und wollte gehen.

Ich packte sie am Arm.

»Lassen Sie mich los«, fauchte die Alte jetzt.

»Sie sollen mir verdammt noch mal meine Zeitung bringen, wie allen anderen hier auch«, schrie ich.

Bei den umliegenden Häusern gingen die Türen auf und übermüdete Nachbarn kamen heraus.

Die Alte versuchte sich aus meinem Griff zu befreien. »Lassen Sie mich los!«

»Sagen Sie es! Sagen Sie, dass Sie mir meine beschissene Zeitung bringen!«

Um uns herum bildete sich eine Menschentraube.

»Lassen Sie mich!«

»Ich will meine Zeitung!«

Die Alte biss in die Hand, mit der ich sie festhielt. Ich stieß ihren Kopf von mir.

»Lassen Sie mich! Hilfe!«, rief sie. »Warum hilft mir denn keiner?«

»Ich will meine Zeitung!« Ich schrie und fletschte die Zähne. Ich wollte nur mein Recht. Ich wollte das, wofür ich bezahlte. Ich wollte meine Zeitung.

»Schatz?«

Ich drehte mich um. Meine Frau stand mit verschränkten Armen vor mir und schaute mich fassungslos an. Kein Nachbar sagte etwas. Es herrschte eine ohrenbetäubende Stille.

Ich ließ die Frau los. Sie taumelte übertrieben ein paar Schritte zurück. Ein paar Nachbarn fingen sie auf.

»Ich –«, begann ich, wusste aber nicht weiter.

Meine Frau sah mich enttäuscht an, drehte sich um und ging zurück zu unserem Haus.

Die Nachbarn fragten die Alte, ob sie verletzt sei. Die alte Vettel genoss, dass sie im Mittelpunkt stand und erzählte, dass sie gar nicht wisse, wie das passiert sei. Plötzlich sei ich aufgetaucht, habe sie beleidigt und festgehalten. Sie grinste verschlagen. Ich war der Einzige, der das zu bemerken schien.

Die Nachbarn schauten mich an und schüttelten wiederholt die Köpfe und tuschelten. Es hatte keinen Sinn mich zu erklären.

Ich ging zurück zum Haus und überlegte, wie ich meiner Frau unter die Augen treten sollte.

12

Meine Frau redete an diesem Morgen nicht mehr mit mir. Alle Versuche, ihr die Sache zu erklären, blockte sie ab. Ich kannte meine Frau. Es war am besten, sie in Ruhe zu lassen. Bis zum Abend würde sie sich schon wieder beruhigen.

Doch als ich abends nach Hausen kam, sprach sie immer noch kein Wort mit mir. Das erinnerte mich an die dunkelste gemeinsame Zeit, die wir glücklicherweise hinter uns gelassen hatten.

Meine Reaktion bei der alten Frau war etwas übertrieben gewesen. Aber meine Frau war nicht dabei gewesen, wie die Vettel mit mir geredet hatte. Wie schamlos sie erzählte, dass sie unsere Zeitung einfach liegen ließ, wenn es ihr passte. Das war einfach nicht richtig. Jemand musste etwas dagegen tun. Man konnte doch nicht alles mit sich machen lassen, einfach alles so hinnehmen.

Dich trifft keine Schuld! Es war die alte Vettel! Wenn sie ihre Arbeit richtig gemacht hätte, dann wäre es gar nicht so weit gekommen. Ich hätte mit der Alten noch was ganz anderes gemacht, mein Freund! Und deine Frau gibt dir nicht einmal die Möglichkeit, die Sache zu erklären. Tolle Ehefrau hast du da!

Als wir am Esstisch saßen herrschte zwischen meiner Frau und mir eisige Stille. Finn und Lilly merkten, dass etwas nicht stimmte.

Lilly stocherte lustlos in ihrem Essen herum. »Da sind Erbsen drin.«

»Da sind keine Erbsen drin«, sagte meine Frau gereizt. Sie glich einem Pulverfass und Lilly ahnte nicht, dass sie gerade mit einer brennenden Fackel in der Hand darauf zulief.

»Aber was Grünes«, sagte Lilly.

»Du magst doch Gemüse.«

»Nein, mag ich nicht.«

»Eigentlich schon«, sagte meine Frau.

»Jetzt aber nicht«, sagte meine Tochter.

Meine Frau ließ entnervt ihre Gabel auf den Teller fallen.

»Mama, Geschmäcker ändern sich«, mischte Finn sich ein.

»Dann iss das, was du essen willst und lass den Rest auf deinem Teller liegen«, sagte ich. Das hätte ich lieber bleiben lassen. Meine Frau schaute mich finster an.

»Ich will das aber nicht auf meinem Teller haben.« Lilly schob den Teller von sich und verschränkte die Arme vor ihrem Körper.

Ich musste etwas tun, bevor alles außer Kontrolle geriet. »Lilly, weißt du noch, was du mir auf dem Nachhauseweg erzählt hast?«

Lilly schüttelte den Kopf. Auch sie schaute mich finster an. Den Blick hatte sie eindeutig von ihrer Mutter geerbt.

»Willst du es nicht erzählen?«, fragte ich weiter.

»Keine Lust.«

»Sehr schade«, sagte ich. »Es war doch so lustig.«

»Was war lustig?«, fragte Finn. »Ich will das auch wissen.«

Lillys Blick hellte sich auf. Ihr großer Bruder wollte eine Geschichte von ihr hören. »Bene hat einen Witz erzählt. Beim Mittagessen.«

»Und?«, fragte Finn.

»Dann musste er am Einzeltisch weiteressen. Weil er so lachen musste, dass ihm Milch aus der Nase lief.«

Finn lachte.

Meine Frau sah mich noch immer finster an.

»Weißt du auch einen Witz?«, fragte Lilly.

»Klar«, sagte Finn und überlegte kurz. »Okay, reiten zwei Cowboys an einem Saloon vorbei«, sagte er.

Lilly sah Finn an. »Und dann?«

»Nichts und dann. Das ist der Witz.«

»Wieso?«

Finn stöhnte übertrieben. »Überleg doch mal, du Zwerg.«

»Ich bin kein Zwerg. Mama, sag ihm, dass ich kein Zwerg bin.«

»Finn, deine Schwester ist kein Zwerg«, sagte meine Frau genervt, ohne den Blick von mir zu wenden. »Hör auf, so etwas zu deiner Schwester zu sagen.«

»Ja, Finn«, pflichtete ich meiner Frau bei, traute mich aber nicht, sie anzusehen.

»Wieso ist das ein Witz?«, fragte Lilly.

»Frag deinen Vater. Der kennt sich damit aus«, sagte meine Frau bitter.

Ich versuchte großmütig über diese Anspielung hinwegzusehen. »Na ja, weil Cowboys niemals an einem Saloon vorbeireiten.«

»Was ist denn ein Sal-un?«

»Das ist eine Kneipe für Cowboys«, sagte ich. Das war nicht gerade das passende Thema, um die Stimmung bei meiner Frau zu heben.

»Und warum reiten die nicht vorbei?«

»Weil Cowboys gerne Alkohol trinken, Zwergi.«

»Finn!«, sagte ich.

»Stimmt doch.«

»Hör auf, deine Schwester zu beleidigen«, sagte ich.

»Genau, du Fratzelfrottel!«, sagte Lilly.

»Was ist denn das?«, fragte meine Frau und sah Lilly an.

»Das habe ich mir gerade ausgedacht.«

Finn lachte. »Dann bist du ein Quarkelquark.«

Jetzt lachten beide.

»Lammellümmel«, sagte Lilly.

»Spuckesprosse!«

»Tatteltüt!«

»Popeldipup!«

»Pipikacke!«

Meine Frau verdrehte die Augen und musste lachen. Wir sahen uns an. Ihr Blick sagte: ›Ich bin immer noch sauer auf dich, du Idiot. Aber ich höre mir an, was du zu sagen hast.‹

Ich würde ihr den Vorfall erklären können und wir würden uns wieder vertragen. Beruhigt stieg ich in das Beleidigungsduell meiner Kinder ein. Meine Frau lachte und schüttelte den Kopf.

13

Ich stand unschlüssig in der Teeküche. Plötzlich und ohne Grund war mir die Lust auf einen Kaffee vergangen.

Nachdem die Kinder gestern im Bett gewesen waren, war es zu einer Aussprache zwischen mir und meiner Frau gekommen. Ich hatte mich für mein Benehmen entschuldigt. Ich sei zu überspannt gewesen und hätte zu wenig geschlafen. Die Nervenschmerzen seien an diesem Morgen besonders heftig gewesen. Meine Frau hatte mir geglaubt und meine Entschuldigung erleichtert angenommen.

Wir hatten uns auf dem Sofa aneinander gekuschelt und schließlich einen erfolglosen Versuch unternommen miteinander zu schlafen. Es musste an den Schmerzmitteln liegen. Das Problem würde von selbst verschwinden, wenn ich sie nicht mehr nahm. Wichtiger war, dass ich die Situation mit meiner Frau bereinigt hatte.

Ich schüttete etwas Milch in den Kaffee und wollte gerade zurück zu meinem Schreibtisch gehen, da hörte ich eine vertraute Stimme nach mir fragen. Ich zuckte zusammen. Instinktiv versteckte ich mich im Türrahmen und spähte aus der Teeküche. Es war Frau Krüger, die Kommissarin. Ich seufzte.

»Der müsste eigentlich im Büro sein. Ich habe ihn eben noch gesehen. Ich schaue nach, ob er einen Termin außer Haus hat«, sagte mein Kollege mit dem Dutt. *Was biedert sich der Typ eigentlich bei der Kuh so an? Du bist sein Vorgesetzter. Der tanzt dir auf der Nase rum. Das kannst du dir nicht gefallen lassen!*

»Das ist sehr freundlich von Ihnen«, sagte Frau Krüger.

Vermutlich brachte es nichts, sich weiter in der Teeküche zu verstecken. Es war unwahrscheinlich, dass Frau Krüger einfach wieder ging.

»Pass doch auf«, rief ein Kollege.

Ich hatte mich zu weit vorgebeugt, das Gleichgewicht verloren und war mit einem Kollegen zusammengestoßen, der gerade vorbeiging. Der Kaffee verteilte sich auf seinem Anzug. Warum trug er überhaupt einen Anzug? Ich dachte, außer mir tat das keiner mehr.

»Tut mir leid«, sagte ich, holte schnell ein paar Servietten aus der Küche und tupfte an ihm herum.

»Das wird nicht viel bringen.« Frau Krüger stand vor uns. »Nicht dass Sie alles noch schlimmer machen als es schon ist.« Sie sah mich eindringlich an. »Backpulver oder Natron kann helfen. Aber ich fürchte, der Anzug ist hin.«

»Ich bezahle dir natürlich die Reinigung«, sagte ich zu meinem Kollegen.

»Besser einen neuen Anzug«, sagte Frau Krüger.

Mein Kollege ging fluchend zur Toilette. Dort, wo er gestanden hatte, waren braune Flecken auf dem Teppich zurückgeblieben.

»Wollen Sie zu mir, Frau Kommissarin?«

»Frau Krüger reicht«, sagte sie.

»Was verschafft mir die Ehre? Gibt es Neuigkeiten, was Anna Lena angeht?«

»Ich habe noch ein paar Fragen an Sie.«

Meine Kollegen und Kolleginnen sahen zu uns herüber.

»Bitte, setzen wir uns doch in mein Büro.« Ich deutete zu meinem Schreibtisch. »Da sind wir etwas ungestörter.« Ich spürte ihren bohrenden Blick auf mir, während wir zu meinem Schreibtisch gingen.

»Sie haben es sich ja schön eingerichtet.«

»Vielen Dank«, sagte ich. »Soweit ich dazu gekommen bin bei all der Arbeit.«

Sie sah mich argwöhnisch an.

»Kann ich Ihnen etwas anbieten?«

»Nein danke. Wir wollen doch nicht, dass noch ein Unglück passiert?«

»Wie bitte?«

»Wie gerade mit dem Kaffee.«

»Ach so, ja.« Ich tat so als gäbe es etwas zu lachen. »Also was gibt es Neues? Haben Sie schon den Täter?«

»Alle Spuren führen ins Leere. Frau Henrichs hatte keinen festen Partner. Wenn ich das offen sagen darf, Frau Henrichs führte ein freizügiges Leben. Sie hatte eine lange Reihe von Ex-Partnern. Die Beziehungen hielten in der Regel jedoch nicht lange.«

»Das wusste ich nicht. Könnte es einer von denen gewesen sein?«

»Alle Ex-Partner von Frau Henrichs haben ein Alibi für die Tatzeit.«

Ich nickte. Das wäre auch zu schön gewesen, um wahr zu sein.

»Ist Ihnen noch etwas eingefallen, was uns weiterhelfen

könnte?«, fragte sie.

Ich schüttelte den Kopf. »Ich fürchte, nein. Tut mir leid.«

»Verstehen Sie mich bitte nicht falsch. Aber wir hören uns in alle Richtungen um. Auf dem Revier bin ich über Ihren Namen gestolpert.«

»Über meinen Namen?« Ich hatte noch nie etwas mit der Polizei zu tun gehabt.

»Eine ältere Dame brachte eine Anzeige gegen Sie vor. Das heißt, nach dem Gespräch mit einem Kollegen, ließ sie sie schließlich fallen. Sie meinte, es wäre zu einer körperlichen Auseinandersetzung gekommen.«

Dieses alte Miststück von Zeitungsausträgerin ist zur Polizei und hat dich angeschwärzt. Dabei hättest du sie anzeigen sollen! Diese alte Vettel! »Es war ein Missverständnis«, sagte ich. Mir wurde heiß.

»Ich habe mich mit Ihren Nachbarn unterhalten. Sie haben bestätigt, dass es am frühen Morgen zu einer handgreiflichen Auseinandersetzung gekommen ist.«

»Sie haben mit meinen Nachbarn gesprochen?«

»Wie gesagt, wir gehen im Moment allen Spuren nach und mögen sie noch so klein sein.« Sie schaute mir tief in die Augen. »Kam es zu Handgreiflichkeiten?«

»Ich habe die Frau lediglich gefragt, warum sie nicht unsere Zeitung austrägt.« Ich schwitzte jetzt. »Dabei habe ich ihren Arm festgehalten, das stimmt.«

Sie schaute mich stumm an.

Ich hielt ihrem Blick so gut es ging stand.

»Wo waren Sie in der Nacht als Frau Henrichs ermordet wurde?«, fragte sie plötzlich.

»Wie bitte? Das soll wohl ein Scherz sein.« Ich versuchte meine Stimme zu dämpfen.

Frau Krüger sah mich ruhig an.

»Sie halten mich für verdächtig? Also schön. Ich habe bei

meiner Frau und meiner kleinen Tochter im Bett gelegen und geschlafen. Meine Frau kann das bezeugen.«

Frau Krüger sagte nichts.

»Das ist mein Alibi. Langsam kommt mir das doch wie in einem schlechten Krimi vor.« Ich lachte laut auf und tupfte mir Schweiß von Stirn und Nacken. Vermutlich war ich der Einzige, der so etwas wie ein Motiv für den Mord an dem Aas hatte. *Und wenn schon! Das kann dir egal sein. Du hast friedlich neben deiner Frau geschlafen. Was du träumst, mein Freund, geht niemanden etwas an. Auch die alte Kuh hier nicht.* Ich schaute sie herausfordernd an.

»Sie verstehen, dass ich Sie das fragen musste. Nehmen Sie das bitte nicht persönlich.«

Ich rückte mich in meinem Stuhl zurecht. »Kann ich sonst noch etwas für Sie tun? Ich muss dann auch weiterarbeiten.«

»Das war im Grunde alles, was ich wissen wollte. Vielen Dank für Ihre Zeit.« Damit verabschiedete sie sich und verließ das Büro.

Ich sah ihr hinterher und lehnte mich in meinem Bürostuhl zurück. Ich holte eine kleine Flasche aus der Schreibtischschublade und goss einen Schuss Whisky in den Kaffee.

Ich hatte die Beförderung bekommen und die Kommissarin konnte mir nichts nachweisen, weil es nichts nachzuweisen gab. Lillys Schilderungen über mein Zusammentreffen mit Melanie Neumann hatte ich abwiegeln können. Meine Frau war wegen der alten Zeitungsausträgerin nicht mehr sauer auf mich. *Du hast keinen Grund, beunruhigt zu sein. Alles sieht rosig aus. Du hast alles im Griff, mein Freund.*

14

»Und die piksen nicht?« Lilly sah mich zweifelnd an.

Ich nahm ihre Hand. »Schatz, es ist alles okay. Wenn du

willst, dann schauen wir einfach von weiter weg zu.«

Bene kam aus dem Bauwagen gestürmt, dicht gefolgt von seinem Vater. Peer trug zwei Imkerhüte unter dem Arm und lächelte. »Lilly, das ist für dich und Bene.« Er reichte den beiden Kindern die Hüte. »Die sind extra für Kinder.«

Bene setzte sofort den Hut auf und grinste uns durch das Netz entgegen. Lilly lachte und setzte ebenfalls ihren Imkerhut auf. Sie strahlte über das ganze Gesicht.

»Sieht super aus«, sagte Peer.

»Haben wir Erwachsenen denn keine Imkerhüte oder Schutzkleidung?«, fragte ich.

Peer lachte und zeigte auf den Bienenstock. »Die sind total friedlich. Das kannst du mir glauben. Die haben mich bisher noch kein einziges Mal gestochen.«

Wir gingen auf den Bienenstock zu. Das Summen wurde lauter. Bienen schwirrten um uns herum. Lilly ergriff wieder meine Hand und drückte sie fester. Ich drückte zurück.

»So etwas habe ich noch nie gesehen«, sagte ich.

»Das ist eine Klotzbeute.«

»Aha.«

»Total artgerecht.« Peer war sichtlich stolz.

»Sieht aus wie ein Baumstamm«, sagte ich.

»Ist es auch.«

»Hat Papa selbst gebaut«, sagte Bene.

»S-tark!«

»Wollt ihr reinsehen?«, fragte Peer.

Ich schaute Lilly an. Sie nickte.

»Gerne, wenn wir sie dadurch nicht aufschrecken«, sagte ich.

»Mach dir keine Sorgen. Ihr bleibt so ruhig und entspannt, wie jetzt. Ihr macht das übrigens super, ihr beiden.«

Lilly und Bene sahen sich stolz an.

»Dann schauen wir mal, ob sie fleißig waren.«

Wir gingen zur Rückseite des Baumstammes und Peer öffnete eine Luke. Es schwirrte und summte uns entgegen. Man konnte deutlich die Waben erkennen, die in der Höhle von der Decke hingen. Auf ihnen krabbelten unzählige Bienen herum.

»Wie viele Bienen sind das eigentlich so?«, fragte ich.

»So ungefähr vierzigtausend.«

»Wow, ganz viele Tausend«, sagte Lilly.

Bene nickte stolz. Ich ging näher an die Waben heran. Das Krabbeln und Summen war faszinierend. Jedes Tier hatte seine Aufgabe, ein Ziel. Alles wusste, was zu tun war.

Plötzlich überkam mich ein stechender Schmerz in der rechten Gesichtshälfte. Ich schrie auf. Erst dachte ich, es wären die gewohnten Nervenschäden. Doch als ich an die Stelle rechts neben meiner Nase fasste, fühlte ich, dass eine Biene in meiner Haut steckte. Ich riss sie raus und warf sie zu Boden.

»Keine hektischen Bewegungen«, sagte Peer. »Einfach entspannt bleiben. Es kommt schon mal vor, dass eine sticht. Keine Panik.«

Peer hatte leicht reden. Er hatte keine Nervenschäden im Gesicht und wurde genau dort von einer Biene gestochen. Der Schmerz war kaum auszuhalten. Ich sah eine weitere Biene auf mich zu fliegen. Ich verscheuchte sie mit meiner Hand. Aber da kam die Nächste.

»Keine hektischen Bewegungen«, sagte Peer noch einmal. »Sonst machst du sie aggressiv.«

Aber ich konnte nicht anders. Ich ließ Lillys Hand los und schlug nach der nächsten Biene, die in mein Gesicht flog. Es wurden immer mehr, die summend auf mich zugeflogen kamen.

»Papa, ich habe Angst«, rief Lilly.

Peer legte beruhigend den Arm um Lillys Schultern. »Es

ist alles in Ordnung. Wir drei gehen jetzt einfach langsam zurück zum Bauwagen.«

»Und Papa?«

»Mit deinem Papa ist alles in Ordnung.« Er nahm die beiden bei den Händen und ließ mich mit den Drecksviechern zurück, die immer mehr und mehr wurden. Es war ein einziges Summen. Da stach mich noch eine. Dieses Mal in die Hand.

Ich lief, so schnell ich konnte, vom Bienenstock weg, am Bauwagen vorbei und bis zum Ende der Schrebergartensiedlung. Schließlich sah ich mich keuchend um. Keine Biene weit und breit. Stattdessen schaute ich in verdutzte Kleingärtnergesichter.

»Ist bei Ihnen alles gut?«, fragte eine junge Frau.

»Ja, es geht schon«, sagte ich und verschnaufte.

»Hier zu Besuch?«, fragte ein dicker Mann.

»Äh ja, dort hinten. Beim Bauwagen.«

»Peers Bienen«, sagte die Frau.

Der dicke Mann im Unterhemd lachte. »Der ist wohl vor den Viechern geflohen.« Er schüttelte den Kopf und lachte noch lauter.

»Grüßen Sie Peer. Er soll sich mal wieder bei uns blicken lassen. Die Pferde warten.« Sie lächelte. »Sagen Sie ihm das bitte.«

Ich nickte unbestimmt. »Ich geh dann mal.«

»Nicht wieder stechen lassen«, rief der Mann mir hinterher.

Grummelnd ging ich zu Peers Parzelle zurück.

Als ich das Gartentor hinter mir schloss, trugen die drei gerade Tisch und Stühle aus dem Bauwagen. Lilly war sichtlich stolz, dass sie allein einen der Stühle tragen und ihn vor dem Bauwagen aufstellen konnte.

»Da bist du ja«, sagte Peer.

»Papa«, rief Lilly und fiel mir pathetisch in die Arme.

»Alles in Ordnung?«, fragte Peer.

»Ja klar«, sagte ich.

»Ich habe hier was zum Kühlen.« Er reichte mir ein nasses Handtuch. »Ein paar Stiche hast du abbekommen. Sieht aber nicht schlimm aus. Du scheinst jedenfalls nicht allergisch zu sein. Setz dich. Wir haben Eistee.«

Dankbar ließ ich mich auf einen der Stühle fallen. Er kam mit einer Thermoskanne und Gläsern zurück. Die Kinder tranken hastig ihre Gläser aus und liefen hinter den Bauwagen. Peer ließ sich ebenfalls auf einem Stuhl nieder. Wir tranken von dem Eistee und schauten schweigend unseren Kindern zu, wie sie zusammen auf Peers Steckenpferd ritten. Sie liefen wie wild über den Rasen und lachten laut.

»Das ist wirklich ungewöhnlich«, sagte Peer nach einer Weile. »Das Volk hat noch nie jemanden gestochen.«

»Irgendwann ist immer das erste Mal«, sagte ich und kühlte abwechselnd die Stiche an Hand und Gesicht. »Die Bienen hatten es auf mich abgesehen.«

»Den Kindern ist nichts passiert. Das ist die Hauptsache«, sagte Peer.

Ich sah zu Lilly und Bene hinüber. Bene hatte sich als Hürde auf den Boden gekniet und Lilly versuchte samt Steckenpferd über ihn zu springen. Ich nickte stumm und trank von meinem Eistee. »Ich soll dich von deiner Nachbarin grüßen. Die Pferde warten, hat sie gesagt.«

»Danke. Ich fürchte, da muss ich wieder einen ansetzen. Die jungen Leute vertragen ganz schön was.« Peer lachte. »Ich glaube, wir können jetzt auch was Richtiges vertragen«. Er stand auf und verschwand in seinem Bauwagen.

Nach kurzer Zeit kam er wieder, eine Glasflasche in der Hand. Er setzte sich, stellte zwei Gläser vor sich und schenkte etwas von der bernsteinfarbenen Flüssigkeit ein. Ein ange-

nehmer Duft stieg mir in die Nase. »Hier, versuch das mal.«
Er machte wieder sein stolzes Gesicht.

Ich nahm das Glas und führte es zum Mund. Der Duft
wurde intensiver. »Was ist das?«, fragte ich.

»Whisky.«

»Selbst gemacht?«

Peer nickte.

»Gibt es etwas, das du nicht selber machst?«, fragte ich.
Ich war ehrlich beeindruckt.

»Vieles ist leichter, als es auf den ersten Blick aussieht.«

Wir prosteten uns zu und ich nahm einen ersten Schluck.
Eine wohlige Wärme breitete sich in meinem Mund und
Hals aus. Der Whisky war gut. Sehr gut sogar. »Unglaub-
lich«, sagte ich anerkennend.

»Danke.« Peer lächelte. Das nächste Mal musst du den
Brombeerwein probieren.«

»Wein aus Brombeeren?«

»Wein kannst du aus allem machen.«

»Interessant«, sagte ich. »Was machst du sonst noch?«

»Gerade habe ich Ingwerbier angesetzt. Und mit meiner
Partnerin züchte ich Affenkopfpilze und zum ersten Mal
Rosenseitlinge. Das ist nicht das Einzige, was ich anbaue,
wenn du verstehst.«

Ich verstand nicht, was er meinte.

Er sah mein verdutztes Gesicht und lachte. »Bald startet
außerdem unsere Miso- und Sojasoßenproduktion.«

»Wo macht ihr das alles?«

»Zu Hause.«

»Brauchst du da nicht total viel Platz?«

»Das geht schon. Wir machen nicht die großen Mengen
und manches lagere ich hier im Garten. Schau mal.« Er holte sein Handy aus der Hosentasche und zeigte mir mehrere
Bilder. Einmachgläser mit unterschiedlichen Flüssigkeiten

standen auf Schränken. Eigentümlich aussehende Pilze in unterschiedlichsten Größen schauten mir entgegen.

»Wahnsinn«, sagte ich.

»Wir alle haben so unsere Hobbys. Ich brauche das echt als Ausgleich zur Galerie.«

»Verstehe.«

»Sonst würde ich da irgendwann Amok laufen bei den reichen Schnöseln.« Er lachte wieder. »Nimmst du noch einen Kleinen? Ich weiß, wir müssen noch fahren.«

»Klar.« Ich leerte mein Glas und hielt es ihm hin. Er schenkte noch einmal ein. *Er ist ein netterer Typ, als du gedacht hast. Der Whisky ist auf jeden Fall nicht schlecht. Was der alles kann! Was fängst du eigentlich mit deiner Zeit an? In der Woche spielst du Büro und am Wochenende verkriechst du dich vor den Computer. Das heißt, wenn es deine Frau erlaubt.*

Ich trank von dem Whisky. Die Stiche der Bienen schmerzten etwas weniger stark. Ich merkte, wie Peer mich nachdenklich ansah.

Er schwenkte sein Glas im Kreis und nahm einen Schluck. Dann kratzte er sich im Bart und sagte schließlich: »Es geht mich nichts an, aber darf ich was sagen?«

»Geht es um die Bienen?«

»Nicht direkt.«

Ich schaute ihn fragend an.

Er atmete hörbar aus. »Du siehst echt nicht gut aus.«

Ich befühlte vorsichtig mein Gesicht. »Sind die Bienenstiche weiter angeschwollen?«

»Das meine ich nicht.«

»Was denn dann?«

»Du siehst irgendwie fertig aus.«

»Das liegt an den Nervenschmerzen. Der Arzt meinte, das kann noch eine Weile dauern. Die Gürtelrose ist weg, aber die Nerven sind noch geschädigt.«

»Das ist es nicht.«

Was will er denn jetzt?

»Eben mit den Bienen«, sagte Peer. »Du verhältst dich total nervös. So überspannt. Ist irgendwas passiert?« Er nahm wieder einen Schluck aus seinem Glas.

Ich lachte nervös. »Was denn passiert?«

»Ich weiß nicht, irgendwas Schlimmes oder so.«

Irgendwas Schlimmes oder so? Eben war er noch ein ganz netter Typ. Was ist denn jetzt los?

»Es geht mich auch nichts an«, sagte er. »Du machst nur so einen Eindruck auf mich. Das ist alles. Ich dachte, ich spreche das einfach an.«

Ich sah ihn finster an. »Ich weiß nicht, was du meinst. Es sind die Nervenschmerzen. Das ist alles«, sagte ich.

»Okay, aber nur, dass du es weißt. Du kannst jederzeit mit mir reden, wenn etwas ist.«

Jederzeit mit ihm reden! Blabla ... Dieser Idiot! »Danke«, sagte ich und kippte den Rest des Whiskys herunter. »Ich passe schon auf mich auf.«

15

»Finn, geh bitte nicht zu nah an die Fackeln ran«, hörte ich meine Frau rufen.

»Jaja«, sagte Finn und blieb dicht vor der Flamme stehen.

Das Feuer schien auf ihn und Maximilian Neumann eine fast magische Wirkung zu haben. Mein Gesicht war von dem ständigen Lächeln verkrampft und die Gürtelrose ließ meine Haut unangenehm jucken. Ich trank von meinem alkoholfreien Bier und versuchte, hinter Herrn Krause in Deckung zu bleiben. Der redete auf mich ein und hielt mir einen Vortrag über mögliche Mangelerscheinungen im Rollrasen. Zumindest glaubte ich, dass es darum ging. Ich nickte ab und zu und behielt Melanie Neumann im Blick.

Meine Frau hatte zur Begrüßung eine Schüssel mit Hirsesalat überreicht, den sie immer zu solchen Anlässen machte. Als ich an der Reihe war, unsere Gastgeber zu begrüßen, umarmte ich Melanie Neumann flüchtig und gab dem Jubilar schnell die Hand, um ihn zu beglückwünschen. Melanie Neumanns Blick war finster gewesen. Ich hoffte, dass es außer mir niemandem aufgefallen war. Scheinbar hatte sie ihrem Mann nichts von unserem peinlichen Zusammentreffen erzählt. Sven Neumann hatte mir die Hand geschüttelt und mir dabei seine linke Hand auf die Schulter gelegt. Die Rolex hatte unübersehbar an seinem Handgelenk geglänzt.

»Wie bitte?«, sagte ich. Ich hatte gemerkt, dass Herr Krause auf eine Antwort von mir wartete.

»Ob Sie auch schon mal runde Flecken hatten?«

»Bitte?«

»Im Rasen. Hatten Sie das mal?«

»Nicht, dass ich wüsste.«

»Das kommt vom unregelmäßigen Düngen. Mein Schwiegersohn ist ja Landschaftsgärtner.«

»Ach.«

»Der kennt sich aus. Der Junge ist zwar nicht der Hellste. Aber er hat sogar die Klematis meiner Frau wieder hingekriegt.«

»Ah.«

»Stellen Sie sich das mal vor.«

Ich tat so, als wäre ich beeindruckt und an einem weiteren Gespräch über Pflanzen interessiert. So hatte ich die Möglichkeit, Melanie Neumann im Blick zu behalten. Ich wollte ihr auf gar keinen Fall in die Quere kommen. Ich wollte nicht riskieren, dass Melanie Neumann unser letztes Zusammentreffen thematisierte und meine Frau so doch noch etwas davon mitbekam.

Zu Hause hatte ich noch versucht, eine Magenverstimmung vorzutäuschen. Doch ohne Erfolg. Meine Frau hatte darauf bestanden, dass ich an diesem nachbarschaftlichen Ereignis teilnahm. »Gerade nach dem Vorfall mit der Zeitung«, hatte sie zu mir gesagt und mich streng angesehen.

Jetzt stand ich hier und musste mir Vorträge über Gartenpflege von Herrn Krause anhören. *Das ist der Preis, den du zahlen musst. Du hast dich aber auch selten dämlich angestellt bei der alten Vettel. Geschieht dir ganz recht, dass du jetzt hier sein musst. Und die Zeitung kommt auch nicht regelmäßiger als vorher, Versager.*

Ich nahm einen großen Schluck aus der Flasche und schaute mich im Garten um. Viele der Anwesenden kannte ich nur flüchtig. Meine Frau schien sich prächtig mit einem jungen Nachbarpärchen zu unterhalten, das erst kürzlich in unsere Straße gezogen war.

Ich seufzte.

Neumanns hatten sich bei der Ausrichtung der Gartenparty selbst übertroffen. Die ganze Woche war bei ihnen etwas angeliefert und aufgebaut worden. Jeden Abend war ich von den Kindern über die neusten Anschaffungen im Nachbargarten unterrichtet worden.

Die Palmen versprühten gemeinsam mit den Plastikflamingos tatsächlich eine exotische Atmosphäre. Lampions hingen an der Terrasse, die mit Bambus verkleidet war. Rings um den Garten brannten Fackeln, die dem Ganzen etwas Mystisches verliehen. Geschmackvolle Lichterketten illuminierten einzelne Bereiche des Gartens. Vor dem neuen Swimmingpool war feiner Sand aufgehäuft, auf dem zwei Strandkörbe zum Verweilen einluden. Emma Neumanns Holzpferd trug einen Strohhut samt Sonnenbrille, was zugegebenermaßen ganz lustig aussah. Das Spielhaus war mit Pappmaschee und anderem Zeug zu einer übergroßen

Sandburg umdekoriert worden.

Ich rechnete im Kopf durch, was das alles gekostet haben musste und kam zu keinem Ergebnis. Was kostete eine echte Palme?

»Papa, darf ich in den S-wimmingpool?«

Ich drehte mich zu Lilly um. »Ich weiß nicht, Lilly. Es wird schon dunkel. Frag mal lieber deine Mutter.«

»Die sagt bes-timmt nein.« Lilly ließ enttäuscht ihr Köpfchen sinken.

»Hör mal, meine Kleine«, sagte Herr Krause, »Der Neumann kann das alles hier sowieso nicht so schnell abbauen. Morgen kannst du bestimmt in den Pool, oder?« Herr Krause sah mich an und zwinkerte dann Lilly zu.

Ich nickte.

Lilly überlegte kurz und schien sich dann erstaunlicherweise mit der Antwort zufriedenzugeben. Sie lief mit einem Lächeln zu Emma hinüber, die mit verschmiertem Gesicht Schokoküsse aß.

Jemand klopfte an sein Glas. Sven Neumann wollte eine Rede halten. Wie albern. Alles verstummte und blickte lächelnd auf den Jubilar im perfekt sitzenden Slim-Fit-Sommeranzug.

»Liebe Familie, Verwandte und Freunde, es freut mich, dass ihr alle so zahlreich erschienen seid und mit mir meinen Vierzigsten feiert.« Sven Neumann schien kein bisschen nervös zu sein, sondern stand selbstsicher und charismatisch vor seinem Publikum. Er genoss es sichtlich im Mittelpunkt zu stehen. Ich sah grimmig zu meiner Frau, die ihn regelrecht anhimmelte.

»Ich will mich kurzfassen. Habt alle eine schöne Zeit. Auf die nächsten vierzig Jahre«, sagte er und erhob sein Glas. »Schön, dass ihr alle da seid.«

Alle prosteten und tranken. Ich auch. Das heißt, ich tat

so als würde ich trinken, denn mein alkoholfreies Bier war schon eine ganze Weile leer. Bisher hatte ich es jedoch nicht gewagt, meine Deckung aufzugeben und mir eine neue Flasche zu holen. Doch jetzt schien die Gelegenheit günstig zu sein. Melanie Neumann turtelte übertrieben mit ihrem Sven herum. Wohlwissend, dass alle Gäste sie nach der Rede ihres Mannes im Blick hatten.

Ich ging zum amerikanischen Kühlschrank hinüber, den Lieferanten gestern Abend vor der Veranda aufgestellt hatten. Ich nahm eine kühle Flasche heraus und hielt sie an meine rechte Wange. Neben mir mixte eine Barkeeperin Cocktails, die sie an einer kleinen Bar servierte. Ich nickte ihr zu und öffnete die Flasche mit dem Öffner, der am Kühlschrank hing.

Neumanns hatten wirklich an alles gedacht. Alles war generalstabsmäßig organisiert und arrangiert. Das Wetter war verdammt noch mal perfekt für eine Gartenparty und alle Gäste trugen sommerliche Kleidung, passend zum Motto der Party. Ich stand abseits und schwitzte.

»Es ist ein Rätsel, wie die so schnell an die Rolex gekommen ist.« Zwei Nachbarn standen an der Theke und flüsterten laut miteinander.

»Warum? Ist das Modell so selten?«

»Das spielt keine Rolle. Auf jedes Modell musst du mindestens zehn Jahre warten.«

»Auf eine Uhr?«

»Das ist keine Uhr. Das ist eine Rolex.«

»Ich kann mir das nicht vorstellen. Wer macht denn sowas?«

Die Barkeeperin stellte zwei Gläser auf den Tresen.

»Das ist aber so«, erwiderte der eine Nachbar. »Das ist deren Geschäftsmodell. Künstliche Verknappung. Es kann sogar sein, dass deine bestellte Uhr überhaupt nicht kommt.«

»Wahnsinn.« Er nippte an seinem Glas. »Ich schau mir das Ding noch mal aus der Nähe an.«

Die beiden nahmen ihre Getränke und verließen die Theke.

»Verdammt warm heute«, sagte die Barkeeperin zu mir, während sie weiter auf ihre Arbeit schaute.

Ich sah die junge Frau zum ersten Mal genauer an. Pechschwarze Dreadlocks umrahmten ein eigentlich hübsches Gesicht. Leider hatte sie es für meinen Geschmack viel zu dunkel geschminkt und es mit Piercings verunstaltet. Unter einem schwarzen Tank Top mit der Aufschrift ›Cocktail Lounge‹ zeichneten sich ihre, für ihre zierliche Figur zu großen, Brüste ab. Ihre Arme waren von oben bis unten tätowiert. Die Motive konnte ich auf den ersten Blick nicht erkennen und ich wollte sie nicht anstarren.

»Stimmt«, sagte ich.

»Wollen Sie einen Cocktail? Mein Appletini ist gut.«

»Danke, ich bleibe lieber bei dem hier.« Ich hob die Flasche.

Sie grinste, und zeigte ihre Zähne. Einer ihrer Schneidezähne war ein Goldzahn. Die ganze Frau kam mir übertrieben vor.

»Vielleicht wollen Sie mal was Neues ausprobieren?«

»Was Neues?«

»Ich mache Ihnen einen Mojito. Kommen Sie schon.« Sie wartete keine Antwort ab und nahm mit ihren schwarzen Gummihandschuhen ein Cocktailglas. »Ich bin selbstständig. Unterstützen Sie eine junge aufstrebende Gastronomin. Je mehr Sie trinken, desto größeren Umsatz mache ich.«

»Verstehe«, sagte ich und schaute mich um. Von meiner Frau war weit und breit nichts zu sehen. Ich ging hinüber zur Bar und ließ mich auf einem der Hocker nieder. Ich sah zu, wie die Barkeeperin routiniert Limetten klein schnitt und sie mit Zucker im Glas zerstampfte. Jeder Handgriff saß.

Ich schaute mich im Garten um. Lilly und Emma waren beim Buffet und luden sich viel zu viel Nudelsalat auf ihre Teller. Finn und Maximilian standen noch immer an einer der Fackeln herum, jeder mit einer Bratwurst in der Hand. Meine Frau konnte ich zwischen den vielen Gästen nicht ausmachen. Vermutlich aß sie mit dem jungen Nachbarpärchen und gab ihnen das Rezept ihres Hirsesalates.

Als die Barkeeperin den Rum von Bambusregal nahm, rutschte ihr Oberteil nach oben und ich konnte ihren tätowierten Bauch sehen. Sixpack. Vermutlich ging sie täglich ins Fitnessstudio. *Du solltest dich nicht mehr so gehen lassen. Denk an das, was deine Chefin gesagt hat.* Ich trank den Rest meines alkoholfreien Bieres aus und stellte die leere Flasche auf den Tresen.

»Sind Sie ein Verwandter oder ein Freund?«

»Was?«

»Von Herrn Neumann.«

»Ach so. Weder noch. Nachbar. Ich wohne direkt nebenan.« Ich zeigte auf unser Haus.

»Ein Haus mit weißem Gartenzaun«, sagte sie grinsend, füllte das Glas mit Crushed Ice auf und verzierte den Rand mit der übrig gebliebenen Minze.

»Nur, dass unser Gartenzaun braun ist und mal wieder gestrichen werden müsste«, sagte ich.

Sie lächelte müde und stellte das Glas vor mich auf die Theke. »Cheers«, sagte sie.

Ich probierte einen Schluck. Es war wirklich ein sehr guter Cocktail. »Gar nicht schlecht«, sagte ich.

»Bei einem Mojito kann Frau nichts falsch machen. Als Nächstes mache ich Ihnen einen Flying Dutchman. Aus meiner Zeit in Amsterdam. Ihre Nachbarn haben sich nicht lumpen lassen. Ich habe fast alles da.« Sie zeigte auf die vielen Flaschen und Zutaten um sich herum.

»Na gut, okay«, sagte ich. »Sie müssen ja sicher auch ihre Rechnungen bezahlen.«

Wieder sah ich ihren Goldzahn. Sie drehte sich um und konzentrierte sich voll und ganz auf ihre Arbeit.

Als ich meinen Cocktail zur Hälfte getrunken hatte, stellte sie ein neues Glas vor mich hin. Ich beeilte mich mit dem ersten Cocktail und nahm schließlich das elegantere Glas in die Hand. Der Cocktail sah fruchtig aus und roch nach Zitrone und Orange. Ich nahm einen Schluck. Da war etwas, was ich nicht erwartet hatte.

»Ist das Keksgeschmack?«, fragte ich.

»Spekulatiussirup.«

»Nicht schlecht. Auch wenn kein Weihnachten ist.« Ich nickte ihr anerkennend zu.

Meine Meinung schien ihr egal zu sein. Wortlos stellte sie ein neues Glas bereit und fing an, den nächsten Cocktail zu machen.

Ich beschloss, für den Rest des Abends einfach hier sitzen zu bleiben. So lange bis es nach Ansicht meiner Frau nicht mehr unhöflich war, die Veranstaltung zu verlassen.

Ab und zu kam eine Nachbarin an die Theke und bestellte einen Prosecco. Die Barkeeperin ging jedes Mal höflich der Bestellung nach und verdrehte dann die Augen, als wir wieder alleine waren.

Ich sah in die Runde. Alle Nachbarn amüsierten sich wunderbar. Meine Frau hatte ich schon eine ganze Weile nicht mehr gesehen. Melanie Neumann redete lautstark mit den Gästen und ein Nachbar, dessen Name mir nicht einfiel, erzählte zotige Witze. Die Szenerie erinnerte mich an die Feierlichkeiten meiner Eltern. Nur hatte es dort keine Swimmingpools und auch keine Cocktails gegeben. *Deine Eltern haben in ihrem ganzen Leben noch keinen einzigen Cocktail getrunken! Deine Mutter würde sich sofort über ihre*

Magensäure beschweren. Und dein Vater würde das schwule Zeug nicht anfassen! Ich bin doch kein Homo, würde er sagen. Schluss. Aus. Ende. Keine Diskussion.

Bevor ich den nächsten Cocktail in Angriff nahm, musste ich mich dringend erleichtern. Ich erhob mich seit einer gefühlten Ewigkeit vom Barhocker. Ich schwankte etwas, aber außer der Barkeeperin hatte das niemand bemerkt.

»Bis gleich«, sagte ich.

Sie nickte nur knapp und konzentrierte sich ganz auf ihre Arbeit.

Ich ging zur Veranda, um im Haus die Toilette zu benutzen. Der Weg zu den eigens aufgestellten DIXI Klos hätte mich durch den ganzen Garten vorbei an allen Gästen geführt. Das musste nun wirklich nicht sein.

Ich ging durch die offene Verandatür und blieb im Wohnzimmer stehen. Ich schaute zur Sofagarnitur. Dort hatte Melanie Neumann vor mir gekniet. Dort hatte ich sie geküsst. *Sie hat es gewollt! Daran besteht kein Zweifel. Die Schlampe hat Schiss bekommen. Das ist es. Schiss, dass ihr Svenilein etwas mitbekommt. Sven Neumann. Dieses blasierte Arschloch mit seiner Rolex und seinem Volvo. Seiner blonden Vorzeigefrau! Den steckst du locker in die Tasche!*

Ich schnaubte und ging weiter in den Flur Richtung Gästeklo. Als ich an der Treppe vorbeikam, hörte ich von oben ein Lachen. Es fuhr mir durch Mark und Bein. Das Lachen hatte ich seit einer Ewigkeit nicht mehr gehört. Ich blieb wie angewurzelt stehen und lauschte. Es bestand kein Zweifel. Es war das Lachen der rothaarigen Frau. Aber wie konnte das sein?

Ich betrat die ersten Treppenstufen. Das Lachen hatte für einen Moment aufgehört, nur um mich dann wieder umso lauter anzulocken. Ich stieg weiter die Treppe hinauf und folgte der Stimme bis zu einem Raum. Anscheinend handelte es sich um das Schlafzimmer von Melanie und Sven Neumann.

Die Tür war nur angelehnt und ich konnte durch den Türspalt in das Zimmer schauen. Ich sah Sven Neumann, der sich lachend mit einer Frau unterhielt. Er schien einen geistreichen Witz gemacht zu haben, denn die Frau lachte und fasste ihn dabei an seine Brust. *Dieser Schleimer, mit seiner verdammten Brustmuskulatur! Aber hör nur hin. Hör genau hin! Du kennst die Stimme. Du weißt, mit wem Sven Neumann seine Scherze treibt. In seinem Schlafzimmer. Hör dir die Stimme nur richtig an. Genau. Jetzt fällt der Groschen, mein Freund. Wurde aber auch Zeit.*

Ich öffnete die Tür etwas weiter. Ich sah meine Frau, wie sie sich angeregt mit diesem Lackaffen unterhielt. So amüsiert hatte ich sie seit langer Zeit nicht mehr gesehen. Gerade nahm sie ihre Hand wieder von seiner Brust und führte mit der anderen ein Sektglas zum Mund. Sven Neumann lachte laut auf. *Tja, deine Frau hat Bedürfnisse! Wer hätte das gedacht? Deine eigene Frau vergnügt sich mit dem Geburtstagskind. Vermutlich will sie ihm gleich seine Geburtstagskerze ausblasen. Und jetzt? Was machst du jetzt, mein Kleiner? Was hast du jetzt vor? Stürmst du ins Zimmer und haust ihm eine rein? So wie dich Sonja Pergande damals auf dem Schulhof verprügelt hat? Das will ich sehen, du Pfeife!*

Wie in Zeitlupe sah ich, wie das charmante Lächeln aus dem Gesicht meiner Frau wich, sie erst zum Fenster blickte und dann dorthin stürzte. Sven Neumann folgte ihr und beide schauten hinaus in den Garten. Ich sah ihre Hinterköpfe und konnte mir darauf keinen Reim machen. Dann nahm ich schließlich den entsetzten Schrei meiner Frau wahr.

Sven Neumann drehte sich um und lief aus dem Zimmer. Er stieß mich beiseite und stürzte die Treppe hinunter. Meine Frau drehte sich ebenfalls um. Die Hände vor Entsetzen vor den Mund gepresst, darüber ihr bestürzter Blick. Ich stand ihr in der nun offenen Tür gegenüber. Sie sah mich fassungslos an.

Jetzt hörte ich Schreie, die aus dem Garten kamen. Meine Frau sagte etwas zu mir, aber ich konnte sie nicht verstehen. Wie aus weiter Ferne drangen ihre Worte zu mir, doch ich verstand sie nicht. *Sie ist peinlich berührt, dass du sie mit diesem Arschloch erwischt hast. Jetzt tut es ihr leid. Schau sie dir an. Aber das kann sie sich schenken! Nicht mir dir!* Langsam ging ich auf sie zu.

»Tu doch was!«, hörte ich meine Frau schreien. »Finn steht da unten.« Sie rüttelte an meinem Arm, doch ich blieb wie versteinert vor ihr stehen.

Was hat sie dir angetan? Deine eigene Frau macht rum mit diesem Arschloch! Und es ist bestimmt nicht das erste Mal! Das geht bestimmt schon eine ganze Weile so. Und du Idiot hast nichts gemerkt. Hörner haben sie dir aufgesetzt! Ich stieß ihren Arm weg.

»Was ist los mit dir? Wir müssen runter! Finn steht direkt davor.« Sie schüttelte den Kopf und wollte ebenfalls aus dem Zimmer. *So einfach lässt du die Schlampe davonkommen?* Ich hielt meine Frau am Arm fest.

»Du tust mir weh«, sagte meine Frau.

Ich starrte sie weiter an und sagte nichts.

»Lass mich los«, schrie sie und versuchte, sich aus meinem Griff zu befreien.

Ich musste an die alte Vettel mit ihren Zeitungen denken und griff umso fester zu. *Nicht noch mal! Das passiert dir nicht noch mal! Diese blöden Schlampen! Sie sind alle gleich. Sogar deine eigene Frau.*

»Was ist bloß los mit dir? Lass mich jetzt los, verdammt noch mal.« Meine Frau schlug mir mit der flachen Hand ins Gesicht. »Ich muss zu den beiden!«

Ich ließ sie los. Meine Frau stürzte an mir vorbei und aus dem Raum.

Ich ging zum Fenster und schaute hinunter. Ich verstand nicht sofort, was sich vor meinen Augen abspielte. Es war ein unwirkliches Bild, das sich da abzeichnete. Der Garten war in heller Aufregung und glich einem Kriegsgebiet. Alles lief wild durcheinander und rief etwas, das ich durch das geschlossene Fenster nicht verstehen konnte.

Mein Blick fiel auf das als Sandburg dekorierte Spielhaus. Jetzt begriff ich langsam, was los war. Es stand in Flammen. Davor standen Finn und Maximilian. Zu ihren Füßen lag eine der brennenden Gartenfackeln. Ihre Gesichter schauten am Spielhaus hoch auf die kleine Veranda.

Ich legte meine Stirn an die kühle Fensterscheibe. Alle schrien durcheinander und einige Gäste versuchten verzweifelt, mit dem Wasser aus dem Pool das Feuer zu löschen. Die Flammen stiegen jedoch immer höher und höher.

Ich grinste. *Logenplatz.*

Da sah ich, wie meine Frau auf Finn und Maximilian zulief und die Arme um unseren Sohn schlang. Ich konnte jetzt merkwürdigerweise alles verstehen, was sie sagte.

»Alles in Ordnung? Wo ist Lilly?«, fragte meine Frau und sah sich im Garten um. »Hast du sie irgendwo gesehen?«

Finn deutete auf das Spielhaus. »Da oben«, sagte er kleinlaut.

»Was!«, schrie meine Frau. Sie packte Finn am Arm. »Lilly ist da oben?«

Finn weinte. »Das habe ich nicht gewollt, Mama.«

»Lilly! Oh mein Gott, Lilly!«

Die Veranda und der obere Teil des Spielhauses waren jetzt ganz von Rauch umhüllt. Zwischen den Rauchschwaden konnte man die regungslosen Umrisse eines kleinen Mädchens erkennen. Stocksteif waren die dünnen Ärmchen um die Knie geschlungen.

»Mein Kind!«, rief meine Frau. »Mein Kind ist da oben!«

Sie versuchte die Leiter des Spielhauses hochzuklettern, aber die Flammen waren überall. »Lilly!« Meine Frau weinte jetzt hysterisch. »Tut doch was!«, schrie sie.

Da durchfuhr mich ein Ruck. Stocknüchtern schaute ich plötzlich auf die Szenerie herab. Lilly? Mein Gott! Sie saß dort oben fest. In diesem brennenden Inferno. Die Gefahr war echt, sie war real. Meine kleine Tochter! Ich musste sie retten.

Ich lief aus dem Schlafzimmer, nahm mehrere Treppenstufen auf einmal und stand wenige Augenblicke später im Garten.

Ich sah mich um. Manche versuchten mit kleinen Eimern das Feuer zu löschen. Aber die Flammen schlängelten sich immer weiter am Pappmachee nach oben und stiegen immer höher und höher. Diese verfluchten Neumanns mit ihrem verfluchten Pappmaschee! Meine Tochter! Ich musste meine Tochter retten! Ratlos lief ich im Garten umher. Es musste eine Möglichkeit geben, wie ich Lilly von da oben herunterbekam.

»Weg da!«, hörte ich eine Frauenstimme und wurde zur Seite gestoßen. Es war die Barkeeperin, die mit einem Feuerlöscher in der Hand auf das brennende Spielhaus zulief. Sie richtete den Schlauch auf das Feuer und sprühte weißes Pulver auf die Flammen. Es funktionierte. Die Flammen wurden langsam kleiner.

Ich bemerkte, dass sie nicht an die oberen Holzbalken herankam und wollte ihr den Feuerlöscher aus der Hand nehmen. Doch sie hielt ihn mit aller Kraft fest.

»Was soll das?«, rief sie. »Sind Sie bescheuert?«

»Lassen Sie mich das machen!«

»Hören Sie auf! Sie sind besoffen!«

»Ich mach das!«, schrie ich und griff weiter nach dem Feuerlöscher.

Wir rissen beide am Feuerlöscher herum. Das weiße Pulver verteilte sich über uns und den Rasen. Weißer Schnee auf gepflegtem Grün. *Was bildet sich diese tätowierte Fotze ein? Du kümmerst dich darum! Du bist der Vater!* Ich riss noch heftiger am Feuerlöscher.

»Hör auf!«, schrie meine Frau mich an. »Hör endlich auf! Du bringst Lilly noch um!«

Abrupt ließ ich den Feuerlöscher los. Die Barkeeperin hatte nicht damit gerechnet und fiel rücklings auf den Rasen, den Feuerlöscher in der Hand.

Aus dem Augenwinkel sah ich, wie etwas auf der anderen Seite des Spielhauses geschah. Durch den Rauch konnte ich sehen, wie jemand eine Leiter an das Spielhaus lehnte, entschlossen die Sprossen hinaufstieg und zwischen den Rauchschwaden verschwand.

Meine Frau lief zur Leiter herüber und kletterte ein paar Sprossen hinauf. Die Barkeeperin war wieder aufgestanden und besprühte erneut die Flammen, die jetzt kleiner wurden.

Wie ein begossener Pudel stand ich da. Die Umrisse kamen langsam die Leiter hinab. Ein Aufschrei ging durch die Gäste, die nun alle gebannt zu der Gestalt auf der Leiter blickten.

Sven Neumann kam langsam die Leiter herunter, über seiner Schulter hing Lillys lebloser Körper.

16

Das Sauerstoffgerät gab ein monotones Geräusch von sich. Der Schlauch endete in einer kleinen Beatmungsmaske, die für Lillys Gesicht immer noch zu groß war. Meine Frau schaute die schlafende Lilly besorgt an.

»Wir haben Glück gehabt«, sagte ich.

Meine Frau streichelte Lilly eine Haarsträhne aus dem Gesicht. »Mein Gott, wenn ihr etwas passiert wäre. Sie hätte sterben können«, sagte sie und sah unsere Tochter weiter an.

»Es ist noch mal alles gut gegangen.«

»Das lag nicht an dir«, sagte sie leise.

»Was soll das heißen?«, fragte ich und lachte nervös.

»Das soll heißen, dass du fast alles verdorben hättest.«

»Wieso?«

»Was sollte das mit dem Feuerlöscher und dieser Frau?«

»Ich wollte bloß helfen.«

»Indem du sie zu Boden gerissen hast?«

»Ich wollte das Feuer löschen.«

»Lilly hätte sterben können«, sagte sie. »Die Frau hatte das Feuer unter Kontrolle, bis du kamst. Du hast das Leben unserer Tochter aufs Spiel gesetzt.«

»Ach ja?«

»Du kannst froh sein, dass Sven da war.« Sie blickte weiter auf Lilly.

»Ach ja, dein Sven. Der große Held«, sagte ich. »Und dein Versager von Mann hat es nicht hinbekommen.«

Sie antwortet nicht.

»Ist es etwa meine Schuld, dass dieses verkackte Spielhaus abgebrannt ist?«, fragte ich.

Sie schwieg immer noch.

»Es war ein Unfall«, sagte ich.

»Weißt du nicht mehr, was wir durchgemacht haben? Finn hätte damals alles Mögliche passieren können! Während der Herr Vater sternhagelvoll auf der Parkbank eingeschlafen ist.«

»Das ist lange her.«

»Du hast es versprochen, verdammt noch mal! Da hast versprochen, damit aufzuhören und ein guter Vater zu sein.«

»Bin ich doch auch.«

»Du hast nicht auf die beiden aufgepasst. Stattdessen hast du dich an der Bar volllaufen lassen.«

»Und was ist mit dir? Wo warst du?« Ich spürte, wie Zorn in mir aufstieg.

Sie schwieg.

Jetzt hast du sie! Du hast sie kalt erwischt. Jetzt nicht nachlassen. »Du hast mit deinem Helden Svenilein im Schlafzimmer rumgemacht!«

Meine Frau sah mich jetzt kühl an.

»Gib es doch wenigstens zu!«, schrie ich beinahe.

Lilly öffnete die Augen.

»Schätzchen, es ist alles gut«, sagte meine Frau und streichelte Lillys Hand. »Ruh dich gut aus. Ich bleib die Nacht über bei dir.«

Lilly lächelte und schloss wieder die Augen.

Meine Frau sah meinen immer noch wütenden Blick und deutete auf die Tür. Wir gingen in den Flur, auf dem wenig Krankenhauspersonal herumlief.

Als ich die Tür hinter uns schloss, fuhr meine Frau mich wütend an: »Musste das sein? Jetzt weckst du auch noch unsere Tochter auf! Nach allem, was sie durchgemacht hat? Was ist bloß los mit dir?«

Sie versucht abzulenken! »Mit mir ist gar nichts los. Was ist mir dir und Sven Neumann los? Ich habe euch gesehen!«

»Gesehen?«

»Wie ihr oben zusammen gelacht habt.«

»Was meinst du nur, um Gottes Willen? Wir haben uns lediglich unterhalten.« Sie stockte und sah auf einmal traurig aus. »Was man von dir nicht behaupten kann.«

»Was soll das heißen?«

Sie weinte. »Ich habe gehört, dass du Melanie Neumann begrapscht hast.«

»Ich?«

»Du hast versucht, sie zu küssen.«

»Also das ist doch –«

»Du bist echt das Letzte! Wie konntest du nur!«

Drei Krankenschwestern schauten vom Tresen zu uns herüber.

»Also –«, sagte ich.

»Ich erkenne dich überhaupt nicht mehr wieder.«

»Das ist so nicht richtig.« Ich hob beschwichtigend die Hände.

»Ach nein? Jetzt leugnest du es auch noch?«

Ich schwieg.

»Die ganze Nachbarschaft redet darüber. Ich konnte es nicht glauben. Ich wollte nicht. Aber jetzt glaube ich alles.«

»Ich –«

»Und dann hast du auch noch Lilly belogen und ihr weiß gemacht, dass sie sich etwas eingebildet hat? Du hast ihr deine Lügen eingeredet, du Arschloch!« Sie schrie jetzt und weinte heftig.

Die drei Krankenschwestern tuschelten belustigt untereinander. Ich wollte meiner Frau eine Hand auf die Schulter legen, ließ es aber bleiben.

»Ich habe dir geglaubt«, sagte sie unter Tränen. »Schämst du dich gar nicht?«

Ich konnte nicht antworten.

»Ich will dich nicht mehr sehen. Es ist besser, wenn du ausziehst.«

»Was? Wohin denn?«

»Das ist mir egal. Geh in ein Hotel oder sonst wohin. Ich will dich morgen nicht mehr zu Hause sehen.«

»Aber –«

»Pack deine Sachen. Finn schläft bei Neumanns. Den wirst du nicht aufwecken.« Sie drehte sich um und sah mich ein letztes Mal an. »Ich verstehe nicht, warum du alles kaputtmachen musst«, sagte sie tonlos und ging zurück in Lillys Krankenzimmer.

Stumm stand ich vor der geschlossenen Tür. Es brachte nichts, jetzt mit ihr zu reden. Vielleicht würde sie sich in ein paar Tagen wieder beruhigt haben und ich konnte ihr alles erklären. Aber was sollte ich ihr sagen? Ich verstand mich ja selbst nicht.

Als ich zum Fahrstuhl ging, sahen mir die drei Schwestern diabolisch grinsend hinterher.

17

Am folgenden Abend ließ ich also mein Badewasser in einem Hotelzimmer ein, statt zu Hause bei meiner Familie. Ich starrte in den Spiegel.

Es war ein furchtbarer Tag im Büro gewesen und ich hatte mehrmals vergeblich versucht, meine Frau zu erreichen. Jedes Mal blieb mir nichts anderes übrig, als ihre Mailbox zu besprechen.

Im Spiegel blickte mir ein Typ mit blutunterlaufenen Augen entgegen.

Ich hatte in der letzten Nacht kein Auge zugetan und mich von einer auf die andere Seite gedreht. Das Gesicht hatte unaufhörlich gejuckt und gebrannt. Immer wieder hatte ich das brennende Spielhaus vor Augen. Finns verweintes Gesicht. Lillys Silhouette kaum erkennbar hinter den Rauchschwaden.

Lass dir nicht die Schuld in die Schuhe schieben! Deine Tochter war in Gefahr. Und zugegeben. Du hast dich vielleicht nicht ideal verhalten. Das mag sein. Du hast dir von der Schlampe einen Cocktail zu viel einflößen lassen und deine Kinder kurz aus den Augen verloren. Aber wer ist schon perfekt?

Jetzt blickte mich aus dem Spiegel das zornige Gesicht meiner Frau an. So hatte ich sie selten gesehen.

Was ist denn mit ihr? Warum gibt deine Frau dir die Schuld? Sie hätte genauso gut auf die Kinder aufpassen müssen. Ich sag dir, was los ist. Sie gibt dir die Schuld, weil sie selber schuldig ist.

Und weil sie weiß, dass du sie mit diesem Arschloch erwischt hast. Zwischen dir und Melanie Neumann ist es höchstens zu einem Missverständnis gekommen. Obwohl die Schlampe es gewollt hat. Aber wie lange hat deine Frau schon eine Affäre mit diesem sonnengebräunten Rolex-Arschloch? Wie lange treiben sie es schon vor deinen Augen miteinander? Deswegen hat sie dich auch vorher nicht auf Melanie Neumann angesprochen! Ist doch klar!

Ich zog mich aus, nahm ein Bier und legte mich in die heiße Badewanne. Ich öffnete den Verschluss der Dose und ließ lauwarmes Bier die Kehle runterlaufen.

Wenn man es genau bedenkt, dann ist es nicht deine Schuld, dass du in diesem schäbigen Hotelzimmer festsitzt. Es ist eine Frechheit, dass du hier sein musst und deine sogenannte Frau in deinem Haus bei den Kindern ist. Aber bewahre einen kühlen Kopf. Lass den Alkohol wirken und entspannt dich für eine Weile. Lass etwas Gras über die Sache wachsen. Die Alte beruhigt sich schon wieder. Wegen einer solchen Lappalie setzt sie nicht eure Ehe, eure Familie aufs Spiel. Sie wird sich wieder einkriegen, du wirst wieder zu Hause einziehen und bei deinen Kindern sein.

Ich ließ mich tiefer in die Badewanne gleiten. Das Wasser stand mir jetzt bis zum Hals. Es war angenehm warm.

Ich musste unwillkürlich an das Büro denken. Zumindest lief dort alles nach Plan. Auch, wenn ich feststellte, dass ein wesentlicher Teil meiner neuen Stelle darin bestand, die Arbeits- und Urlaubszeiten meiner Kollegen zu koordinieren. So hatte ich mir meine Arbeit nicht vorgestellt. Dennoch hatte dort noch niemand etwas von meiner privaten Situation bemerkt. Und ich wollte, dass das so blieb.

Ich setzte mich auf und beugte mich über den Badewannenrand, um eine weitere Dose von dem zugeklappten Toilettensitz zu nehmen.

Als ich mich wieder zurück in die Wanne sinken ließ, fiel mir an der gegenüberliegenden Wand etwas auf. Ich stand auf, um besser sehen zu können. Etwas lag auf dem klobigen, alten Badezimmerschrank. Ich stellte mich auf die Zehenspitzen, streckte mich nach dem Ding und rutschte aus. Fontänen an Wasser schwappten in das kleine Badezimmer. Ich fluchte, richtete mich wieder auf und unternahm einen neuen Versuch. Meine Fingerspitzen bekamen etwas zu fassen und ich konnte es von dem gelblich angelaufenen Schrank herunterziehen.

Es war ein durchsichtiges Plastiktütchen. Darin befand sich eine grüne Substanz. Das musste Marihuana sein. Ich hatte in der Studienzeit mal an einem Joint gezogen und ihn dann schnell weitergereicht. Ich hatte mir nie besonders viel aus solchen Drogen gemacht.

Ich starrte das Tütchen an. Es musste jemand dort versteckt und schließlich vergessen haben. Mir wurde mulmig zu Mute. Ich legte das Tütchen zurück an seinen alten Platz und wäre dabei beinahe wieder ausgerutscht.

Ich setzte mich vorsichtig zurück in die Wanne, öffnete die dritte Dose und trank sie in großen Zügen leer.

18

Am nächsten Tag gab es noch immer kein Lebenszeichen von meiner Frau. Ich versuchte wieder und wieder, sie zu erreichen, doch vergeblich. Sie ging nicht an ihr Handy und unser Festnetztelefon hatte sie scheinbar ausgesteckt. Vermutlich, damit ich nicht mit den Kindern sprechen konnte. Von meinen Schwiegereltern erhielt ich schließlich eine kurze Textnachricht, dass es Lilly so weit gut ginge und sie wieder zu Hause sei. Ich solle mir keine Sorgen machen. Allen ginge es den Umständen entsprechend gut. *Den Umständen entsprechend? Was wissen die schon?*

Abends erschien das Hotelzimmer noch trostloser als am Morgen, als ich es verlassen hatte. Die Putzfrau hatte das Bett gemacht, das etwa ein Drittel des Raumes einnahm. Sonst fand ich alles so vor, wie ich es verlassen hatte. Zu Hause lagen ständig irgendwelche Sachen herum, die man fluchend in die Ecke warf oder schmerzverzerrt von der Fußsohle abkratzen musste. Hier war alles aufgeräumt.

Ich hing mein Sakko über den Stuhl, setzte mich an den Schreibtisch und schaute auf mein Handy. Keine neuen Nachrichten. Eine so lange Zeit hatten meine Frau und ich seit damals nicht mehr geschwiegen.

Im Kopf ging ich das letzte Gespräch mit ihr noch einmal durch. Sie hatte mir vorgeworfen, dass ich Lilly getäuscht und ihr etwas eingeredet hätte. *Was hättest du denn sonst tun sollen?*

Ich seufzte. Mir blieb nichts anderes übrig als zu warten. Ich schaltete den Fernseher ein und legte mich aufs Bett. Es kamen die Nachrichten gefolgt von einer Krimiserie. Ich schaltete den Fernseher aus und starrte auf das spiegelnde Schwarz des Bildschirms. Ich hatte lange nicht mehr an die rothaarige Frau gedacht, doch jetzt fiel sie mir wieder ein.

Ich ging ins Badezimmer, stieg auf den Badewannenrand und tastete nach dem Tütchen. Es war noch da. Die Putzfrau hatte es nicht gefunden.

Ich ging zurück, setzte mich aufs Bett und betrachte den Inhalt des Tütchens genauer. Schließlich öffnete ich es und roch am Inhalt. Ich nahm eine der grünen Knollen heraus und zerrieb sie zwischen Daumen und Zeigefinger. Es roch interessant. Ich ließ die Substanz wieder in das Tütchen fallen und legte es unter mein Kopfkissen. Das sollte genügen, bis ich wiederkam.

Ich nahm mein Sakko und ging hinunter in die Lobby.

19

»Sie wissen aber schon, dass das ein Nichtraucherzimmer ist?«

»Wie bitte?« Verdutzt sah ich auf.

»Ihr Zimmer«, sagte der Portier. »Sie haben ein Nichtraucherzimmer gemietet. Da ist Rauchen ausdrücklich nicht gestattet.«

Ich schaute auf die Zigarettenpackung, die ich gerade aus dem Automaten gezogen hatte. »Ach die«, sagte ich und wedelte mit der Schachtel. »Die sind nicht für hier.«

»Soso«, sagte der Portier pikiert, als wäre das hier ein Fünf-Sterne-Hotel.

»Die sind fürs Büro, wissen Sie.«

»In Ihrem Büro ist das Rauchen erlaubt?«, fragte er und blickte weiter in sein dickes Buch, das vor ihm auf dem Tresen lag.

»Ja, also nein. Nicht direkt.« Ich musste an die Kommissarin denken. »Ich gehe dann immer raus auf die Terrasse.«

»Soso«, sagte er wieder. »Heutzutage sehen es die Unternehmen nicht gerne, wenn kostbare Arbeitszeit verschwendet wird.«

»Ja, da haben Sie wohl recht«, sagte ich und zuckte mit den Schultern. »So ist das mit den schlechten Angewohnheiten.«

Jetzt blickte er zu mir auf und sah mich mit seiner Hakennase blasiert an.

»Sie haben nicht zufällig ein Feuerzeug oder Streich-hölzer?«

Der Portier deutete auf eine Schale vor sich auf dem Tre-sen.

»Vielen Dank«, sagte ich, ging zu ihm hinüber und nahm eines der Streichholzheftchen an mich.

Der Portier schüttelte den Kopf und klappte sein Buch auf, um weiterzulesen. Auf dem Buchdeckel stand *Schuld und Sühne*. Den Titel hatte ich irgendwo schon mal gehört.

»Ich muss dann mal wieder hoch.«

»Guten Abend«, sagte der Portier, ohne erneut aufzusehen.

»Ihnen auch«, sagte ich und ging auf mein Zimmer zu-rück.

20

Es war gar nicht so leicht, den Tabak aus einer der Zigaretten zu bekommen, ohne sie zu zerbrechen. Mit einer Pinzette, die ich im Badezimmerschrank gefunden hatte, schaffte ich es aber schließlich doch. Ich stopfte vorsichtig das Marihuana in die leere Zigarettenhülse und drehte schließlich ihre Spitze fest zusammen.

Ich versuchte, das einzige Fenster des Raumes zu öffnen, doch es ließ sich nur kippen. So würde der Rauch nicht herausziehen. Da das Badezimmer fensterlos war, musste ich mir einen Ort suchen, wo ich ungestört war und der Rauch abziehen konnte. Ich steckte den ersten selbst gebauten Joint meines Lebens und das Streichholzheftchen des Hotels in die Tasche und verließ das Zimmer.

Draußen auf dem Flur überlegte ich, wohin ich nun am besten gehen sollte. Vielleicht aufs Dach. Ich betrat den Fahrstuhl und drückte den Knopf für das Dachgeschoss. Nichts passierte. Ohne einen entsprechenden Schlüssel würde der

Fahrstuhl nicht nach oben fahren. Intuitiv probierte ich es mit dem Kellergeschoss. Der Fahrstuhl setzte sich in Bewegung. *Der Keller ist ein für dich gemachter Ort. Er ist immer für dich da.*

Die Türen öffneten sich und ich stieg aus. Vor mir erstreckte sich ein langer Gang, der mich an die rothaarige Frau erinnerte. Wie oft war ich einen solchen Gang entlang gegangen?

Ich drückte die erste Türklinke nach unten und stand in einem Heizungskeller. Keine verspiegelte Wand, kein Ledersessel und keine rothaarige Frau im Flachbildfernseher. Vor mir befand sich lediglich eine Heizungsanlage.

Etwas enttäuscht atmete ich aus und ging zu einem der kleinen Kellerfenster, die an der gegenüberliegenden Wand eingelassen waren. Ich öffnete das Fenster und schaute hinaus. Es hatte angefangen zu regnen. Laut prasselte es auf den Asphalt. Ich holte meinen Joint heraus und betrachtete ihn von allen Seiten. *Etwas, das dir in den letzten zwei Tagen gelungen ist, mein Freund!*

Ich zündete den Joint an, zog am Filter und atmete den Rauch tief ein. In meinem Hals und in meiner Lunge kratzte es. Ich hustete heftig und nahm gleich noch einen Zug. Erneutes Husten, doch war es weit weniger heftig. Ich rauchte den Joint zu Ende und schaute dabei den Regentropfen zu, wie sie auf den Steinplatten zerplatzten. Das Rauchen entspannte mich, auch wenn ich keine weitere Wirkung feststellen konnte.

Ich schloss das Fenster und verließ den Heizungskeller. Ich kannte mich mit diesem Zeug nicht aus. Vielleicht hatte ich viel zu wenig in die Zigarette gestopft.

Ich betrat den Aufzug und drückte den Knopf für meine Etage. Da merkte ich, wie mich eine heftige Erektion überkam. Es war wie eine Welle, die mich mit sich riss. Mein

Glied wurde hart. Es wurde so plötzlich und mit einer solchen Heftigkeit hart, dass es schmerzte. Ich krümmte mich und hielt den Schmerz kaum aus. Mein Gesicht erstrahlte so glühend heiß wie beim Ausbruch der Gürtelrose. Ich stützte mich an der Wand des Aufzugs ab. Mein Gesicht und mein Penis pochten schmerzhaft. Ich konnte das Pochen in meinen Ohren hören. Ich musste die Augen schließen.

Melanie Neumann kniet vor dir. Sie kommt langsam auf dich zu. Sie hat ihr Kleid heruntergerissen und ihre Brüste baumeln glänzend vor dir. Schweiß rinnt an ihnen herab. Sie schaut dir in die Augen und grinst. Sie leckt sich mit der Zunge über ihre Zähne und nimmt schließlich deinen Penis in den Mund. Du schaust zu, wie sie dein Glied erst sanft und dann immer fester hoch- und runterstreicht.

Sie öffnet ihre Augen. Sie sind rot. So rot wie die Hölle. Sie grinst dämonisch. Ihre Miene wird zu einer Fratze, die dich verhöhnt. Du kannst nicht weg. Weg von ihr. Du musst weiter zuschauen. Gleich wirst du kommen. Dann hat sie, was sie will. Dann hat es, was es will. Dann ist es zufrieden und lässt dich in Ruhe. Dann bist du wieder frei. Gleich ist es so weit. Deine Beine zittern. Es ist so weit.

Ich ejakulierte.

Der Aufzug blieb mit einem ›Ping‹ stehen und die Türen glitten auf. Ich öffnete die Augen. Vor mir stand der Portier, der einer älteren Damen gerade in den Aufzug helfen wollte. Beide schauten mich entsetzt an.

»Ist mit Ihnen alles in Ordnung?«, fragte der Portier.

»Es geht schon«, sagte ich und schaute an meiner Hose herunter. Mein Glied war immer noch steif, trotz der Ejakulation. Zudem zeichnete sich in meinem Schritt ein deutlicher Fleck ab. Ich versuchte ihn mit beiden Händen zu bedecken, verlor den Halt und stürzte zu Boden.

»Das sieht mir nach einer Blinddarmentzündung aus.

Ich rufe den Notarzt«, stellte der Portier fest und richtete sich an die ältere Dame. »Sie setzen sich bitte in den Sessel dort drüben.« Er zeigte in die Lobby. »Es handelt sich hier um einen Notfall.«

»Nein, es ist nichts«, sagte ich.

»Mein Herr, Sie haben Schmerzen.« Er drückte auf die Nothalttaste des Aufzugs und schloss mit einem Schlüssel um. Das Licht im Aufzug nahm jetzt einen ungemütlichen Blaustich an.

»Ich fürchte, ich habe nur etwas Falsches gegessen. Es ist schon wieder in Ordnung«, sagte ich. Der Druck in meinem Unterleib ließ noch immer nicht nach.

Der Portier schaute mich skeptisch an. »Es ist meine Pflicht, für das Wohlergehen der Gäste zu sorgen. Ich gedenke nicht, von den Grundsätzen unseres Hauses abzuweichen.« Er drehte sich um und ging schnellen Schrittes zum Empfang.

Ich versuchte, mich aufzurichten. Vergeblich. Der Schmerz war einfach zu groß. Ich sank wieder zu Boden. Ich hörte wie der Portier telefonierte.

Wenn ich nur an den Knopf für meine Etage kommen würde. Dann würde ich mich in meinem Zimmer verkriechen und niemand würde den Grund für meine peinliche Lage bemerken. Ich streckte mich hoch zur Armatur. Nur noch wenige Zentimeter, dann würde ich den Knopf erreichen. Mein rechter Arm schmerzte. Ich musste es schaffen. Ich musste an die Taste kommen. Ein, zwei Zentimeter. Dann wäre es geschafft. Schweiß rann in meine Augen. Jetzt, ja jetzt würde ich an den Knopf kommen. Noch etwas strecken. Fühlte es sich so an, wenn ein Arm auskugelte?

Ich drückte den Knopf. Erleichtert sackte ich in mich zusammen. Geschafft. Es war geschafft. Der Ausweg aus meiner misslichen Lage war erreicht.

Doch nichts passierte. Alles blieb wie es war. Der Aufzug setzte sich nicht in Bewegung. Da fiel mir ein, dass der Portier einen Schlüssel benutzt hatte, nachdem er die Nothaltetaste betätigt hatte.

»Der Notarzt ist in ein paar Minuten da«, sagte der Portier und lächelte gewissenhaft.

Ich hasste ihn.

21

Ich lag auf meinem Bett und starrte an die Decke. Ich wollte nicht mehr daran denken, aber der erstaunte Blick der Notärztin, der entsetzte Schrei der älteren Dame und das Kopfschütteln des Portiers hatten sich in mein Gedächtnis gebrannt.

»Verdacht auf Priapismus«, hatte die Notärztin gesagt. »Wie lange leiden Sie schon unter den Symptomen?«

»Vielleicht fünfzehn Minuten, höchstens zwanzig.«

»Haben Sie Bluterkrankungen oder Rückenmarksverletzungen?«

Ich hatte den Kopf geschüttelt.

»Nehmen Sie Medikamente gegen Impotenz?«

Ich hatte versucht, zu lächeln, es dann aber bleiben lassen. »Nein.«

»Alkohol- oder Drogenmissbrauch?«

Ich hatte geschwiegen und zu Boden geblickt.

»Ich verstehe. Am liebsten würde ich Sie mit ins Krankenhaus nehmen«, hatte sie streng gesagt. »Aber wir geben Ihnen noch etwas Zeit. Wenn der Zustand noch länger als eineinhalb Stunden anhält, dann lassen Sie sich bitte behandeln. Es besteht die Gefahr ernsthafter Schädigungen. Damit ist nicht zu spaßen.«

Der Portier hatte während der Untersuchung stumm den

Kopf geschüttelt und mich besorgt angesehen. Nachdem er die ältere Dame beruhigt hatte, hatte er mich auf mein Zimmer gebracht und mir eingeschärft, dass ich jederzeit anrufen solle, wenn ich ärztliche Hilfe bräuchte.

Zu meiner Erleichterung hatte die Erektion nach einer halben Stunde begonnen abzuschwellen, bis mein Penis wieder schlaff herunterhing.

Einige Wasserflecken auf der Zimmerdecke waren braun angelaufen. Ich ging im Kopf immer wieder das peinliche Gespräch mit der Notärztin durch und hatte ihren strengen Blick vor Augen. Nie wieder würde ich dieses Zeug anfassen, schwor ich mir.

Seit Wochen war es mir schwergefallen, eine Erektion zu bekommen. Und dann musste das ausgerechnet in der Öffentlichkeit passieren. In einer solchen Heftigkeit und unter solchen Schmerzen, dass ich mich auf dem Boden des Fahrstuhls hatte krümmen müssen. Ich wollte nicht mehr daran denken.

Wie aus dem Nichts fiel mir das zerfledderte Heftchen ein, dass ich bei den Sachen des alten Mannes gefunden hatte. Bei meinem Umzug ins Hotel hatte ich es aus irgendeinem Grund zu den wenigen Sachen gelegt, die ich mitgenommen hatte. Ich holte es aus dem Rucksack und schaute mir den vergilbten Einband lange an, bevor ich die erste Seite aufschlug und zu lesen begann.

Pfad der Tragödie

Tagebuchauszüge
eines Mitglieds der Donner Party,
die bei der Überquerung
des Donnerpasses
dem Schneetreiben zum Opfer fiel

(20. November 1846 bis 24. Januar 1847)

Freitag, 20. November 1846

Nach dem kargen Essen fragte mich Mr. Miller, ob ich es bereue, aufgebrochen zu sein. Was für eine Frage! Natürlich
bereue ich es. Wir stecken jetzt seit Ende letzten Monats in
diesem Berglager fest und die letzten acht Tage und Nächte hat es mit nur wenig Pause geschneit. Als ich mich im
Frühling der Gruppe von Emigranten anschloss, lagen meine
Hoffnungen ganz auf Kalifornien. Wie lang scheint dies her
zu sein. Wie lang fesselt uns der Schnee nun schon an diesen Ort! Mrs. Miller blickte uns streng an und deutete zu
den Kindern hinüber. Es gebe allen Grund, heiter nach vorn
zu blicken, hatte sie bestimmt gesagt. Morgen in der Früh
werde die Kompanie den rechten Weg über den Berg finden.
Der Herrgott werde uns schützen, denn der Herr sei mit den
Gerechten. Ich zog mich in meine Ecke der Hütte zurück. Ich
wollte den Kindern gewiss keine Angst machen. Ich gebe der
großherzigen Mrs. Miller recht. Der Herr wird die Schritte der Kompanie leiten, die Hilfe für uns holen wird. Zudem
ist Stanton mit seinen Indianern dabei. Ich würde selbst
mitgehen, wenn ich nicht seit Tagen so geschwächt wäre.

Samstag, 21. November

Schöner Morgenwind aus Norden, es ist klar und angenehm.
Unsere Kompanie startete heute Morgen über den Berg. Möge
der Herr sie leiten.

Sonntag, 22. November

Heute bin ich zum ersten Male wieder wohl auf. Ich habe kein
Fieber mehr in mir. Es plagt mich nur noch ein steter Husten.
Mrs. Miller sah mich mit heiterer Miene an und sprach über
das Vertrauen eines aufrichtigen Christenmenschen in Gott.
Ich habe das Gefühl, dass sich alles zum Guten wenden wird.

II

Montag, 23. November

Über Nacht kamen das Fieber und der Schüttelfrost zurück.
So bin ich heute wieder stärker an mein Lager gebunden.
Die gute Mrs. Miller ermahnte mich zum Essen, jedoch bekam
ich am Morgen keinen Bissen hinunter. So haben die Kinder
mehr. Gegen Mittag kehrte unsere Expedition nach einem erfolglosen Versuch zurück ins Lager. Die Enttäuschung bei
mir ist groß. Mr. Miller erzählte mir, dass Stanton und die
anderen seit gestern Nachmittag durch den Schnee geirrt
waren und nur mit großer Mühe den Weg zurückgefunden hätten. Die Kompanie ist entschlossen, in den nächsten Tagen
einen neuen Versuch zu unternehmen.

Donnerstag, 26. November

Die letzten zwei Tage schneite es ohne Unterlass und der
Schnee war hart gefroren. Heute strahlte die Sonne duns-
tig durch die Wolken und der Schnee fällt nicht mehr so
schnell. Mr. Miller maß am Morgen zwei Fuß tiefen nassen
Schnee. Mein Zustand bessert sich zusehends. Ich erhole
mich gut von dem kleinen Rückschlag. Ich sprach kurz mit
Mr. Foster, der zu uns herübergekommen war. Ihnen geht das
Essen aus und auch bei uns steht es nicht viel besser. Die
Vorräte werden knapp.

Sonntag, 29. November

Heute tötete ich meinen letzten Ochsen. Mr. Miller hatte mir
angeboten, dies wegen meines Zustandes für mich zu über-
nehmen. Aber ich wollte es selbst tun. Morgen werden Mr.
Miller und Mr. Foster ihn schlachten. Foster habe ich das
Joch versprochen. Er wird es wie die anderen verbrennen.
Feuerholz ist schwer zu bekommen. Die Ochsenhaut ist zur
Ausbesserung des Daches unserer Hütte bestimmt.

Freitag, 4. Dezember

Es schneit wieder schneller. Die Verwehungen scheinen sich
fortzusetzen. Kein Lebewesen ohne Flügel kann sich fort-
bewegen. All unser Vieh ist tot. Nur Rineharts haben noch
zwei Rinder. Unsere Pferde und Stantons Maultiere sind weg.
Das übrige Vieh scheint im Schnee verloren zu sein. Wir haben keine Hoffnung, sie lebend zu finden. Die Kinder halten
sich tapfer. Mrs. Miller beschäftigt sie mit Versen aus der
Bibel. Gott steh uns allen bei.

Mittwoch, 9. Dezember

Mit meiner Gesundheit steht es nicht zum Besten. Aber ich
will nicht klagen. Heute habe ich Mr. Spitzer so schwach
vor unserer Hütte angetroffen, dass er es nicht ohne Hilfe
zurück zu seiner Lagerstätte schaffte. Die Hungersnot wird
stärker. Einige haben noch einen geringen Vorrat an Rind-
fleisch. Stanton und seine Indianer wollen morgen die Jagd
versuchen, wahrscheinlich ohne Erfolg. Es sind schwere
Zeiten. Unsere Hoffnungen ruhen auf Gott.

Freitag, 11. Dezember

Die ganze Nacht schneite es mit starken Windböen. Am Morgen
war die Sonne zeitweise sichtbar. Der Altschnee war fast
weich, bevor es anfing zu schneien. Am Mittag erreichten uns
traurige Nachrichten. Mr. Smith und Mr. Schuhmacher sind
tot. Alle leiden Hunger. Ich hatte gestern einen schweren
Anfall, bin heute aber wohl auf. Lob sei dem Gott des Himmels.

Samstag, 12. Dezember

Mr. Bealis ist letzte Nacht gestorben. Gott sei seiner Seele
gnädig. Ich kannte seine Familie nur flüchtig. Mr. Miller
erzählte mir, dass Stanton und Mr. Graves Vorbereitungen
treffen, um die Berge mit Schneeschuhen zu überqueren. Hoffnung keimt in mir auf. Gott ist mit den Tüchtigen.

Mittwoch 16. Dezember

Heute begann die Unternehmung über die Berge. Der Wind kam aus Südost. Stanton, seine Indianer und Graves machten sich mit Schneeschuhen auf, um über die Berge zu gelangen. Ich selbst bin zu schwach, um sie zu begleiten. Gott möge sie schützen und ihnen den rechten Weg weisen.

Donnerstag, 17. Dezember

Der Vollmond hat die letzte Nacht aufgeklärt und zum Tage hin begann es zu frieren. Die Hoffnung ist groß, dass die Kompanie es diesmal über den Berg schafft. Viele sind mit ihren Kräften am Ende. Mr. Spitzer hat es nicht geschafft und ist in der Nacht von uns gegangen. Kein Kind ist bisher zu großem Schaden gekommen. Gott sei Dank. Die Millerkinder sitzen dicht an ihre Mutter gedrückt und hören den Geschichten ihres Vaters zu. Ich selbst vermag nicht zu sprechen, da ich Angst habe sie zu ängstigen. Das Schreiben strengt mehr und mehr an. Meine Hände zittern zu stark.

Sonntag, 20. Dezember

In der letzten Nacht kam Graves zurück. Mr. Miller berichtete mir. Graves habe umkehren müssen, er sei zu geschwächt gewesen und habe die anderen nicht aufhalten wollen. Ohne ihn käme Stanton mit seinen Indianern schneller voran. Graves habe Unterkühlungen gehabt und ein Fuß hätte ihm abgenommen werden müssen. Mrs. Miller sah uns streng an und legte die Arme um ihre Kinder. Wir schwiegen. Mr. Graves ist ein tapferer Mann. Ich habe beschlossen ihn zu besuchen, wenn ich wieder etwas bei Kräften bin.

Dienstag, 22. Dezember

Die letzten zwei Nächte und Tage hat es ohne Unterlass geschneit. All unsere Hoffnungen liegen auf Stanton und seinen Indianern.

Mittwoch, 23. Dezember

Mr. Miller begann, das Dreißig—Tage—Gebet zu lesen. Möge der allmächtige Gott die Bitte eines unwürdigen Sünders erfüllen, der ich bin. Amen.

Donnerstag, 24. Dezember

Es hat die ganze Nacht geschneit und es schneit immer noch. Es sind schlechte Aussichten auf irgendeine Art von Trost. Möge Gott uns helfen, die Weihnachten so zu verbringen, wie wir es unter Berücksichtigung der Umstände tun sollten.

Freitag, 25. Dezember

Ich bin heute nicht in der Lage, Gott unsere Gebete darzubringen. Unsere Lage ist erschreckend. Aber uns bleibt die Hoffnung auf Gott. Amen.

Montag, 28. Dezember

Mr. Charley starb letzte Nacht gegen 10 Uhr. Keysburg nahm seine Habseligkeiten an sich. $1,50, zwei gut aussehende silberne Uhren und ein Rasiermesser. Mr. Miller bekam einen Mantel, den er an seine Familie weitergab.

Donnerstag, den 31. letzten des Jahres 1846

Mögen wir mit Gottes Hilfe das kommende Jahr besser verbringen als das vergangene. Wenn der allmächtige Gott uns aus unserer schrecklichen Situation befreien wird. Wenn der Wille Gottes es für uns passend hält. Amen. Morgens hell, jetzt sieht es aus wie ein weiterer Schneesturm.

Freitag, den 1. des Jahres 1847

Die Sonne lugt manches Male am Himmel hervor. Wir bitten Gott, den Barmherzigen, uns von unserem gegenwärtigen Unglück zu erlösen, wenn es sein heiliger Wille ist. Amen.

Samstag, 2. Januar

Die Expedition ist zurück! Stanton ist tot, nur zwei seiner
Indianer kehrten gestern am Abend zurück in unser Lager.
Sie haben keinen Weg über die Berge gefunden. Ich weiß nicht,
was mich mehr betrübt. Stanton war wahrhaft voller Taten-
drang. Ohne ihn fährt jede Hoffnung dahin. Wenn er keinen
Weg über den Berg findet, dann findet ihn keiner. Würde es
doch nur aufhören zu schneien! Dieser elende Schnee. Die
Indianer trugen eine Frau ins Lager, die wenig ansprech-
bar war. Wer diese Frau ist und wo sie sie fanden, konnte
Mr. Miller mir nicht sagen. Die Frau und die Indianer sind
alle bei Keysburg untergekommen. Außer ihm ist in seiner
Hütte niemand mehr.

Sonntag, 3. Januar

Foster kam in unsere Hütte und erzählte von dem Weib.
Mr. und Mrs. Miller und vor allem die Kinder hingen an
seinen Lippen. Das Weib sei bettlägerig und nicht ansprech-
bar. Es sei schwer gewesen, aus den Indianern ein rechtes
Wort herauszubekommen. Foster fragte, ob Mrs. Miller bei
der Pflege zur Hand gehen könne.

Dienstag, 5. Januar

Vom Morgen bis zum Abend Schnee. Trotz des Hungers scheint
sich mein körperliches Leiden auf dem Weg der Besserung
zu befinden.

Donnerstag, 7. Januar

Mrs. Miller erzählte heute Mittag, dass die Frau am Morgen
aufgewacht sei. Sie habe nur wenige Worte sprechen können
und habe dann wieder die Augen zugetan. Alle rätseln über
ihre Herkunft. Die Kinder denken sich Geschichten über sie
aus. Das lenkt sie etwas von ihrem Hunger ab.

Mrs. Miller nahm die Frau mit in unsere Hütte, um sie den
lüsternen Blicken Keysburgs zu entreißen, wie sie meinte.
Mir ist es gleich. Wir haben ohnehin kein Essen, das wir
teilen könnten. Ich selbst habe die Frau nur kurz zu Gesicht
bekommen. Mrs. Miller bewacht sie regelrecht.

Heute nahmen wir eine Rinderhaut von der Decke, um sie zu
essen. Die Kinder erhielten dabei den Vortritt. Ich hoffe bei Gott, dass sie es lebend hier herausschaffen. Auch
die Frau saß mit uns am Feuer und aß mit erträglich gutem
Appetit. Sie erzählte uns, dass sie mit einer Gesellschaft
über die Berge Richtung Westen unterwegs gewesen sei, bis
ein Schneesturm sie überrascht habe. Glücklich habe sie mit
einem Reisenden Unterschlupf in einer Höhle gefunden. Der
Mann sei schwer verwundet gewesen und an seinen Verletzungen erlegen. Wie lange sie allein in der Höhle zugebracht
habe, könne sie nicht sagen. Vermutlich Wochen und Mona-
te. Schließlich hätten die beiden Indianer sie gefunden und
mit sich genommen, wofür sie sehr dankbar sei. Auch über
die Großherzigkeit ihrer Pflegerin sei sie über die Maßen
dankbar. Mrs. Miller errötete vor Stolz. Wie die Frau so
lange allein am Leben geblieben sei, wollte ich wissen. Ganz
ohne Nahrung. Auch dies könnte sie nicht sagen. Sie habe
von Käfern und allerlei Kriechzeug gelebt. Sie sah mich mit
ihren grünen Augen zum ersten Mal durchdringend an. Mrs.
Miller legte einen Arm um die zitternden Schultern der Frau
und sah mich tadelnd an. Ich beschloss mich nicht mehr an
der Konversation zu beteiligen.

Der Hunger wird immer größer. Mir tut es vor allem um die
Kinder leid. Sie halten sich tapfer, auch wenn sie vor Hunger keinen Schlaf finden können. Gestern Abend hörten wir,

dass Mr. und Mrs. Johnston von uns gegangen sind. Sie waren sehr geschwächt und sind in ihrem Lager erfroren. Unsere Lage ist trübe, aber noch haben wir Vertrauen in den barmherzigen Gott.

Montag, 11. Januar

Mrs. Miller ist von der Frau besessen, sodass sie gar ihre eigenen Kinder vernachlässigt. Heute Morgen sah ich, wie sie der Frau ihre wollene Decke gab und die Kinder frieren ließ. Es mag sein, dass mir der Hunger und meine schwindende Gesundheit einen Streich spielen, aber die Frau scheint Mrs. Miller zum Schlechten zu beeinflussen. Am Nachmittag kam ein Indianer vorbei, der uns aus seinem schweren Rucksack fünf oder sechs Wurzeln gab. In der Form ähneln sie Zwiebeln und schmecken mit ihren zähen Fasern wie Süßkartoffeln. Wir aßen sie unter Tränen. Es besteht Hoffnung. Dank sei dem allmächtigen Gott. Amen.

Dienstag, 12. Januar

Seit dem Morgen taut es ein wenig. Wir hörten, Lanthroms Lage habe sich deutlich verschlechtert. Mr. Miller und ich überschlugen grob und kamen zu dem Ergebnis, dass bald die Hälfte von uns zum Herrn heimgekehrt ist. Mein Husten ist stärker geworden und ich bekomme schwerlich Luft.

Mittwoch, 13. Januar

Heute ist ein tauwarmer Tag. Wir nahmen am Morgen eine weitere Haut von der Decke. Was nützt das beste Lager, wenn man Hunger leidet? Der Frau scheint es hingegen von Tag zu Tag besser zu gehen. Mrs. Miller scheint ganz unter dem Bann der Frau zu stehen. Ich versuchte, Mr. Miller darauf anzusprechen, der aber schüttelte den Kopf.

Donnerstag, 14. Januar

Lanthrom ist in der Nacht von uns gegangen. Ich kannte ihn
wenig. Möge Gott sich seiner erbarmen.

Freitag, 15. Januar

Am frühen Morgen trug sich etwas Sonderbares zu, das mich
jetzt noch aus der Fassung bringt und für das Mr. Miller
kein offenes Ohr haben will. In der Dämmerung sah ich, dass
die Haube verrutscht war, die die Frau sonst dicht auf ihrem
Kopf zu tragen pflegt. Ich ging zu ihrem Lager und entdeck-
te, dass feuerrote lange Strähnen von ihrem Kopfe hingen.
Da öffnete sie ihre Augen und sah mich an. Ich war wie erstarrt und konnte mich nicht rühren. Sie lächelte, bis ich
ihre Zähne sehen konnte. Erst konnte ich nicht deuten, was
ich sah. Aber ich bin mir sicher. Von ihren Zähnen tropfte
Blut. Erschrocken taumelte ich zu meinem Lager zurück und
verbarg mich unter meiner Decke. Ich bin mir sicher, was
ich sah. Mit dieser Frau stimmt etwas nicht.

Sonntag, 17. Januar

Es ist entsetzlich! Ich wage es kaum niederzuschreiben.
Keysburg ist tot. Mr. Murphy fand ihn gegen Mittag in
seiner Hütte. Am Abend dann geschah es, dass Mrs. Miller
Fleisch über das Feuer hielt. Ich begriff zunächst nicht,
in welchem Zusammenhang dies vonstattenging und wunderte
mich über den Braten. Bis es mir bewusst vor Augen trat.
Mrs. Miller sagte etwas, das ich nicht verstand. Die Kinder aßen und auch Mr. Miller biss mit ausdruckslosem Gesicht in das Fleisch. Die Frau hatte ihre Haube abgelegt.
Dichtes rotes Haar hing über ihre schmalen Schultern. Ich
taumelte an ihnen vorbei und übergab mich vor der Hütte.
Meine Befürchtungen hatten sich bewahrheitet. Dort sah ich
den Schlachtplatz neben der Hütte. Arme und Beine waren
vom Rumpf abgetrennt und lagen übereinandergestapelt. Der
tote Mr. Keysburg sah mich mit offenem Munde an. So als

X

wolle er etwas sagen. Seine Augen werde ich niemals vergessen können. Ich übergab mich erneut. Nach einer Weile fasste ich mich, ging stumm zurück und holte mein weniges Hab und Gut aus der Hütte. Bemüht, nicht zur Feuerstelle und den Menschenfressern zu blicken. Ich bin nun bei den Grovers untergekommen, die sich ebenfalls entsetzt über meine Schilderungen zeigten. Ob sie mir wirklich Glauben schenken, vermag ich nicht zu sagen. Möge Gott den Menschen diese schwere Sünde vergeben!

Montag, 18. Januar

Mr. Grover machte sich gegen Mittag auf, mit Mr. Murphy einen Baum zu fällen. Wäre ich doch mit ihm gekommen! Mein Zustand band mich jedoch ans Lager und die gestrigen Ereignisse schlugen mir zusätzlich auf mein Gemüt. Ich muss eingeschlafen sein. Als ich erwachte, stand plötzlich die rothaarige Frau vor mir. Mrs. Grover war nicht zugegen. Die grünen Augen starrten mich an. Ich rührte mich nicht. Bei Gott, was wollte sie bloß! Ruhig stand sie vor mir, bis sie ihren Kopf schüttelte und die roten Haare wild durch die Luft wirbelten. Sie lächelte, sagte jedoch kein Wort. Der Herrgott möge mir vergeben, wenn ich dies auf das Papier niederbringe. Sie deutete auf mein Gemächt und leckte sich über ihre Zähne. Sie lachte auf und ging ruhigen Schrittes aus der Hütte. Herr im Himmel, mir graut vor diesem Weib. Wen haben die Indianer in unser Lager gebracht? Dieses Weib muss des Teufels sein. Gütiger Gott, schütze mich.

Dienstag, 19. Januar

Ich tat in der Nacht kein Auge zu. Das rothaarige Weib schwirrte mir im Kopfe herum, wieder und wieder. Ich habe das Gefühl, dass Mrs. Grover mich beobachtet. Ob sie mit dem Weib und Mrs. Miller gemeinsame Sache macht? Könnte ich mich doch nur selbst auf den Weg über die Berge machen. Der Schneefall ist zu stark und meine Kräfte schwinden. Der

Hunger trägt das seinige zu meinem Zustand bei. Gütiger Gott, erbarme dich meiner. Amen.

Mittwoch, 20. Januar

Das Wetter ist trübe, kein Sonnenstrahl dringt durch die dichten Wolken. Ich spüre, wie Mrs. Grover mich mustert. Mr. Grover scheint davon nichts zu bemerken und es wäre zwecklos, mit ihm darüber zu reden.

Donnerstag, 21. Januar

Heute habe ich Gewissheit! Mrs. Grover kam mit einem Stück Fleisch in die Hütte und briet es vor meinen Augen. Ich fragte nicht, woher es stammte, lehnte aber mit der Begründung ab, dass mein Leib momentan keine feste Nahrung vertrage.

Sonntag, 24. Januar

Es ist Nacht und ich finde keinen Schlaf. Ich kann mich seit Tagen nicht mehr auf den Beinen halten. Mir geht es zusehends schlechter. Ich werde schwächer. Mrs. Grover bietet mir weder Trank noch Speise an. Sie warten nur darauf, dass ich sterbe. Sie warten darauf, mich zu essen. Ich kann nichts dagegen tun. Ich gebe zu, ich fürchte mich. Gütiger Gott, erbarme dich meiner. Zwischen den Rinderhäuten kann ich von meinem Lager aus den Himmel sehen. Ich sehe die Sterne.

Als ich die letzten Worte gelesen hatte, klingelte das Telefon auf dem Schreibtisch. *Na, wer mag das wohl sein, mein Freund? Vermutlich eine alte Bekannte von dir, meinst du nicht? Nun geh schon ran! Du willst sie doch nicht warten lassen.* Wie betäubt nahm ich den Hörer ab.

Ich hörte das mir so bekannte Lachen. Mir stockte der Atem. Es war die rothaarige Frau. Daran bestand kein Zweifel. Aber das konnte unmöglich sein! Ich hatte die rothaarige Frau seit meinem Traum nicht mehr gesehen. Der Traum, in dem ich sie erwürgt hatte. Und nun hatte ich von ihr in dem Tagebuch eines Auswanderers gelesen, das wie alt war? Über 150 Jahre? Wie konnte das sein? Handelte es sich um dieselbe rothaarige Frau? Was hatte das alles zu bedeuten?

»Komm zu mir«, hörte ich die Stimme der rothaarigen Frau am anderen Ende der Leitung sagen. Dann ein Knacken. Aufgelegt.

Regungslos saß ich vor dem Schreibtisch und starrte den Telefonhörer an. Bilder von abgetrennten Körperteilen tauchten vor meinem inneren Auge auf und vermischten sich mit meinem letzten Traum von ihr. *Es ist kein Traum gewesen. Das weißt du. Du bist in ihre Welt eingedrungen. Sie hatte es gewollt, hat dich angelockt. Um was zu tun? Du weißt, was du in der Realität getan hast, mein Freund. Das steht nicht zur Disposition. Disposition. Ein schönes Wort. Findest du nicht? Klingt so gebildet.*

Ich stürzte ins Badezimmer und übergab mich in die Toilette. Mich überfiel ein wahnsinniger Schmerz. Mein Kopf schien jeden Moment zerdrückt zu werden. Lange kniete ich vor der Toilettenschüssel, bis ich es schließlich schaffte aufzustehen, um Tramal zu nehmen. Anschließend setzte ich mich unter Schmerzen in die Badewanne, ließ eiskaltes Wasser über meinen Kopf laufen und hoffte, dass der Schmerz bald meinen Körper verließ.

22

»Wir müssen uns unterhalten.« Meine Chefin rauschte an mir vorbei in ihr Büro.

Meine Kollegen schauten belustigt zu mir herüber. Mir dröhnte der Kopf, in meinen Ohren klingelte es. Meine Haut fühlte sich an, als hätte man sie mit Brennnesseln eingerieben. Ich hatte in der Nacht kaum geschlafen, war viel zu spät im Büro erschienen und hatte eine wichtige Besprechung mit einer Airline, einem unserer größten Kunden, verpasst.

Ich stand von meinem Platz auf. *Jetzt gibt es einen Einlauf, mein Freund! Das hast du dir selbst zuzuschreiben. Jetzt geht hier auch noch alles den Bach runter. Du hast kein Zuhause und auch bald keinen Job mehr!*

Meine Chefin saß vor ihrem Schreibtisch. Ich schloss die Tür hinter mir und wollte mich in den Stuhl gegenüber setzen.

»Bleib ruhig stehen, es dauert nicht lange.«

Ich blieb vor dem Stuhl stehen. Das kannte ich ja schon.

»Es gab Beschwerden über dich«, sagte sie und schaute weiter auf ihr Notebook. »Aus deinem Team. Kollegen sagen, dass du permanent Überstunden von ihnen verlangst. Ich muss dich daran erinnern, dass das nicht Firmenpolitik ist.« Sie sah mich jetzt direkt an. »Die Zahlen sind gut. Weiter so. Offiziell habe ich dir etwas anderes gesagt.« Sie lachte kurz und schaute mich von oben bis unten an. »Du siehst scheiße aus.«

Ich schwieg.

»Dein Privatleben darf sich nicht auf die Arbeit auswirken«, stellte sie fest.

Ich nickte und drehte mich zum Gehen um.

»Was ist eigentlich mit dieser Kommissarin?«

»Kommissarin?«, fragte ich.

»Die scheint ja einen Narren an dir gefressen zu haben.«

Sie deutete auf den Hauptraum.

Frau Krüger stand wieder bei diesem Dutt-Arschloch und plauderte mit ihm.

»Gibt es da ein Problem?«

»Kein Problem«, sagte ich.

»Schließ die Tür hinter dir«, sagte sie.

Die blöde Kuh von Kommissarin sah mich, als ich auf sie zuging.

»Frau Krüger, was verschafft mir die Ehre? Habe ich falsch geparkt?«

»Darüber bin ich nicht im Bilde.« Sie lächelte matt. »Kann ich sie kurz sprechen?«

»Natürlich. Wenn es sich nicht vermeiden lässt.«

Wir gingen zu meinem Arbeitsplatz.

»Womit behelligen Sie mich diesmal? Sie sehen doch, dass ich bis über beide Ohren in Arbeit stecke.«

»Dann komme ich gleich zur Sache. Sie scheinen sich in letzter Zeit sehr auffällig zu verhalten. Seit Frau Henrichs Tod. Da drängt sich mir die Frage auf, ob ihre Beziehung zu ihr wirklich nur rein beruflich gewesen ist.« Sie sah mich ruhig an.

Ich merkte, wie es im Büro stiller wurde. »Wie kommen Sie denn auf die Idee?« Ich dämpfte meinen Ton und beugte mich zu ihr herüber. »Hören Sie, ich bin ein glücklich verheirateter Mann.«

»In letzter Zeit wohl nicht ganz so glücklich, wie man hört.«

»Was wollen Sie damit sagen?«

»Ich habe mit ihrer Frau gesprochen.«

Mir wurde übel.

»Sie sagt, Sie würden sich in letzter Zeit merkwürdig verhalten. Um es gelinde auszudrücken.«

»Wir haben uns ein wenig gestritten. Das ist alles.«

»Sie wohnen im Hotel.«

Im Büro hätte man jetzt eine Büroklammer fallen hören können.

»Spionieren Sie mir hinterher? Mein Privatleben geht Sie nichts an. Hat meine Frau mein Alibi bestätigt oder nicht?«

»Das hat sie.«

»Dann müssen wir uns wohl kaum weiter über mein Privatleben unterhalten.«

»Seit wann nehmen Sie Drogen?«

»Wie bitte?« Ich lachte und sah mich im Büro um. Ein Telefon durchbrach die Stille.

»Der Portier in Ihrem Hotel hat mir einen sehr interessanten Vorfall geschildert.«

»Da hat er wohl etwas übertrieben.«

»Der Krankenwagen war da und man hat sie behandelt.«

»Das war nicht der Rede wert. Ich hatte eine Magenverstimmung. Das ist alles.«

»Hören Sie«, sagte sie und rückte etwas näher an mich heran. »Ich möchte Ihnen nur helfen. Sie scheinen da in irgendwas drin zu stecken und ich habe das Gefühl, dass das mit Frau Henrichs Tod zusammenhängt.«

»Ihr Gefühl täuscht Sie gewaltig. Ich stecke da in gar nichts drin. Ich hatte mit Anna Lena ein rein berufliches Verhältnis und ich habe mit ihrem Tod nichts zu tun. Meine Frau hat mein Alibi bestätigt. Wenn Sie mich also jetzt bitte in Ruhe meine Arbeit machen lassen würden.« Ich klickte mit der Maus wahllos ein Dokument auf dem Bildschirm an.

»Meine Tür steht Ihnen immer offen«, sagte Frau Krüger und erhob sich.

»Guten Tag, Frau Krüger«, sagte ich und schaute auf den Bildschirm.

Die Kommissarin verließ, ohne ein weiteres Wort zu sagen, das Büro.

Ich starrte weiter auf den Monitor und hörte das Getuschel und Gemurmel meiner Kollegen.

23

Ich versuchte, mich während des restlichen Tages auf die Arbeit zu konzentrieren, aber es gelang mir nicht. Der Anruf der rothaarigen Frau schwirrte in meinem Kopf herum. Die Tagebucheinträge, in denen sie aufgetaucht war, ebenfalls. Das ergab alles keinen Sinn! Was hatte das eine mit dem anderen zu tun? Handelte es sich um ein und dieselbe Person? Das konnte unmöglich der Fall sein.

Ich machte früh Feierabend und ging zum Bürogebäude in der Nähe des Bahnhofs. Die Stimme der rothaarigen Frau hallte in meinem Kopf wider. »Komm zu mir«, hatte sie gesagt. Und wo sonst sollte ich nach ihr suchen, als in dem Keller, in dem wir uns so oft getroffen hatten. Ich musste in Erfahrung bringen, was das alles zu bedeuten hatte. Es musste eine logische Erklärung für das Ganze geben. Ich musste Gewissheit darüber haben, dass ich nicht verrückt wurde. *Soso, nicht verrückt? Mein Freund, das haben wir doch hinter uns, meinst du nicht? Du hast deine Ehe ruiniert, deine Kinder verloren und haust in einem schäbigen Hotelzimmer. Du läufst eingebildeten Frauen hinterher. Hältst du das für normal?*

Unschlüssig blieb ich vor dem Gebäude stehen. Ich sah mich nach allen Seiten um, konnte aber nichts Auffälliges entdecken. Auch von dem alten Mann, bei dessen Sachen ich das vergilbte Heft gefunden hatte, fehlte jede Spur. Überhaupt war es merkwürdig ruhig. Mir fiel auf, dass nicht ein Mensch das Gebäude betrat oder verließ. Dabei war es später Nachmittag, die Zeit also, an der üblicherweise viele Angestellte Feierabend machten. Doch es brachte auch nichts, weiter hier herumzustehen.

Ich betrat die menschenleere Lobby, ging weiter zum Aufzug und fuhr in das Kellergeschoss hinunter. Mein Atem wurde jetzt ruhig und gleichmäßig. Ich war seltsam entspannt, geradezu gelöst, als sich die Türen des Aufzugs vor meinen Augen öffneten.

Von dem Hausmeister war nichts zu sehen. Ich ging auf die Kellertür zu, die ich schon so oft in freudiger Erwartung geöffnet hatte. Diesmal stellte sich dieses Gefühl nicht ein. Ich fühlte weder die bekannte Vorfreude, noch die Angst, die ich im Traum gespürt hatte, bevor sich die rothaarige Frau von mir verabschiedet hatte. Ich war leer, innerlich leer. Fühlte nichts. Dachte nichts. Taub öffnete ich die Tür und betätigte den Lichtschalter.

Mich traf der Schlag. Die hintere Wand war vom Boden bis zur Decke verspiegelt. Sonst war der Raum leer. Schnell schloss ich die Tür hinter mir und betrachtete die verspiegelte Fläche. Sie zeigte die Wand mit der Tür hinter mir, durch die ich gekommen war.

Doch etwas war merkwürdig. Verwundert schaute ich auf die Stelle, wo sich mein Spiegelbild hätte zeigen müssen. Doch dort konnte ich nur vage Umrisse erkennen.

Es erinnerte mich an eine Dokumentation, die ich irgendwann nachts im Fernsehen gesehen hatte. Ein Öltanker war Ende der Neunziger havariert und ein Ölteppich hatte sich kilometerweit über die Nordsee ausgebreitet. Es war eine Naturkatastrophe gewesen. Keine Frage. Tiere waren qualvoll verendet. Dennoch hatte in den Bildern eine gewisse Schönheit bestanden. Die Wasseroberfläche hatte dank des Ölfilms in unterschiedlichen Farben in der Sonne geschimmert.

Die Umrisse in der Spiegelwand ähnelten diesem Ölfilm. Es waren die Konturen meines Körpers, doch die Fläche im

Inneren waberte mir in unterschiedlichen Farben entgegen.

Ich ging auf die Spiegelwand zu und die schimmernde Gestalt auf der Spiegelwand wurde größer. Ich blieb stehen und hob einen Arm. Auch auf der Spiegelwand veränderten sich die Umrisse entsprechend. Doch etwas stimmte nicht. Ich hob den anderen Arm und jetzt sah ich, was mir vorher nur unbewusst aufgefallen war. Die Gestalt reagierte zeitversetzt. Erst nach dem Bruchteil einer Sekunde veränderten sich die Umrisse entsprechend meiner Bewegungen.

Was war das?

Ich ging weiter auf die ölig schimmernde Gestalt zu, bis ich schließlich einen Schritt vor der Spiegelwand stehen blieb. Jetzt sah ich, dass die Gestalt etwa einen Kopf kleiner war als ich. Ich hatte das Gefühl, als musterte sie mich abschätzig. Aber das konnte auch reine Einbildung sein. Schließlich konnte ich weder ihren Kopf noch ihre Gesichtszüge erkennen. Nur der ölige Film schimmerte vor mir.

Da schien sich die reglose Gestalt plötzlich zu bewegen. Sie hob einen Arm und drückte einen Finger gegen die Scheibe. Ohne zu überlegen, hob ich ebenfalls meinen Arm und drückte meinen Finger an dieselbe Stelle.

Ich hatte erwartet, dass ich den Finger meines Gegenübers auf irgendeine Art fühlen würde, vielleicht durch ein elektrisierendes Kribbeln. Ich spürte jedoch ausschließlich die glatte, kühle Oberfläche des Spiegels.

Sonst nichts.

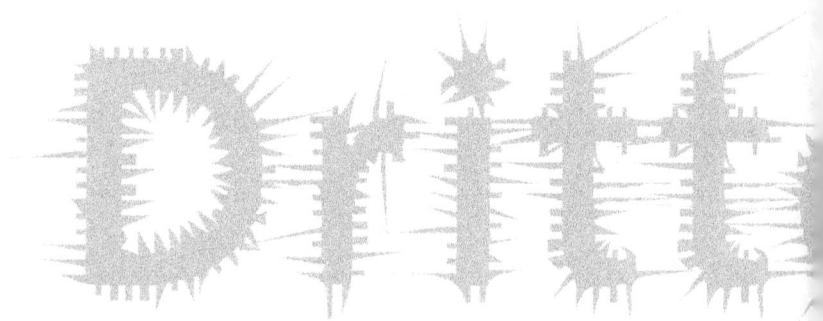

»Ich bin die Kaiserin von Jina.«

»Du meinst, die Kaiserin von China«, sagte die Verkäuferin in der Bäckerei.

»Sag ich doch.« Lilly stemmte ihre Arme in die Hüften. Sie hatte zu Hause darauf bestanden, sich einen Turban um den Kopf zu wickeln und stand nun vor der Auslage mit den Backwaren.

»Und was darf es denn für die Kaiserin von China sein?«, fragte die Verkäuferin.

Lilly überlegte. Hinter uns hatte sich eine lange Schlange gebildet.

»Ich glaube, die Kaiserin braucht noch ein wenig Zeit sich zu entscheiden«, sagte ich. »Geben Sie uns erst einmal ein Röstbrot, bitte.« Ich zeigte auf eines der Brote in der hinteren Auslage.

»Geschnitten?«

»Ja, geschnitten, bitte.«

»Gerne.« Sie nahm ein anderes Brot und ging damit zur Schneidemaschine.

»Entschuldigung! Ich meinte das Röstbrot.«

»Das ist ein Röstbrot. Oder meinten Sie das Roggenbrot?«

»Dieses da. Weiter links.« Ich fuchtelte mit dem Finger in der Luft herum.

»Das ist ein Bauernbrot«, sagte die Verkäuferin sichtlich genervt.

»Da steht aber Röstbrot.«

»Es ist aber ein Bauernbrot.«

»Es ist ja auch egal. Das nehme ich bitte. Geschnitten.«

»Das geht leider nicht.«

»Nicht?«

»Das ist noch zu frisch.«

»Ach so.« Ich ließ die Schultern sinken. »Dann nehmen wir das Roggenbrot, das sie gerade in der Hand halten.«

»Das ist ein Röstbrot.«

»Das nehmen wir.«

»Geschnitten?«

»Ja, geschnitten, bitte«, sagte ich nun ebenfalls gereizt.

»Darf es sonst noch etwas sein?«

»Wir nehmen dazu noch Brötchen. Lassen Sie mich mal sehen. Wir nehmen zwei von den Röggelchen hier vorne.«

»Das sind Schweizer Knoten.«

»Aber da steht Röggelchen dran.«

»Es sind aber Schweizer Knoten. Röggelchen sind aus Roggenmehl.« Die Verkäuferin sah mich an, als könnte ich eins und eins nicht zusammenzählen.

Der Mann hinter uns wurde langsam ungeduldig.

»Also gut, zwei von den Knoten, zwei von diesen da vorn, zwei normale und zwei Croissants.«

Die Verkäuferin packte alles in eine Papiertüte und sprach laut die Namen der Backwaren aus. »Zwei Schweizer Knoten, zwei Dreikorn-Weltmeister, zwei normale und zwei Croissants. Darf es sonst noch etwas sein?«

Ich schaute zu Lilly hinüber, die immer noch ratlos die Auslage betrachtete. »Wir brauchen noch einen kleinen Moment«, sagte ich.

»Das kann ja noch ewig dauern!«, sagte ein Mann in Jogginghose mit verschränkten Armen hinter uns.

»Stressen Sie mal nicht so rum!«, sagte Finn. »Wenn Sie am Samstagmorgen zum Bäcker gehen, sollte Ihnen klar sein, dass auch andere Menschen Brötchen kaufen gehen. Nehmen Sie mal Rücksicht. Meine Schwester ist erst vier.«

»Fast fünf«, sagte Lilly.

Der Mann schaute verwirrt zwischen Finn und mir hin und her. Er räusperte sich. »Wer bist du denn?«

»Ich bin ihr großer Bruder.« Finn verschränkte jetzt wie der Mann die Arme vor der Brust. »Also lassen Sie sie in Ruhe.«

Der Mann schnaubte.

»Pippolino«, sagte Lilly und zeigte auf die Auslage.

»Das ist ein Schokodieb«, sagte die Verkäuferin.

Meine Tochter schüttelte den Kopf. »Das ist ein Pippolino.«

»Nein, da irrst du dich. Es steht doch sogar dran.«

»Erstens: Ich kann nicht lesen. Zweitens: Das ist ein Pippolino.« Auch Lilly verschränkte jetzt die Arme.

»Die Kleine hat recht«, sagte der Jogginghosen-Mann versöhnlich. »Mein Sohn will die auch immer haben.«

»Ist ja auch egal«, sagte die Verkäuferin, packte einen Pippolino in eine kleine Papiertüte und reichte sie der Kaiserin von Jina.

Ich schaute meine Kinder an, wie sie mit verschränkten Armen in der Bäckerei standen. Ich war noch nie so stolz auf sie gewesen.

✤

Meine Frau lachte, als wir ihr erzählten, was gerade in der Bäckerei passiert war. »Da habt ihr ja für ganz schön Wirbel gesorgt«, sagte sie und sah mich belustigt an.

»Ich glaube, ich gehe jetzt öfter mit den Kindern zum Bäcker.« Ich strich zufrieden Erdbeermarmelade auf meinen Schweizer Knoten.

Meine Frau lächelte.

Nach einer Woche Funkstille war sie an ihr Handy gegangen und hatte mir zugehört. Mit Händen und Füßen hatte ich ihr versucht zu erklären, was mit mir los war. Obwohl ich es selbst nicht wusste. Es war alles zu viel für mich gewesen. Die Krankheit, die Schmerzen, die starken Medikamente, die berufliche Situation und dann war auch noch eine Kollegin von mir gestorben. In welchem Zusammenhang ihre Ermordung mit mir stand, wusste ich selber nicht und erwähnte es auch gegenüber meiner Frau nicht.

Auch über die rothaarige Frau, meine Träume und die merkwürdigen Tagebucheinträge aus einem anderen Jahrhundert verlor ich kein Wort. Meine Frau hätte mich für verrückt gehalten, so wie ich mich selbst langsam für verrückt hielt. Als ich die Stimme meiner Frau am Telefon gehört hatte, hatte ich mir geschworen, all das zu vergessen. Ich war fest entschlossen, die rothaarige Frau hinter mir zu lassen.

Meine Frau hatte lange geschwiegen als ich meine Ausführungen beendet hatte.

»Es tut mir wirklich leid, dass ich dich beschuldigt habe untreu zu sein. Und ich werde das mit Neumanns regeln.«

Ich hatte ein Seufzen am anderen Ende der Leitung gehört. »Was ist mit dem Trinken?«, fragte meine Frau.

»Ich habe schon die ganze Woche keinen Alkohol angerührt.«

Meine Frau hatte wieder geschwiegen.

»Ich verspreche dir, bei unseren Kindern, ich werde mich bessern und ein guter Vater und Ehemann sein. Ich hoffe, du kannst mir verzeihen. Ich hoffe, wir können neu anfangen.«

Wieder hatte sie lange geschwiegen. »Komm nach Hause«, hatte sie schließlich gesagt.

Bis jetzt schlief ich zwar auf dem Sofa im Wohnzimmer, aber ich war froh, wieder zu Hause zu sein.

»Lilly, gibst du mir bitte den Honig?« Meine Frau streckte ihre Hand aus.

»Ich bin die Königin.«

»Ach so, ja klar. Euer Königliche Hoheit.«

»Kaiserin von Jina.«

»Kaiserin von China, dürfte ich ergebenst um den Honig bitten?«

»Das macht mein Diener.«

»Der bin dann wohl ich«, sagte ich und machte eine Verbeugung.

»Papa bringt dir Honig.«

Ich stand vom Küchentisch auf, nahm den Honig, der direkt vor Lillys Nase stand, trug ihn zu meiner Frau und überreichte ihn ehrfürchtig. »Bitte sehr.«

»Vielen Dank, Bursche«, sagte meine Frau und machte eine abschätzige Handbewegung.

»Was ist das?«, fragte Lilly.

»Was?«

»Ein Pursche.«

»Ein Bursche«, sagte meine Frau.

»Das ist ein Diener«, sagte Finn.

»Der Hofnarr hat recht«, sagte ich und knuffte ihn in die Seite. Finn lachte und knuffte zurück.

»Pursche«, wiederholte Lilly.

»Bursche«, sagte meine Frau.

»Pursche, ich will Milch haben.«

»Eure Königliche Hoheit möchte gern die Milch haben?«, fragte ich.

»Ja.«

»Der Bursche hat das Zauberwort noch nicht gehört«, sagte meine Frau.

Lilly schaute mich an. »Bitte, Pursche.«

Ich stand auf, verbeugte mich erneut und schenkte Lilly Milch nach. Als ich mich wieder setze, hatte ich eine Idee. »Wisst ihr, was wir heute machen?«

»Was denn?«, fragte Finn.

»Der Bursche nimmt euch mit ins Autohaus und schaut sich mit euch Autos an.«

⚡

»Das ist aber ganz schön teuer.« Meine Frau sah entgeistert auf das Schild, das vorne auf dem Armaturenbrett lag. »Können wir uns das überhaupt leisten?«

»Die Frage ist wohl eher, ob wir uns das leisten wollen«, sagte ich.

»Für ein Auto?«, fragte sie. »Ich weiß nicht. Ich finde das übertrieben. Vielleicht sollten wir über eine andere Marke nachdenken.«

Ich musste an Sven Neumann denken, wie er im Sommer sein bescheuertes Kanu auf das Autodach seines Volvos schnallte.

»Ich muss zugeben, der Preis ist wirklich etwas heftig.«

»Muss es denn ein Neuwagen sein?«, fragte meine Frau. »Wir können doch auch einen Gebrauchten kaufen.«

Ich schaute in das Auto hinein. Ledersitze, Aluminiumarmaturen und ein großer Touchscreen. Sven Neumann wäre grün vor Neid.

»Ich finde, wir haben uns das nach all den Strapazen verdient. Und das Auto haben wir dann auch für eine lange Zeit. Wie du sicher festgestellt hast, habe ich die Angewohnheit, an so einem Haufen Metall zu hängen.«

Meine Frau betrachtete meinen alten Saab, der auf dem Kundenparkplatz in der Sonne glänzte. »Das weiß ich«, sagte sie und schmiegte sich an mich. »Und deswegen weiß ich es auch umso mehr zu schätzen, dass du mit uns ein neues Auto kaufst.«

»Ich bin zumindest fest entschlossen.«

»Das merke ich.« Sie lachte und fuhr mit ihrer Hand über meine Brust. »Trotzdem müssen wir es nicht gleich übertreiben.«

Bevor wir losgefahren waren, hatte ich unbemerkt einen Abstecher in Neumanns Carport gemacht und mir ihr Auto genauer angesehen. Es war ein V60, der drei oder vier Jahre alt war.

»Ich finde, wir sollten uns mal etwas gönnen und ein neues Auto kaufen. Frisch aus der Fabrik. Das haben wir noch nie gemacht.«

Meine Frau schaute mich skeptisch an.

»Außerdem können wir es uns leisten, den Wagen zu finanzieren. Die haben überall diese Null-Prozent-Finanzierungen.«

Im Hintergrund hupte ein Auto. Wir drehten uns um. Finn und Lilly turnten auf den Vordersitzen eines SUVs herum. Finn hupte und Lilly lachte auf dem Beifahrersitz. Meine Frau schüttelte lachend den Kopf.

Ein Verkäufer kam auf uns zu. »Sind das Ihre Kinder?«

»Ja, bitte entschuldigen Sie. Sie machen schon wieder Quatsch«, sagte meine Frau. »Nicht, dass die beiden noch etwas kaputt machen.«

»Lassen Sie nur. Es ist mir nur aufgefallen, dass die beiden sich so gut verstehen. Wissen Sie, meine Söhne liegen sich ständig in den Haaren. Der Kleine hat letzte Woche dem Großen ein blaues Auge verpasst. Stellen Sie sich das mal vor!« Er schüttelte traurig den Kopf. »Meine Frau und ich wissen gar nicht, warum die beiden sich dermaßen hassen. Wir waren immer so bemüht, die beiden gleichwürdig zu erziehen.« Er schaute ehrlich betroffen. »Bitte entschuldigen Sie, ich möchte Sie damit nicht belästigen. Es ist schön zu sehen, dass es auch Geschwister gibt, die sich so gut verstehen.«

Meine Frau und ich schauten verlegen.

»Haben Sie sich schon umgeschaut?«, fragte der Verkäufer.

»Um ehrlich zu sein –«, sagte meine Frau. »Wir wollten eigentlich nicht so viel Geld für ein Auto ausgeben.«

Der Verkäufer nickte. »Das verstehe ich. Ich würde selber keinen unserer Wagen fahren, wenn ich nicht so viele Prozente bekommen würde.« Er schaute befangen zu unseren Kindern herüber, die in den hinteren Teil des SUVs geklettert waren und die Fensterscheiben um die Wette hoch- und runterfuhren.

»Sie raten uns also von einem Ihrer Autos ab?«, fragte ich.

»Sehen Sie«, sagte der Verkäufer und legte eine Hand auf das Dach des Autos, das meine Frau und ich uns gerade angeschaut hatten. »Ich will es mal so sagen. Das hier ist der V90, in der sogenannten R-Ausstattung. Für den sportlichen Fahrer. Ist das wirklich einen Aufpreis von über 8.000 € wert?« Er wartete vergeblich auf eine Antwort. »Dafür allein können Sie sich einen guten gebrauchten Kombi kaufen.«

Meine Frau nickte.

Ich musste etwas tun. Sonst würde bald ein Opel Kombi oder so etwas bei uns in der Einfahrt stehen. »Und was ist mit dem dort drüben?«, fragte ich und zeigte auf einen anderen Wagen.

»Das ist der V90 Cross Country, mit zusätzlichem Allradantrieb und erhöhter Bodenfreiheit. Ab 63.000 €.«

Meine Frau nahm die Hand vor den Mund.

Der Verkäufer schaute traurig das Auto an. »Das kaufen die Leute. Auch wenn ich ihnen inständig abrate. Ich fange jetzt erst gar nicht von den SUVs an.« Er schaute verlegen zu Boden.

Ich sah Sven Neumanns überheblichen Blick vor mir. Etwas musste ich doch tun können. »Gibt es denn nicht ein ganz einfaches Auto?«

»Einfach sind die alle nicht mehr! Da drüben zum Beispiel. Sehen Sie den Saab auf dem Parkplatz? Das war noch ein ehrliches Auto. Da können Sie selbst noch was reparieren, wenn es sein muss. Aber bei diesen neuen Wagen hier?« Er machte eine abfällige Geste.

Ich konnte es nicht glauben. Jetzt pries uns der Verkäufer mein eigenes, altes Auto an. Ich schaute zu den Kindern und hatte eine Idee. Es war noch nicht komplett hoffnungslos, den Verkäufer und damit auch meine Frau von einem Neuwagen zu überzeugen. »Aber die neuen Wagen sind doch alle viel sicherer, oder nicht? Ich denke da jetzt auch an die Kinder.«

Damit hatte ich ihn am Haken.

»Das schon«, sagte er kleinlaut. »Unsere Autos sind in der Tat die sichersten der Welt. Es sind alle Assistenten eingebaut, die es gibt.«

Ich merkte, wie meine Frau aufmerksam wurde.

»Was ist mit dem Braunen hier drüben?« Ich ging zu einem Auto, weil ich wusste, dass meiner Frau die Farbe gefiel. »Hat der auch alle Assistenten?«

»Das ist das Basismodell des V90. Ab Werk sind alle Assistenten eingebaut. Sogar ein Spurhalteassistent ist an Bord.«

»Was ist das?«, fragte meine Frau.

»Der Assistent warnt die fahrende Person beim Verlassen der Fahrspur und lenkt das Auto entsprechend zurück.«

»Ohne, dass man lenkt? Ganz von alleine?« Meine Frau war begeistert.

»Ganz von alleine, ja.« Der Verkäufer wirkte geknickt. »Der Preis ist natürlich immer noch sehr hoch«, gab er zu bedenken.

Ich sah auf das Schild. »Ab 46.000 €«, las ich laut.

Meine Frau schaute wieder etwas nachdenklicher.

»Sie bieten doch sicher eine Null-Prozent-Finanzierung an«, sagte ich schnell.

Der Verkäufer nickte beleidigt.

Ich wusste, das Auto war so gut wie gekauft.

***

Ich schaute an die Decke des Tipis. Die kleinen LED-Lichter funkelten wie Sterne aus einer anderen Zeit. Etwas pikste in meinen Rücken. Vermutlich ein Bauklotz oder eines von Lillys Schleich-Tieren, die überall herum lagen. Aber ich rührte mich nicht. Lilly und Finn waren in meinen Armen liegend eingeschlafen. Eigentlich war Finn für die Geschichte schon zu groß gewesen, die ich vorgelesen hatte. Aber er wollte sie unbedingt hören. Wie zwei Siebenschläfer lagen sie da.

Was hatte ich mir bei der Lichterkette damals einen abgebrochen. Die Klebestreifen hatten sich immer wieder vom Stoffzelt gelöst und ich hatte die Kette schließlich laut fluchend und schwitzend festgetackert. Es war gut, wieder zu Hause zu sein. Ich würde mich ab jetzt wirklich bemühen, ein guter Vater und Ehemann zu sein. Ich würde keine Dummheiten mehr machen. Ich würde mit dem Trinken aufhören. Ich würde die rothaarige Frau für immer hinter mir lassen und alles, was mit ihr in Zusammenhang stand. Ich würde einen Neuanfang machen, jetzt und hier. Das war ich meiner Familie schuldig.

Ich malte mir Sven Neumanns Gesicht aus, wenn er in ein paar Tagen unseren neuen V90 unter dem Carport stehen sehen würde. Ich hatte um das Haus von Neumanns bisher einen weiten Bogen gemacht, doch würde diese Taktik nicht mehr lange funktionieren. Irgendwann würde ich Sven oder

Melanie Neumann über den Weg laufen. Ich musste mir etwas einfallen lassen.

Die Kinderzimmertür öffnete sich und meine Frau stand im Türrahmen. Sie lächelte und winkte mir zu. Ich stand vorsichtig auf und trug zunächst Lilly und dann Finn rüber in unser Schlafzimmer.

Als ich meine Kinder im Bett liegend betrachtete, fiel mein Blick auf den Nachttisch. Dort lag noch immer der dicke Wälzer, den ich vor einer gefühlten Ewigkeit im untersten Fach unbeachtet hatte liegen lassen.

Ich nahm das Buch in die Hand und betrachtete den knallbunten Einband. *Die symbolische Bedeutung der Krankheit – das Original seit 1976.* Ich öffnete es und las im schummrigen Licht, was unter dem Eintrag ›Gesichtsrose‹ stand.

Gesichtsrose
(siehe auch Gürtelrose)

Körperbedeutung: Gesicht (äußeres Erscheinungsbild, Fassade, Charaktergestalt).

Symptombedeutung: Lang unterdrückter Konflikt wird offensichtlich und physisch erlebbar, er geht auf die Nerven und unter die Haut. Erblühen der Rose, Befreiung des Selbst im unerlösten Bereich. Langfristiges Erröten aus Scham.

Gestaltung: Unbewusste Themen ins Licht setzen, je nach betroffener Gesichtshälfte verdrängte männliche (rechts) oder weibliche (links) Energien bearbeiten. Sein wahres Selbst erkennbar machen und ausleben. Sich zu seinen erotischen Wünschen bekennen.

Grundsätzliche Verbindung: Venus-Mars.

›Sich zu seinen erotischen Wünschen bekennen.‹ Was sollte das bedeuten? Ich hörte ein Grunzen und schaute vom Buch auf. Lilly hatte sich dicht an Finn geschmiegt, der auf

dem Rücken lag, die Arme wie ein Kleinkind von sich ge-
streckt. Beide schnarchten. Ich beschloss, das Buch mit ins
Wohnzimmer zu nehmen, um mir den Eintrag noch einmal
in Ruhe durchzulesen.

Meine Frau wartete bereits im Wohnzimmer auf mich.
Sie lag auf dem Sofa und trug ein Negligé aus schwarzem
Satin. Überall brannten Kerzen und Schatten tanzten an
den Wänden. Es war lange her, dass ich sie das letzte Mal
so gesehen hatte. Überfordert blieb ich in der Tür stehen.
Ich tastete nach meiner rechten Gesichtshälfte. ›Verdrängte männliche Energien bearbeiten.‹ Ich war mit meinen
männlichen Energien eigentlich immer ganz zufrieden
gewesen.

»Willst du nicht reinkommen? Und schließ doch die Tür
hinter dir.« Sie schaute mich ernst an.

Ich schloss die Tür hinter mir und ging langsam auf sie
zu. Sie ließ mich dabei nicht aus den Augen. Ich setzte mich
neben sie auf das Sofa und kam mir vor wie ein Fünfzehn-
jähriger. ›Langfristiges Erröten aus Scham.‹ Wie lange sollte das denn noch so weitergehen? Die Schmerzen mochten
besser geworden sein, doch meine rechte Gesichtshälfte war
immer noch blutrot.

»Warum so schüchtern?« Meine Frau fuhr mit ihrer Hand
über meine Brust, so wie sie es im Autohaus getan hatte. Sie
begann mich im Nacken zu küssen.

Ich saß da und war total verspannt.

Meine Frau merkte, dass etwas nicht stimmte. »Alles in
Ordnung?«

»Ja. Es ist nur. Ich weiß auch nicht.«

Meine Frau sah mich an.

Ich dachte an das, was ich meiner Familie in den letzten
Monaten angetan hatte.

»Hey«, sagte meine Frau. »Was ist los?« Sie nahm mein

Gesicht in ihre Hände. Sie berührte dabei meine rechte Gesichtshälfte und ich zuckte zurück.

Die Situation war mir unsagbar peinlich. Ein Teil von mir wollte ihr die ganze Wahrheit erzählen. Von der rothaarigen Frau, die zuerst in meinen Träumen und dann in der Realität aufgetaucht war. Von dem Mord, den ich begangen oder auch nicht begangen hatte. Aber ich konnte es nicht.

»Es war einfach alles sehr viel in letzter Zeit. Finn und Lilly liegen da oben. Ich bin einfach froh, wieder zu Hause zu sein«, sagte ich.

Meine Frau nahm mich in den Arm.

Jetzt flossen mir die Tränen in Bächen die Wangen herunter. Ich muss ein erbärmliches Bild abgegeben haben. Wir saßen eine ganze Weile so da und ich weinte unentwegt.

»Entschuldige«, sagte ich.

»Das ist total in Ordnung. Das muss bei dir auch einfach mal raus.«

Sie lächelte und gab mir einen Kuss auf die Stirn. Dann bemerkte sie das Buch auf dem Couchtisch. »Ist das von Peer?«

Ich nickte.

»Dass wir das immer noch haben.« Sie lachte.

»Es kann nicht schaden, mal einen Blick reinzuwerfen. Bevor ich es ihm zurückgebe«, sagte ich und lachte verlegen.

»Mach du mal«, sagte sie. »Ich hole uns eine Decke und mache uns einen Kakao.« Sie gab mir einen Kuss auf die Stirn.

Ich schaute ihr hinterher, wie sie in die Küche ging. Das Negligé stand ihr ausgezeichnet. Sie hatte noch immer einen attraktiven Körper.

Als sie hinter der Küchentür verschwunden war, nahm ich das Buch vom Couchtisch und schlug die Einleitung des Buches auf.

»Das ist eine langwierige Sache.« Doktor Schmelling sah mich ernst an. »Die Nerven müssen sich wieder regenerieren. Das dauert seine Zeit.«

»Das habe ich bemerkt.«

»Sind die Schmerzen besser geworden?«

»Die kommen sehr unterschiedlich«, sagte ich.

»Du darfst wirklich nicht aufhören, die Schmerzmittel zu nehmen. Die Nerven dürfen sich nicht an die Schmerzen gewöhnen.«

Er sah mich nachdenklich an.

Ich wusste nicht, ob er etwas davon mitbekommen hatte, was bei mir und meiner Familie in den letzten Monaten los gewesen war. Vielleicht hatten meine Schwiegereltern ihm etwas erzählt. Aber so wie ich ihn einschätzte, war er kein Mann, der sich übermäßig für das Privatleben seiner Patienten interessierte.

»Kann man denn sonst gar nichts machen?«, fragte ich.

»Du solltest deine Nerven schonen und Stress vermeiden. Ich weiß, ihr habt zwei Kinder.« Er lachte kurz. »Wir könnten aber noch etwas anderes probieren.« Er setzte sich ruckartig in seinem Bürostuhl auf, sah auf seinen Röhrenmonitor und tippte auf der mechanischen Tastatur herum.

Ich räusperte mich.

»Da gibt es noch eine Möglichkeit. Carbamazepin«, sagte er in einem merkwürdigen Singsang.

Ich schaute ihn ratlos an.

»Das ist ein Antiepileptikum. Es wird zur Behandlung von Epilepsie eingesetzt. Die Effekte beruhen unter anderem auf der Hemmung von Natriumkanälen an den Nervenzellen.«

Ich schaute ihn weiter begriffsstutzig an.

»Wir müssen mit der Dosierung vorsichtig sein. Das sind

keine Smarties. Das nimmst du zusätzlich zu den Schmerzmitteln ein. Wir fangen mit einer kleinen Dosierung an und
steigern uns. Damit haben wir eine Chance, die Schmerzen
besser in den Griff zu bekommen. Wir sollten das versuchen,
wenn du willst.« Er schien begeistert von seiner Idee zu sein.

»Ich probiere alles«, sagte ich.

»Ich kann dir natürlich keine Garantie geben.«

»Meinen Sie denn, dass das gefährlich ist?«

»Es kann zu Schwindel und Müdigkeit führen. Wenn du
Probleme bekommen solltest, meldest du dich und schaust
noch einmal rein. Wollen wir es so machen?«

Ich nickte.

Er sah mich wieder nachdenklich an. »Das Privatleben
meiner Patienten geht mich nichts an. Aber, mein Junge.«
Er machte eine Kunstpause. »Ich drücke euch die Daumen,
dass sich zu Hause alles wieder findet.«

6.

Die Smartwatch zeigte einen Puls von knapp zweihundert
an. Vielleicht hatte ich es etwas übertrieben. Es war ein
stressiger Tag im Büro gewesen und ich hatte mich kurz entschlossen dazu durchgerungen, eine Runde laufen zu gehen.

Ich blieb stehen und stützte mich mit den Händen auf
den Knien ab. Der Schweiß rann in Bächen meinen Körper
herab. Meine Augen brannten vom Schweiß. Das nächste
Mal würde ich ein Handtuch mitnehmen. Ich war aus der
Form, daran bestand kein Zweifel. Vermutlich hatte ich
das letzte Mal bei den Bundesjugendspielen eine solche
Distanz zurückgelegt.

Als ich wieder Luft bekam, schob ich meinen Finger über
das Display. Ich hatte 2,7 Kilometer zurückgelegt. Das war
für einen ersten Lauf nicht schlecht. Damit konnte ich für

den Anfang zufrieden sein. Meine Beine schmerzten als ich sie langsam in Bewegung setzte, um den kleinen Pfad zu unserer Siedlung zurückzulaufen.

Als ich in unsere Straße bog, sah ich Frau Müller in ihrem Vorgarten stehen. Sie bewohnte ein altes Haus gegenüber von unserem. Vornübergebeugt stand sie da und schlug die Hände über ihrem Kopf zusammen. Ich kannte sie nicht besonders gut. Wir grüßten uns, wie man das unter Nachbarn so tat. Lilly hatte etwas Angst vor ihr. Zugegeben, Frau Müller hatte ein wenig Ähnlichkeit mit der alten Hexe aus Lillys Märchenbuch.

»Guten Abend Frau Müller!«

»Guten Abend«, sagte sie und schaute mich überrascht an. Ihr Buckel ließ sie kleiner wirken als sie ohnehin schon war. Vor ihr stand ein Pappkarton mit irgendwelchen alten Sachen.

»Geht es Ihnen gut?«

»Wie es einer Frau in ihren besten Jahren gehen kann.« Sie lachte über ihren eigenen Scherz.

»Kann ich Ihnen vielleicht irgendwie behilflich sein?«

Sie schüttelte ihren Schildkrötenkopf. »Das ist sehr freundlich, junger Mann. Ich fürchte, das ist nicht so einfach.«

»Worum geht es denn?«

»Ich muss ihn wohl abbestellen. Aber geht das so kurz vorher noch?« Sie schaute mich fragend an.

Ich verstand nicht recht. »Was wollen Sie denn abbestellen?«

»Den Sperrmüll, junger Mann.« Sie zeigte vor sich auf den Karton. »Mein Sohn wollte mir helfen. Aber er hat immer so viel zu tun. Jetzt ist er bei Airbus. Bremen ist ja auch weit weg.«

Ich nickte und verstand noch immer nicht ganz.

»Ich kann das ja verstehen. Bei der ganzen Arbeit. Aber

was mache ich jetzt mit dem Sperrmüll? Ich habe den doch beantragt.« Sie schlug wieder die Hände über dem Kopf zusammen. »Da kommen doch extra Leute vorbei.« Sie schaute unglücklich zu ihrem Haus.

Jetzt begann ich langsam zu verstehen. »Ich kann Ihnen doch helfen«, sagte ich.

»Aber nein, das kann ich Ihnen nicht zumuten.«

»Das macht keine Umstände.«

»Nein, das kann ich nicht von Ihnen verlangen.«

»Ich komme sowieso gerade vom Sport und bin verschwitzt. Ich helfe Ihnen gerne.«

»Nein, Sie haben doch auch so viel zu tun. Ich sehe Sie ja immer so spät von der Arbeit nach Hause kommen. Und Sie haben ja auch eine so nette Familie.«

»Ich würde es Ihnen nicht anbieten, wenn ich es nicht ernst meinen würde.« Ich sah sie ruhig an. »Also, Sie zeigen mir, was alles raus muss. Und dann mache ich mich an die Arbeit.«

Sie schaute mich lange an. Dann nickte sie schließlich und griff mit beiden Händen die meinen. »Ich danke Ihnen.«

»Noch habe ich nichts getan.«

Sie lächelte.

Wir gingen ins Haus und dann in den Keller. Ich hatte unterschätzt, was eine ältere Dame über die Jahre in ihrem Haus ansammeln konnte. Sie zeigte mir die entsprechenden Kisten und Gegenstände, die in den Kellerräumen lagerten, und ich machte mich an die Arbeit.

Nach kürzester Zeit wurde der Keller leerer und der Berg mit Sperrmüll auf dem Bürgersteig größer.

Als ich mit einem alten Bügelbrett und einem Wäschekorb voller Kochtöpfe in den Vorgarten trat, sah ich Frau Müller mit meiner Frau und den Kindern die Straße rüberkommen.

»Ich wollte Ihrer Familie nur schnell Bescheid geben. Nicht, dass sich Ihre Frau wundert, wo Sie stecken«, sagte Frau Müller und sah mich verschwörerisch an.

»Das wollten wir uns nicht entgehen lassen«, sagte meine Frau. »Wo ich ihm schon so lange in den Ohren liege, unseren Dachboden aufzuräumen.« Meine Frau stieß Frau Müller sanft mit dem Ellenbogen an und lachte.

»Papa, kann ich helfen?«

»Oh ja, ich auch«, bettelte Lilly.

»Klar«, sagte ich. »Eure freche Mutter kann auch mit anpacken. So schaffen wir es noch vor dem Abendessen.«

Langsam setzte die Dämmerung ein.

»Ich hole schnell mein Tablet aus dem Haus. Wir bestellen Essen. Mögen Sie lieber Asiatisch, Indisch oder eher Pizza? Ich kenne da einen Inder!« Frau Müller machte eine Geste vor ihrem Mund, wie ein französischer Spitzenkoch. »So muss ich selber nicht so oft kochen. Das ist herrlich. Einen Moment!« Sie verschwand mit ernstem Gesicht.

Meine Frau sah ihr verblüfft und mit einem Lächeln hinterher.

7

»Das war echt nett von dir«, sagte meine Frau. Die Kinder waren im Bett und wir machten es uns auf dem Sofa gemütlich.

»Frau Müller ist eine sehr nette Frau«, sagte ich.

»Das ist sie.«

»Es war nett von ihr, dass sie Finn den alten *Mega Drive* geschenkt hat.«

»Und dieses Monstrum von einem Fernseher«, sagte meine Frau und seufzte.

»Den Röhrenfernseher stellen wir unten in den Keller.

Ich räume eine Ecke neben dem Computer frei. Du wirst ihn gar nicht bemerken.«

Meine Frau schaute nach draußen in den Garten. Es war mittlerweile stockdunkel geworden. »Wie lange sie da jetzt wohl alleine lebt?«

»Das hat sie mir nicht erzählt.«

»Sie wollte ihre Angelegenheiten in Ordnung bringen, wie sie es nannte. Sie will ihrem Sohn und seiner Familie nicht zur Last fallen. Deswegen wollte sie die alten Sachen loswerden.«

»Zum Teil auch Sachen ihres Sohnes. Finn war begeistert.«

Meine Frau sah mich nachdenklich an.

»Und sie kann sehr gutes indisches Essen bestellen«, sagte ich.

»Das sogar den Kindern schmeckt.«

Wir lachten, hielten uns die prallen Bäuche und schwiegen eine Weile.

»Schon verrückt«, sagte ich.

»Was denn?«

»Dass wir sie vorher nie richtig kennengelernt haben. Dabei wohnen wir schon so lange hier.«

»Da hast du recht.«

»Ich meine, wenn ich nicht zu ihr rübergegangen wäre, dann hätten wir uns doch ein Leben lang nur im Vorbeigehen gegrüßt. Wir hätten nie etwas über sie erfahren. Dabei ist sie so eine nette Frau.«

Meine Frau nickte.

»Ich weiß, das ist kitschig«, sagte ich.

»Na und? Ist es eben kitschig. Macht doch nichts.« Meine Frau nahm meine Hand und rülpste. »Entschuldige. Das Dal Makhani war wirklich ausgezeichnet.«

»Ja, das war es«, sagte ich.

»Hallo?« Ich hörte eine Stimme, die nicht hierhergehörte. Eine Männerstimme mit starkem Akzent. Ich blieb stehen. Die Holzplanken unter meinen Füßen gaben unter meinem Gewicht etwas nach.

Als Kind hatte ich oft auf dieser Brücke gestanden und den Enten dabei zugesehen, wie sie sich um die aufgeweichten Brotreste gezankt hatten. Steinhartes Brötchen in Kinderhänden. Mich hatte es immer vor dem verschimmelten Brot geekelt. Doch meiner Schwester hatten die grünen Blumenmuster auf dem Brot gefallen.

»Hallo!« Die Stimme war jetzt lauter.

Vor mir konnte ich bereits die Nebelwand sehen.

»Hallo, Sie!« Es war ein osteuropäischer Akzent.

Die Bilder verschwanden vor meinen Augen. Ich wollte sie festhalten, aber sie entglitten mir mehr und mehr. Es hatte keinen Sinn. Ich seufzte und schlug die Augen auf.

Ich blieb einen Moment mit geöffneten Augen liegen. Die esoterischen Klänge liefen weiter und die Frauenstimme beschrieb, wie ich mich weiter auf die Nebelwand zubewegte. In Erwartung, hinter ihr all die Antworten zu finden, die ich seit langer Zeit hoffte zu erfahren, hatte sie gesagt.

Es klopfte an der Tür und ohne auf eine Antwort zu warten, öffnete sie sich.

»Hallo, wir sind fertig!« Der polnische Handwerker sah mich irritiert an. Vermutlich hatte er noch nie einen erwachsenen Mann am hellichten Tag auf dem Bett liegen sehen, der sich eine Meditations-CD anhörte. Ich wollte gar nicht wissen, was er dachte, was ich da tat. ›Diese deutschen Männer‹, sagte sein Blick. ›Wir Polen sind echte Männer. Wir arbeiten, sind fleißig. Ihr deutschen Würstchen liegt auf euren Betten und hört euch Weiberkram an.‹

Ich seufzte, stand vom Bett auf, in dem ich seit ein paar Nächten wieder schlafen durfte, und ging hinüber zur Kommode. Ich drückte die Pause-Taste und konnte hören, wie die CD weiter leise im Player rotierte. »Ja, danke«, sagte ich. Ich wusste nie so recht, ob ich Handwerker duzen oder siezen sollte. Meist versuchte ich, das irgendwie zu umgehen.

Der Mann war vielleicht in meinem Alter, auch wenn er älter aussah. Er drehte sich um und ging hinunter in den Heizungskeller, um mir seine Arbeit zu zeigen. Sein Kollege grüßte stumm als wir durch die Tür traten.

»Geht alles wieder. Wir konnten das flicken.« Er zeigte auf eine Stelle der Heizungsanlage. »Beim nächsten Mal wird es teurer. Dann müssen wir das ganze Gerät tauschen.«

Ich nickte.

»Rechnung?«

Ich sah ihn überrascht an. Dann verstand ich. »Nein, die brauch ich nicht.«

»Gut, sagen wir 340 €.«

»Ich habe im Moment nicht so viel Bargeld im Haus.«

»So?« Er zog eine Augenbraue hoch und sah mich grimmig an. Sein Gesichtsausdruck ließ darauf schließen, dass er mir die osteuropäische Mafia auf den Hals hetzen würde, sollte ich nicht zahlen. Er lachte laut auf. »Kein Problem. Wir wissen ja, wo Sie wohnen.« Er machte wieder ein finsteres Gesicht. »Sie bringen es im Büro vorbei. Die Adresse haben Sie, ja?«

»Meine Frau müsste die haben.«

»Gut, grüßen Sie Ihre Frau.« Er zwinkerte seinem Kollegen zu, der zurücklachte. Beide nahmen ihre Werkzeugkoffer auf und verließen den etwas stickigen Raum.

»Ich bringe Sie noch zur Tür«, sagte ich, doch die Handwerker gingen bereits die Treppe hoch und öffneten die Haustür. Ich hörte den einen der beiden etwas auf Polnisch zu dem anderen sagen. Beide lachten.

»Dann vielen Dank«, sagte ich. »Ich bringe Ihnen das Geld morgen vorbei.«

»Nicht vergessen«, sagte er und hob drohend einen Finger. Beide stiegen lachend in ihren verdreckten, weißen Transporter und grüßten kurz mit erhobener Hand. Ich sah zu, wie sie aus der Einfahrt zurück auf die Straße und schließlich aus der Siedlung fuhren.

Am Morgen hatte ich eine erste Tablette Carbamazepin genommen, was mir nicht nur sofort auf den Magen geschlagen war, sondern auch dafür gesorgt hatte, dass ich für eine geraume Zeit benebelt auf dem Sofa saß.

Da ich mir den Morgen ohnehin freigenommen hatte, um auf die Handwerker zu warten, war das nicht weiter schlimm gewesen. Tatsächlich hatten sie sich jedoch erst gegen Mittag gemeldet und erklärt, dass sie nun jeden Moment da sein würden. Um mich dann noch eine Stunde warten zu lassen.

Aus ein paar freien Stunden war so ein ganzer Urlaubstag geworden. Ich hoffte, dass meine Chefin davon nichts mitbekam. Es brachte nichts, erneut die Meditation zu starten. Ich war merkwürdig aufgewühlt vom Besuch der Handwerker. Zumindest würde die Heizung nun wieder zuverlässig funktionieren.

Auf der gegenüberliegenden Seite winkte mir Frau Müller zu. Ich grüßte zurück und ging zurück ins Haus.

9

Im Laufe der Woche gewöhnte ich mich nur langsam an das Carbamazepin. Ich reagierte nicht sofort, wenn ein Kollege mich ansprach, verwechselte Kunden und brachte Projekte durcheinander. Das Entscheidende war jedoch, dass meine

Schmerzen weniger wurden. Ich war voller Hoffnung, dass sich mein Zustand bald bessern würde und ich eines Tages die Schmerzen hinter mir ließ.

Mitte der Woche konnten wir unser neues Auto abholen. Der Moment, an dem ich mich von meinem alten Saab würde verabschieden müssen, rückte unwiderruflich näher.

Auf der Fahrt zum Autohaus versuchte ich, mir nichts anmerken zu lassen, doch meine Frau merkte, was mit mir los war. Sie legte eine Hand auf mein Knie und lächelte mir aufmunternd zu.

Die Kinder waren aufgeregt und freuten sich auf das neue Auto. Keine Spur von Abschiedsschmerz. Bis Lilly ein Gedanke kam. »Papa, was ist mit unserem Auto?«

»Was meinst du, Schatz?«

»Wenn wir ein anderes Auto haben?«

»Du meinst, was dann mit dem alten Auto passiert? Das behält das Autohaus.«

Lilly schwieg.

Jetzt wurde Finn nachdenklich. »Und was machen die dann damit? Verschrotten die das?«

»Ich weiß es nicht. Kann schon sein«, sagte ich und seufzte etwas zu laut.

»Armes Auto«, sagte Lilly und streichelte über den Sitz.

»Lilly, das Auto kommt erst einmal auf einen Schrottplatz. Zu ganz vielen anderen alten Autos«, sagte meine Frau.

»Und dann?«

»Dann sehen die Leute, die dort arbeiten, was man noch mit dem Auto machen kann.«

»Die verschrotten das. In einer großen Presse«, sagte Finn. »Das habe ich im Internet gesehen.«

»Mama, nein!«

»Schatz, mir fällt der Abschied auch schwer«, versuchte ich es. »Manchmal muss man sich von alten Dingen trennen.«

»Warum?«, fragte Lilly.

Mir fiel keine Antwort ein. Ich sah meine Frau fragend an.

»Weil wir in dem neuen Auto mehr Platz haben. Wisst ihr noch, wie lange wir auf dem Parkplatz stehen mussten, bis Papa die ganzen Teile vom Sofa zu Hause hatte?«

Lilly schüttelte den Kopf.

»Hotdogs«, sagte Finn. »Wir haben Hotdogs gegessen.«

Im Rückspiegel sah ich, wie Lilly sich daran zu erinnern versuchte.

»Und davor haben wir eine Ewigkeit auf diesem Parkplatz herumgestanden«, sagte meine Frau.

»Außerdem können wir mit dem neuen Auto wieder in den Urlaub fahren. Ist das nicht schön?«, fragte ich.

Lilly schüttelte den Kopf.

»Du fährst doch gerne in den Urlaub«, sagte ich wenig überzeugend. Ich sah in den Rückspiegel.

Wieder Kopfschütteln.

Wir fuhren auf den Parkplatz vom Autohaus. Die Stimmung hatte ich mir zu diesem Anlass anders vorgestellt. Als wir aus dem Auto stiegen, blieb Lilly mit verschränkten Armen auf ihrem Kindersitz sitzen und schaute mich verärgert an. »Behalten«, sagte sie in einem Ton, als wäre sie zwei Jahre alt.

»Lilly«, sagte ich, während ich sie abschnallte. »Wir haben mit dem Autohaus vereinbart, dass wir das alte Auto hierlassen.«

Wieder schüttelte sie ihren Kopf, ihre Zöpfe wippten bestimmend hin und her.

Ich musste daran denken, wie viel Überwindung es mich gekostet hatte, das Auto am Vorabend auszuräumen. Hinter dem Handschuhfach hatte eine Kassette geklemmt, deren Existenz ich lange vergessen hatte. Ich hatte das Mixtape schweigend angesehen, bevor ich es schließlich eingelegt hatte. Ich hatte mich zurückgelehnt, die Augen geschlossen und Phil Collins zugehört, wie er vom *Another Day in Paradise* sang. Plötzlich war mir eine Träne die Wange heruntergelaufen. Phil Collins hatte angefangen zu lallen. Bandsalat im Kassettenrekorder. Manche Dinge gehörten unwiederbringlich der Vergangenheit an.

»Lilly!« Ich merkte wie meine Stimme lauter wurde. »Steig jetzt aus!«

»Nein!«

»Schätzchen, wir haben das neue Auto gekauft. Wir können das alte Auto nicht behalten«, sagte meine Frau.

»Warum nicht?«, fragte Finn.

»Weil wir dann für zwei Autos die Steuern und die Versicherung zahlen müssen«, sagte ich.

»Wir brauchen auch keine zwei Autos«, ergänzte meine Frau.

»Aber das ist doch ein Familienmitglied«, sagte Finn.

»Genau«, sagte Lilly.

»Ein Familienmitglied kann man doch nicht einfach so abgeben und entsorgen lassen.« Finn hatte jetzt Fahrt aufgenommen. Vielleicht würde er später mal Rechtsanwalt werden.

»Finn, es geht nicht«, sagte ich genervt.

Finn stieg daraufhin wieder ins Auto, setzte sich neben Lilly und legte den Arm um sie. Passiver Widerstand. Das hatte uns gerade noch gefehlt.

Jetzt schien auch meine Frau genervt zu sein. »Finn, steig jetzt bitte aus dem Wagen aus. Lilly, du auch«, sagte sie.

Doch die beiden dachten gar nicht daran, das zu tun, was ihre Mutter von ihnen verlangte. Lilly hielt sich die Ohren zu und Finn starrte seine Mutter an.

»Ich kann euch beide sehr gut verstehen«, sagte hinter uns eine Stimme. »Die beiden haben ja auch eigentlich recht, finden sie nicht?«

Wir drehten uns um. Meine Frau und ich hatten nicht bemerkt, dass der Verkäufer hinter uns aufgetaucht war.

»Fangen Sie jetzt bitte nicht auch noch damit an«, sagte ich. »Wir haben den Kaufvertrag unterschrieben und den Wagen haben sie schon angemeldet.«

»Natürlich.« Er nickte jetzt. »Ich wollte nur sagen, dass die beiden auch ein Recht auf ihre Meinung haben. Sie sind wirklich ein Herz und eine Seele.« Er schaute unsere Kinder ganz verzückt an.

Finn nickte und Lilly hob die Hände von ihren Ohren, um etwas hören zu können.

Der Autohändler wischte sich mit einem Stofftaschentuch über die Stirn. »Kommen Sie einfach in ein paar Tagen vorbei und geben Sie den Saab ab. Dann haben sich die Kinder vielleicht an das neue Familienmitglied gewöhnt.« Er zwinkerte Lilly und Finn zu.

Meine Frau sah mich an und zuckte mit den Schultern. »Was bleibt uns anderes übrig«, sagte ihr Blick.

So kam es, dass wir an diesem Nachmittag mit zwei Autos nach Hause fuhren.

Ich war sauer, konnte aber nicht genau sagen, warum. Vielleicht lag es daran, dass ich endlich bereit gewesen war, mich von meinem alten Auto zu trennen.

Als die Kinder im Bett waren, drückte ich mich vor unserem Küchenfenster herum. Von hier hatte ich unsere Einfahrt und die von Neumanns gut im Blick. Ich stellte mir Sven Neumann vor, wie er von der Arbeit nach Hause kam und unseren neuen V90 bemerkte. Wie sein neidvoller Blick an unserem Auto kleben blieb und es ihm die Schamesröte in sein Gesicht treiben würde.

»So kenne ich dich ja gar nicht! Hast du jetzt nur noch Augen für unser neues Auto?«, fragte meine Frau und lachte, als sie mich am Fenster stehen sah.

Ich lachte und zuckte verlegen mit den Achseln.

Am Freitag machte ich zum Missfallen meiner Chefin früher Feierabend und holte Lilly und Bene vom Kindergarten ab. Freitags schloss die Kita kurz nach dem Mittagessen und meine Frau hatte mit Benes Eltern vereinbart, dass die beiden Kinder gemeinsam den Nachmittag verbringen würden.

Als wir von Weitem den Bauwagen sahen, fasste ich instinktiv an die Stellen in meinem Gesicht, wo mich die Bienen am häufigsten gestochen hatten. Ich beschloss, bei diesem Besuch einen weiten Bogen um diese summenden Mistviecher zu machen.

Die Kinder liefen den Weg vom Parkplatz zum Schrebergarten um die Wette. Als ich am Gartentor ankam, saßen die beiden auf den Stufen des Bauwagens und bliesen wie wild in ihre Strohhalme, dass die Limonade in ihren Gläsern nur so blubberte. Peer kam auf mich zu. Ich winkte mit dem dicken Wälzer in der Hand.

»Schön, dich wiederzusehen«, sagte er und umarmte mich, ohne mir dabei auf die Schulter zu klopfen. Irgendwie war mir das unangenehm.

Ich hielt ihm das Buch entgegen. »War lange überfällig«, sagte ich.

»Ach, meine Lebenspartnerin hat es nicht vermisst. Hast du reingeguckt?«

Ich nickte.

»Willst du ein Glas Limonade?«

»Gerne.«

Wir gingen rüber zu den Holzstühlen und setzten uns.

Peer schenkte die Limonade ein und reichte mir ein Glas. Ich schaute zu dem Bienenstock hinüber. Dort schien alles ruhig zu sein.

»Keine Angst«, sagte Peer als er meinen Blick bemerkte. »Die sind ganz friedlich. Aber vielleicht gehst du heute mal nicht so nahe ran.« Er lachte.

»Das hatte ich auch nicht vor«, sagte ich und trank von der Limonade. Sie war natürlich selbst gemacht und schmeckte ausgezeichnet.

»Und? Was stand denn drin in dem Buch?«

»Ich weiß nicht so genau.« Ich stellte das Glas auf den kleinen Holztisch. »Wo soll ich da anfangen?«

»Am Anfang würde ich sagen.«

»Ich bin mir nicht sicher, ob ich das alles richtig verstanden habe.«

»Schieß los.« Er nahm das Buch in die Hand und betrachtete den Buchdeckel.

»Da stand so was wie, ich solle mein wahres Selbst erkennen oder so ähnlich.«

»Und was noch?«

Ich überlegte kurz. »Ich solle mich mit meiner männlichen Seite auseinandersetzen.«

Peer nickte und schaute weiter auf das Buch.

»Was immer das bedeutet«, sagte ich. »Und ich –« Ich stockte und errötete.

Peer schaute auf. »Was?«

»Ich solle zu meinen erotischen Wünschen stehen. Kannst du dir das vorstellen?«

»Klar.«

»Echt?«

»Ja klar. Wäre doch blöd, wenn nicht.«

Ich schwieg.

Er legte das Buch zurück auf den Tisch. »Ist denn bei

euch alles gut?«

Ich schaute ihn fragend an.

»Im Bett«, sagte er.

Dass ich so eine Unterhaltung führen würde, hatte ich nun wirklich nicht gedacht. Ich hatte mir jedoch vorgenommen, einen Neuanfang zu machen. Vielleicht war es Zeit, dass ich die Dinge etwas offener anging.

»Na ja, ich dachte eigentlich immer, dass alles okay ist. Ich meine, wir sind schon lange verheiratet.«

Er nickte und schwieg.

Vielleicht war es tatsächlich an der Zeit, dass ich über meinen eigenen Schatten sprang. Ich räusperte mich. »Um ehrlich zu sein, die Medikamente tragen eher dazu bei, dass ich – wie soll ich sagen – keine Lust habe.« Ich schaute rüber zu den Kindern, die gerade dabei waren, ein Planschbecken mit Gras zu befüllen. »Mein Arzt meinte zwar, dass es dazu kommen könnte. Aber ich habe das damals nicht so ernst genommen.« Das Gespräch mit Doktor Schmelling schien eine Ewigkeit her zu sein.

»Du nimmst das Zeug auch ganz schön lange. Hattest du seitdem gar keinen Ständer?«

Ich sah ihn an. Ich konnte ihm ja nun schlecht von den Träumen, der rothaarigen Frau, dem Keller und dem Mord erzählen. Ich räusperte mich. »Nun ja, ich habe neulich mal etwas geraucht und da hat es geklappt.« Ich dachte an die Notärztin, die alte Dame und den Portier. »Das war eine intensive Erfahrung für mich«, sagte ich.

Er überlegte. »Ich kann das aus eigener Erfahrung nur bestätigen. Und wie findet deine Frau das?«

»Da war ich eher allein.«

»Ich verstehe. Mach das doch mal mit deiner Frau.«

»Meinst du?«

»Also, meine Lebenspartnerin und ich nehmen uns regelmäßig Zeit dafür. Das ist auch für sie ein schönes Erlebnis. Warte mal kurz.«

Er ging in den Bauwagen und kam kurze Zeit später mit einem kleinen Tütchen wieder.

»Das ist für dich.«

»Ist das –?«

Peer nickte. »Genau, ihr könnt das ja mal ausprobieren. Nehmt erst einmal eine homöopathische Dosis. Für den Anfang. Am besten drehe ich dir mal einen Kleinen und ihr könnt das ausprobieren.« Er lachte.

»Danke«, sagte ich.

»Viel Spaß«, sagte er.

Das kleine Tütchen verstaute ich im Kleiderschrank hinter meiner Unterwäsche. Ich wollte meine Frau damit nicht überfallen und erst einmal vorfühlen, ob sie einem Versuch offen gegenüberstand. Soweit ich wusste, hatte meine Frau noch nie Drogen ausprobiert. Außerdem wollte ich nach meiner Alkoholgeschichte das Thema lieber sensibel angehen.

Am Samstagabend ging meine Frau mit Freundinnen etwas trinken. Ich musste ihr mehrmals versichern, dass die Kinder und ich auch einen Abend ohne sie klarkommen würden. Selbst als sie fertig angezogen vor der Haustür stand, fragte sie, ob sie das Treffen nicht lieber absagen sollte. Ich sagte ihr, dass wir drei alles im Griff hätten und schob sie aus der Tür. Die Kinder winkten vom Küchenfenster aus und sahen zu, wie sie in das neue Auto stieg und davonfuhr.

Ich brachte die Kinder ins Bett und musste drei Geschichten mehr vorlesen als üblich, bevor ihnen die Augen zufielen. Ich löschte das Licht, stellte das Babyphone an und ging mit dem Empfänger hinunter in die Küche, um mir einen Tee zu kochen.

Früher hätte ich mir bei der Gelegenheit ein kaltes Bier aus dem Kühlschrank geholt, doch mir war es ernst mit dem, was ich meiner Frau versprochen hatte. Keinen Alkohol mehr. Daran würde ich mich halten. Ich nahm einen *Orientalischen Abend* aus der Packung und hängte den Teebeutel in die Tasse. Mein Blick fiel auf die Schmerzmittel. Ich nahm das Tramal und tropfte es in ein Glas. Aus dem Wasserhahn kam nur eiskaltes Wasser.

Am Morgen hatten wir festgestellt, dass wir kein heißes Wasser mehr hatten, was für einige Unruhe gesorgt hatte. Besonders während des Duschens war es zu dramatischen Szenen gekommen. Diese polnischen Mistkerle hatten also erst an der Heizung rumgepfuscht und waren dann am Wochenende nicht zu erreichen gewesen. Am Montag würde ich denen aber meine Meinung sagen, darauf konnten sie sich verlassen. Zu blöd, dass ich sie schwarz bezahlt hatte. Das Geld würde ich nicht wiedersehen.

Ich schluckte das Tramal hinunter, goss den Tee auf und nahm die Tasse mit ins Wohnzimmer. Ich würde einen entspannten Abend verbringen und meiner Frau beweisen, dass all ihre Sorgen unbegründet gewesen waren. Ich hatte mich geändert. Ich würde an diesem Abend verantwortungsvoll auf meine Kinder aufpassen. Meine Frau konnte sich auf mich verlassen.

Ich zappte durch das Fernsehprogramm. Es grenzte an Selbstkasteiung. Eine Sendung war idiotischer als die andere. Egal, ob es im öffentlich-rechtlichen oder im privaten Fernsehen war. Ein in die Jahre gekommener prominenter Comedian stellte sein neues Buch vor, das er über seine Haustiere geschrieben hatte. Was hatte ich den Mann früher lustig gefunden. Als ich ein Kind war. Und jetzt schrieb er so ein Zeug, das vermutlich auf den Bestsellerlisten ganz weit oben stand.

Plötzlich kam ein lauter Schrei aus dem Babyphon. Lilly verlangte lautstark nach ihrer Mama. Ich lief ins Schlafzimmer und versuchte im Dunkeln, meine Tochter zu beruhigen. Ich nahm sie in den Arm und sagte ihr, dass alles gut sei. Lilly wimmerte und schrie. Da spürte ich an meinem Handgelenk etwas Feuchtes. Ein saurer Geruch stieg mir in die Nase. Ich fuhr hoch und betätigte den Lichtschalter.

Bei dem, was ich sah, musste ich einen Brechreiz unterdrücken. Lilly saß aufrecht in ihrem Erbrochenem. Ihr Mageninhalt hatte sich über das halbe Bett verteilt. Die Bettdecke, das Kissen, das Laken und der Rausfallschutz, den wir seitlich ans Bett montiert hatten, waren mit einer hellrosa Flüssigkeit überzogen. Lillys Schlafanzug und ihr Gesicht ebenfalls. Von ihren Haaren tropften kleine Stücke Erbrochenes auf ihren Schlafanzug und ihr Gesicht sah fürchterlich aus. Sie musste sich im Schlaf in ihrem eigenen Erbrochenen gewälzt haben. Lilly wimmerte und sah mich mit entsetzten Kinderaugen an.

Ich stand da wie erstarrt. »Es ist alles gut«, sagte ich.

»Mama! Wo ist Mama?«

»Mama ist nicht da. Aber wir machen das schon.«

»Ich will Mama.«

»Keine Sorge, mein Schatz. Papa ist ja da.«

Bei diesem Satz fing sie laut an zu weinen. »Mama!«, rief sie. »Ich will Mama!«

Erstaunlicherweise ließ sich Finn davon nicht stören. Er lag auf der anderen Betthälfte, hatte sich auf die Seite gedreht und schlummerte friedlich.

»Schon gut, Lilly, schon gut.« Ich musste gegen den Ekel ankämpfen und versuchte, sie in die Arme zu nehmen. »Beruhig dich ein wenig, mein Schätzchen. Es ist alles gut. Wir machen dich jetzt erst einmal sauber. Wir stellen dich unter die Dusche und dann wird es dir besser gehen.«

»Mama«, antwortete Lilly jetzt leiser.

Ich trug sie ins Badezimmer, stellte sie in die Dusche und begann sie von ihrem nassen Schlafanzug zu befreien. Da fiel mir die kaputte Heizung wieder ein. Das durfte nicht wahr sein! Wir hatten kein warmes Wasser.

»Lilly, wir haben kein warmes Wasser. Wir versuchen das mit einem Waschlappen.« Ich nahm einen Waschlappen aus dem Badezimmerschrank und hielt ihn unter den Wasserhahn. Das Wasser war eiskalt. »Das ist jetzt etwas kalt, aber wir müssen dich sauber machen. Okay?« Ich fing an, ihr Gesicht mit dem Waschlappen zu säubern.

Lilly schrie auf. »Kalt!«, rief sie. »Kalt! Mama!«

»Lilly, es tut mir leid. Ich kann das nicht ändern. Wir haben kein warmes Wasser.«

Diese verfluchten Handwerker! Wo sollte ich jetzt warmes Wasser herbekommen? Mir fiel der Wasserkocher in der Küche ein. Nur würde es so Ewigkeiten dauern. Lilly zitterte am ganzen Körper. Ich musste mir schnell etwas anderes einfallen lassen.

Frau Müller! Die nette ältere Dame von gegenüber. Sie hatte garantiert warmes Wasser. Sie würde mir helfen. Ich wickelte Lilly in meinen dicken Bademantel, der an der Tür hing, und trug sie auf dem Arm in den Flur. Ich schaute ins Schlafzimmer. Finn schlief immer noch friedlich vor sich hin.

Ich löschte das Licht und ging mit Lilly vorsichtig die Treppenstufen hinunter. Lilly wimmerte jetzt. Ich fischte mit Mühe unseren Hausschlüssel von der Flurkommode und trat hinaus in die Nacht. Niemand war auf der Straße zu sehen, vereinzelt brannte Licht in den Häusern.

Ich klingelte bei Frau Müller. Nichts passierte, die Fenster blieben dunkel. Frau Müller war eine alte Dame, die um diese Uhrzeit wahrscheinlich tief und fest schlief. Vielleicht trug sie ein Hörgerät, das sie zum Schlafen rausnahm. Auch wenn ich mich nicht daran erinnern konnte, bei ihr ein Hörgerät gesehen zu haben. Ich klingelte erneut und wartete. Nichts passierte. Ich klopfte erst zaghaft, dann fester gegen die Haustür. Keine Reaktion. Mit Frau Müllers Hilfe konnte ich also nicht rechnen. Was jetzt? Ich sah mich in der Siedlung um. Bei Neumanns brannte noch Licht.

Ich schüttelte instinktiv den Kopf. Ich konnte unmöglich zu ihnen gehen. Nach allem, was zwischen uns vorgefallen war. Ich musste wohl oder übel meine Frau anrufen und sie um Hilfe bitten. Das wäre das Eingeständnis, dass ich es alleine nicht schaffte, für meine Kinder zu sorgen. Dass ich nicht in der Lage war, ein guter Vater zu sein.

Ich schaute in Lillys verschmiertes Gesicht. Ich brauchte Hilfe. Lilly musste sauber gemacht werden, und sie fror. Ich musste mich um sie kümmern. Meine Frau bräuchte mindestens eine Dreiviertelstunde aus der Stadt nach Hause. Was sollte ich in dieser Zeit mit Lilly machen?

Ich schaute wieder rüber zum hell erleuchteten Fenster von Neumanns. Unmöglich, schoss es mir wieder durch den Kopf. Ich konnte ihnen nicht unter die Augen treten. Lilly war halb eingeschlafen und wimmerte jetzt leiser. Ich musste etwas tun.

Verdammt noch mal! Schnellen Schrittes ging ich zu Neumanns hinüber und klingelte an der Haustür. Ich hörte Schritte und Sven Neumann öffnete mit einem Ruck die Tür. Ich sah ihm in die Augen. Überrascht schaute er erst mich und dann Lilly an.

»Entschuldige die späte Störung, Sven. Ich brauche eure Hilfe. Lilly hat sich übergeben und wir haben kein warmes Wasser. Diese verdammten Handwerker.«

»Kommt rein«, sagte er und öffnete uns weit die Tür.

Ich ging mit Lilly in den Flur, wo uns schon Melanie Neumann entgegenkam.

»Lilly hat sich übergeben und sie haben kein warmes Wasser«, sagte Sven.

»Oh nein, die arme Maus. Kommt mit nach oben ins Bad. Wir machen das schon.« Sie ging bereits die Treppenstufen hinauf. Ich folgte ihr ins Badezimmer.

»Ich weiß nicht, was sie hat«, sagte ich.

»Bei kleinen Kindern kommt das ganz plötzlich. Vielleicht hat sie nur was Falsches gegessen. Stell Lilly mal in die Dusche.«

Ich hielt Lilly fest, während Melanie Neumann sie aus dem Bademantel wickelte. Lilly protestierte leicht, ließ die Prozedur aber über sich ergehen. Vermutlich merkte sie, dass sie es bei Melanie Neumann mit geschultem Personal zu tun hatte. Melanie Neumann säuberte Lillys Körper konzentriert und mit großem Geschick und wusch anschließend die letzten Reste Erbrochenes aus ihren Haaren. Dabei machte sie keinen angeekelten Eindruck, sondern ging schnell und gründlich vor. Ich hätte Lilly niemals so schnell von der Sauerei befreien können.

»Fertig. Ich hole einen Schlafanzug von Emma.«

»Danke«, sagte ich.

»Keine Ursache.«

Ich sah meine nackte Tochter in der Dusche stehen und hätte heulen können.

»Hier ist ein Schlafanzug und ein Schlafsack«, sagte Sven

Neumann. »Melanie kommt gleich noch mit frischer Bettwäsche.«

»Danke Sven. Wir haben aber auch irgendwo welche.«

»Weißt du wo?«

Ich schüttelte den Kopf.

»Siehst du. Lass sie mal machen.«

»Danke.« Ich schaute ihn beschämt an.

»Brauchst du Hilfe beim Anziehen?«, fragte er mich.

»Nein, das kriege ich hin.« Ich begann Lilly das Oberteil
über den Kopf zu ziehen.

»Ich schau mal nach, wo Melanie bleibt.« Er verließ das
Badezimmer.

Ich zog Lilly an und steckte sie in den Schlafsack. Dann
setzte ich mich auf die Toilette und hielt sie im Arm. Lilly
war erschöpft eingeschlafen und furchtbar blass im Gesicht.
Ich strich ihre nassen Haare nach hinten und wickelte not-
dürftig ein Handtuch um ihren kleinen Kopf.

Ich sollte besser möglichst bald meine Frau anrufen. Zuerst würde ich jedoch die Schweinerei im Schlafzimmer beseitigen müssen.

13

Als meine Frau nach Hause kam, schlief Lilly in unserem
Bett. Melanie Neumann hatte das Bett neu bezogen, während Finn ohne Protest in sein Bett gegangen und wieder
eingeschlafen war. Ich hatte mich mehrmals flüsternd bei
Melanie Neumann bedankt und sie hatte nur geantwortet,
dass das eine Selbstverständlichkeit sei. Ich hatte meine
Frau angerufen und ihr von der ganzen Misere erzählt. Eine
halbe Stunde später hörte ich sie die Haustür aufschließen
und kam ihr entgegen.

»Wie geht es ihr? Ist alles in Ordnung?«

»Lilly schläft jetzt. Ich habe einen Eimer neben das Bett gestellt«, sagte ich.

Meine Frau ging ohne ihren Mantel auszuziehen nach oben ins Schlafzimmer und setzte sich auf den Rand des Bettes. Ich blieb im Türrahmen stehen und schaute zu, wie sie die Nachttischlampe anknipste. Lilly lag erschöpft auf den Handtüchern, hatte sich jedoch nicht noch einmal übergeben.

»Mein armer kleiner Schatz«, flüsterte meine Frau und strich Lilly die Haare aus dem Gesicht.

»Es geht ihr schon wieder gut. Vielleicht hat sie nur etwas Falsches gegessen«, sagte ich und legte meiner Frau einen Arm auf die Schulter.

Meine Frau nickte und wandte den Blick nicht von Lilly ab.

Ich ging in die Küche, setzte erneut Teewasser auf und wartete am Küchentisch, bis meine Frau in die Küche kam. Sie legte ihren Mantel über einen der Küchenstühle und setzte sich mir gegenüber. Ich schob ihr eine der Teetassen hin. Sie legte beide Hände um die Tasse und trank.

»Wahrscheinlich hat Lilly nichts Ernstes. Es ist Wochenende. Da kann sie sich ausruhen«, sagte ich.

Meine Frau nickte und schwieg.

»Wahrscheinlich geht es ihr morgen schon wieder gut.«

Jetzt schwiegen wir beide.

»Ich war nicht da«, unterbrach meine Frau die Stille. »Lilly hat mich gebraucht und ich war nicht da.«

»Du kannst auch nicht immer da sein«, sagte ich. »Außerdem war ich doch da.« Ich nahm ihre Hand. »Auch wenn ich zugeben muss, dass es eine ganz schöne Schweinerei war.«

»Wo hast du denn die Handtücher und die Bettwäsche her?«

»Die sind von Neumanns. Sie haben mir geholfen.«

»Du hast mit Neumanns gesprochen?« Meine Frau sah mich ungläubig an.

»Was sollte ich machen? Wir hatten kein warmes Wasser. Ich brauchte Hilfe.«

Meine Frau schien sprachlos zu sein.

»Ich weiß, was du denkst. Aber nur, weil ich mich in der Vergangenheit wie ein Idiot aufgeführt habe, lasse ich meine Tochter nicht in der Kotze liegen.«

Meiner Frau nahm meine Hände in ihre und umschloss sie fest. »Du bist ein wundervoller Vater. Daran habe ich nie gezweifelt.« Sie küsste mich auf den Mund.

Wir schwiegen wieder als sich unsere Münder voneinander lösten und hielten uns weiter bei den Händen.

Meine Frau sah mich plötzlich schmunzelnd an. »Was haben sie denn gesagt? Neumanns, meine ich.«

»Sie haben ganz schön gestaunt, als ich mit der vollgekotzten Lilly vor ihrer Haustür stand. Aber sie haben nicht eine Sekunde gezögert, mir zu helfen. Besonders Melanie hat sich echt ins Zeug gelegt. Ohne sie wäre es nicht gegangen.« Ich schaute verlegen in meinen Tee. »Ich werde morgen mit ihnen sprechen und mich noch mal bedanken.« Ich räusperte mich. »Und ich werde mich für mein Verhalten in der letzten Zeit entschuldigen. Das ist längst überfällig.«

»Papa, ab jetzt kann ich alleine.«

Ich schloss die Badezimmertür hinter mir und hörte, wie Lilly laut »guten Flug« sagte. Ich wusste nicht, ob sie es sich oder ihren Exkrementen wünschte. Hauptsache, es ging ihr besser.

»Und?«, fragte meine Frau.

»Ich weiß nicht so genau, aber ich glaube, es geht ihr wieder gut. Durchfall hat sie keinen, glaube ich.«

»Ein Glück!«

»Das war letzte Nacht wahrscheinlich nur eine einmalige Sache.«

»Gott sei Dank!«

Meine Frau und ich umarmten uns.

»Papa! Kacka!«, rief Lilly aus dem Badezimmer.

»Ich übernehme das Po abputzen«, sagte meine Frau.

»Okay, dann geh ich mal zu Finn runter. Der wartet schon.«

Wir gaben uns einen schnellen Kuss.

Bevor ich in den Keller ging, machte ich einen Abstecher in die Küche und nahm Tramal.

Als ich in den Keller kam, saß Finn schon ungeduldig vor dem Monitor. »Das hat aber gedauert.«

»Du hast ja schon eine Strecke geladen und den Zug abfahrbereit gemacht.« Beim Anblick des Szenarios auf dem Bildschirm beschlich mich ein mulmiges Gefühl.

»Klar! Meinst du, ich kann das nicht?«

»Doch klar. Ich bin einfach beeindruckt von meinem Sohn.«

»Aber der scheiß Zug fährt nicht los.«

Ich überhörte den Kraftausdruck. »Lass mal sehen«, sagte ich und übernahm die Maus. »Du hast alles richtig gemacht. Nur die Bremse. Siehst du? Die hast du vergessen.«

Ich schob ihm die Maus hin.

Finn schlug sich mit der flachen Hand gegen die Stirn, entriegelte die Bremse und gab Gas. Der Zug verließ langsam den Bahnhof und nach ein paar Meilen kam die Weite der Sierra Nevada auf uns zu.

Bilder vom Donnerpass tauchten vor meinem inneren Auge auf. *Unendlich viel Schnee, der einen zu ersticken droht. Der jedes Vorwärtskommen zunichtemacht. Der einen gefangen nimmt. Du siehst abgetrennte Gliedmaßen, filetierte Arme und Beine, bereit, über dem Feuer gebraten zu werden. Du siehst Zähne, die sich voller Gier in das halb gare Fleisch hauen und Stücke herausreißen.*

Es überkam mich eine heftige Übelkeit. Ich konnte den Würgereiz nicht länger unterdrücken. Ich sah mich im Raum um.

»Papa, ist was?«

Ich schüttelte den Kopf und griff den Papierkorb unter dem Schreibtisch. Ich übergab mich heftig.

Finn rückte entsetzt von mir ab. »Papa?«

»Alles okay. Mir ist nur schlecht«, sagte ich stöhnend.

»Ich hole Mama.« Er verließ in Windeseile den Kellerraum.

Ich schaute wieder auf den Monitor und übergab mich ein weiteres Mal. Ich hörte meine Familie schnellen Schrittes die Kellertreppe herunterkommen.

»Ist alles in Ordnung?«, fragte meine Frau.

Ich nickte benommen. »Mir war plötzlich übel.«

»Dann hatte Lilly vielleicht doch etwas Ansteckendes.«

»Oder wir haben beide etwas Falsches gegessen.«

»Hat Papa auch das?« Lilly zeigte auf ihren Bauch.

»Vielleicht«, sagte meine Frau.

»Ich geh mal ins Badezimmer«, sagte ich und stand auf.

»Können wir gleich weiterzocken?«

»Finn, jetzt nicht«, sagte meine Frau.

»Ich glaub schon, Finn. Ich geh nur kurz ins Bad und bin gleich wieder da. Okay?«

Finn nickte und setzte sich wieder an den Schreibtisch. Meine Frau nahm mir den Papierkorb aus der Hand und ging mit Lilly ins obere Badezimmer, um die Schweinerei zu beseitigen.

Ich schleppte mich ins Gästebad und ließ eiskaltes Wasser über mein Gesicht laufen. Es war bestimmt nichts Ansteckendes. Beim Anblick der pixeligen Landschaft war mir blitzartig schlecht geworden. Lebhafte, ganz reale Bilder waren aufgetaucht, die abscheulich gewesen waren. Ich legte einen kalten Waschlappen in meinen Nacken und setzte mich auf die zugeklappte Toilette. Ich versuchte mich zu beruhigen.

Diese Bilder konnten nicht echt sein. Vermutlich hatte die Simulation auf dem Monitor irgendetwas in mir ausgelöst. Etwas, das mein Unterbewusstsein mit den Tagebuchauszügen in Verbindung gebracht hatte. Meine Fantasie hatte mir einen Streich gespielt, nichts weiter. Aber warum waren die Bilder vor meinem geistigen Auge so real gewesen? So als wäre ich vor langer Zeit auf dem Donnerpass eingeschneit worden und hätte selbst um mein Leben gekämpft?

»Ist alles in Ordnung?« Meine Frau stand mit Lilly im Türrahmen.

»Es geht mir schon wieder gut.«

»Leg dich doch einen Moment hin.«

»Das muss nicht sein. Ich geh zu Finn runter«, sagte ich und stand auf.

»Willst du einen Eimer mitnehmen, falls du dich wieder übergeben musst?«

»Das ist nicht nötig.« Müde reckte ich einen Daumen nach oben und ging zurück in den Keller.

Finn hatte das Spiel wieder aufgenommen. Der Zug fuhr im gemächlichen Tempo durch die Sierra Nevada.

Ich ertrug den Anblick nicht und wandte schnell den Blick ab. »Finn, wollen wir was anderes spielen?«

Finn schüttelte den Kopf und schaute weiter auf den Monitor. »Gleich erreiche ich den Donnerpass.«

»Weißt du was? Ich baue die alte Konsole auf, die du von Frau Müller bekommen hast.«

»Okay.« Finn schaute nicht auf.

Ich ging zu dem alten Fernsehtisch hinüber, auf den ich den Röhrenfernseher gestellt hatte. Mir kam der Fernseher in den Kopf, der in dem verspiegelten Keller stets auf mich gewartet hatte. An die rothaarige Frau hatte ich seit langer Zeit nicht mehr gedacht. *Wann bist du das letzte Mal in dem Keller gewesen? Versuch, dich zu erinnern. Was hast du dort gemacht? War es nicht so, dass du eine Gestalt im Spiegel gesehen hast? War es deine Gestalt oder war es etwas anderes? Was hast du gesehen? Erinnere dich!*

Ich spürte ein Kribbeln in meinem rechten Zeigefinger und nahm ihn gedankenverloren in den Mund.

»Papa? Alles klar?«

Ich starrte weiter auf den Fernseher. »Ich hatte gerade nur so ein Gefühl. Alles okay«, sagte ich.

Finn gab sich mit meiner Antwort zufrieden und wandte sich wieder dem Monitor zu.

Ich versuchte, die Gedanken an die Gestalt im Spiegel abzuschütteln und nahm meine Arbeit wieder auf. Aus einem Karton holte ich den verstaubten *Mega Drive* hervor und schob ihn in das kleine Fach unter den Fernseher. Ich schloss das Scart-Kabel an die Konsole und den Fernseher an, versorgte das Gerät mit Strom, schob eine Cartridge in den Schacht und schaltete den *Mega Drive* ein.

Das blaue *Sega*-Logo tauchte auf dem Fernseher auf, das von fliegenden Buchstaben abgelöst wurde, die den Titel *Super Hang-On* bildeten. Alles war so, wie ich es aus meiner Kindheit in Erinnerung hatte. Ich wählte ein ›New Game‹ und den ›Arcade Modus‹ aus. Musik schepperte jetzt aus den Lautsprechern des Fernsehers.

Finn schaute auf. »Was ist das?«

»Komm her und sieh es dir an«, sagte ich und wählte den Beginnerkurs aus.

Finn setzte sich neben mich als ich aus vier möglichen Songs die Musik für die Fahrt auswählte. Ich entschied mich für den Track *Outride a Crisis* und die Motorräder erschienen.

»Jetzt gehts los«, sagte ich.

»Cool«, sagte Finn.

Die Ampel schaltete auf ›Go‹ und die Motorräder sausten vor uns in die Ferne. Ich gab Gas und das Motorrad setzte sich träge in Bewegung.

»Schneller«, sagte Finn.

»Ich versuch es ja. Das Ding beschleunigt so langsam.« Ich tat mein Bestes, doch kurz nach dem vierten Checkpoint flog ich aus der Kurve und rammte einen Felsen. Ich bemühte mich, aber die Zeit lief ab, bevor ich das nächste ›Extended Play‹ erreichen konnte.

»Willst du mal?« Ich hielt ihm den Controller hin.

»Klar, aber wir nehmen eine andere Musik.« Er klickte sich durch die Menüs, startete ein neues Spiel und schaffte es beim ersten Versuch weiter als ich. »Schwer, aber cool«, sagte er. »Wetten, ich schaffe es beim nächsten Mal!«

»Wir werden sehen«, sagte ich.

Finn versuchte es viele weitere Male, doch immer wieder tauchte das ›Game Over‹ vor uns auf dem Bildschirm auf.

Ich beschloss, nach oben zu gehen, um etwas Novamin zu nehmen.

Als ich wieder in den Keller kam, war Finn kurz davor, die Ziellinie zu erreichen. Gebannt blickte ich auf den Fernseher.

Drei Sekunden, bevor die Zeit ablief, schaffte er es tatsächlich, die Ziellinie zu überfahren. Pixelige Zuschauer tauchten vor uns auf und jubelten. Der Motorradfahrer drehte sich zu uns um und machte ein Victoryzeichen.

»Wie hast du das geschafft?« Ich strich ihm über den Kopf.

»Ich habe den Turbo benutzt.«

»Welchen Turbo?«

»Wenn du C drückst, kommt ein Turbo, wenn du bei voller Fahrt bist.«

Ich schaute auf die C-Taste des Controllers. Ich hatte das

Spiel in meiner Kindheit gespielt, ohne mir darüber bewusst zu sein, dass es einen Turbo gab.

Finn trug stolz seine Initialen in den Highscore ein. »Jetzt kommt die nächste Strecke«, sagte er.

Am Sonntagmorgen klingelte ich bei Neumanns, um mich für ihre Hilfe zu bedanken und mich für mein Verhalten in der letzten Zeit zu entschuldigen. Neumanns waren über meinen Besuch erstaunt und baten mich, im Wohnzimmer Platz zu nehmen.

Ich saß an derselben Stelle auf dem Sofa, an der ich gesessen hatte, als es zu der Situation mit Melanie Neumann gekommen war, nur saßen mir dieses Mal beide Neumanns gegenüber. Während ich versuchte, ihnen begreiflich zu machen, wie leid mir alles tat, konnte ich ihnen kein einziges Mal in die Augen blicken.

Ich wüsste selbst nicht genau, was mit mir los gewesen sei. Ich erwähnte die Krankheit und die starken Schmerzmittel. Ich deutete an, dass ich in der Vergangenheit Alkoholprobleme gehabt hatte und ich mich jetzt wieder im Griff hätte.

Als ich meine fahrigen Ausführungen beendet hatte, stand Sven Neumann auf und streckte mir die Hand entgegen. »Jeder von uns macht mal einen Fehler«, sagte er. »Und jeder von uns hat eine zweite Chance verdient.«

Ich stand auf und ergriff seine Hand. »Danke«, sagte ich. »Auch dafür, dass du Lillys Leben gerettet hast. Ohne dich –« Ich kämpfte mit den Tränen.

Er schüttelte meine Hand mit Nachdruck und klopfte mir mit der anderen Hand auf die Schulter. »Schon in Ordnung«, sagte er.

Auch Melanie Neumann erhob sich und hielt mir weit ausgestreckt die Hand entgegen.

»Ich bedaure sehr, dass ich – was ich dir angetan habe.« Ich wollte noch etwas sagen, konnte aber nur schweigend zu Boden blicken.

»Wir alle haben mal harte Zeiten durchzustehen«, sagte sie und sah dabei kurz zu ihrem Mann, bevor sie sich wieder mir zuwandte. »Wir vergessen die ganze Sache und konzentrieren uns auf das, was vor uns liegt.«

Vielleicht hat sie das von einem Kalenderblatt. Ich nickte dankbar und schüttelte ihre Hand.

»Mir ist der neue V90 aufgefallen«, sagte Sven Neumann.

Ich war erleichtert, dass er das Thema wechselte. »Es wurde mal Zeit für ein neues Auto«, sagte ich.

»Er liegt mir damit schon Ewigkeiten in den Ohren.« Melanie Neumann stieß ihrem Mann mit dem Ellenbogen in die Seite. »Sven will unbedingt ein neues Auto.«

Jetzt schaute Sven Neumann verlegen zu Boden.

Ich hatte es tatsächlich geschafft.

16

Am Montagmorgen saß ich an meinem Schreibtisch im Büro und dachte über die vergangenen Tage nach.

Lilly war gesund und auch mit Finn lief es gut. Meine Frau war stolz auf mich gewesen, als ich von Neumanns nach Hause gekommen war.

Ich war wieder in der Spur. Ich konnte zufrieden sein. Ich nippte an meinem Kaffee und stellte fest, dass er kalt geworden war.

Ich stand auf, um mir einen neuen zu holen. Die Teeküche war leer. Fast alle Kollegen waren in einer Besprechung mit einem wichtigen Kunden. Anfangs hatte ich mich darüber geärgert, dass ich in das Projekt nicht miteinbezogen worden war, aber schon bald hatte es mir nichts ausgemacht. Ich musste zwar jederzeit damit rechnen, durch eine jüngere Version ersetzt zu werden. Aber das war der Lauf der Dinge und würde mich auch nicht umbringen.

Ich wollte gerade die Milch aus dem Kühlschrank holen, als ich hinter mir eine Stimme hörte. »Heute Abend schon was vor?«

Ich schaute mich in der Hocke gebeugt um.

Meine Chefin stand vor mir und schaute mir auf den Hintern. Eigentlich hätte sie im Besprechungsraum bei dem Kunden sein sollen.

»Ich weiß nicht«, sagte ich.

»Mein Trainingspartner drückt sich. Der Waschlappen!« Sie lachte unfreundlich und zeigte ihre viel zu weißen Zähne.

Ich musste an den Donnerpass denken. Mir wurde übel. »Ich muss mal eben zur Toilette«, sagte ich, eilte an ihr vorbei und lief zur Toilette.

Als ich in der Kabine ankam, schaffte ich es gerade noch, den Toilettendeckel aufzuklappen. Ich übergab mich mehrere Male. Das Frühstück war nicht besonders üppig gewesen und hatte hauptsächlich aus Müsli und Tramal bestanden. Ich würgte bis nur noch Galle kam und mein Magen komplett leer war. Schließlich ließ ich mich erschöpft vor die Toilette sinken. Ich schaute verblüfft in die Toilettenschüssel. Das Müsli schien noch unverdaut zu sein.

Als ich die Toilette verließ, war meine Chefin schon längst in den Besprechungsraum zurückgekehrt. Ich sah durch die Scheiben, wie sie aufstand, um einen Teil der Präsentation zu übernehmen.

Ich setzte mich an meinen Schreibtisch und öffnete die Schreibtischschublade. Den Alkohol hatte ich vor geraumer

Zeit entsorgt. Stattdessen nahm ich eine Wasserflasche und trank sie in kleinen Schlucken halb leer. Mein Magen brannte. Mir fiel die Einladung meiner Chefin ein. Es war sicher unklug, sie abzulehnen.

Am Nachmittag war das Meeting vorbei. Meine Chefin war allein im Besprechungsraum zurückgeblieben und schaute auf ihr Notebook.

Ich klopfte an und betrat den Raum. »Sorry wegen eben in der Teeküche. Ich habe wohl etwas Falsches gegessen.«

Sie schaute weiter schweigend auf ihre Arbeit.

»Ich wäre dabei.«

Sie schaute auf. »Dabei?«

»Wegen eben. Dein Angebot«, sagte ich.

Sie schaute mich irritiert an.

»Der Waschlappen«, sagte ich. »Du meintest doch, du brauchst einen neuen Partner.«

»Packst du das?«

Ich richtete mich auf. »Warum nicht?«

»Also schön. Heute nach Feierabend. Wir fahren mit meinem Wagen.«

»Heute? Ich habe jetzt gar keine Sportsachen dabei.«

»Kann man da alles leihen.« Sie wandte sich wieder dem Bildschirm zu.

»Okay«, sagte ich unbestimmt und verließ leise den Raum.

Als ich wieder auf meinem Platz ankam, rief ich meine Frau an, um ihr zu sagen, dass ich es heute nicht schaffen würde, beim Abendessen dabei zu sein. »Meine Chefin hat mich eingeladen und ich würde das ungern ablehnen. Du weißt ja, wie sie ist.«

»Eigentlich schien sie damals ganz nett zu sein«, sagte meine Frau. Sie hatte meine Chefin vor ein paar Jahren auf einer Firmenfeier kennengelernt. »Vielleicht etwas straight.«

»Das ist die Untertreibung des Jahrhunderts«, sagte ich. Wir lachten beide.

»Sie ist eine Frau, die weiß, was sie will. Das ist doch etwas Gutes, findest du nicht?«

»Schon, ja«, sagte ich.

Wir schwiegen.

»Das ist auf jeden Fall kein Problem. Kümmere du dich mal um deine Karriere«, sagte sie lachend.

»Danke«, sagte ich.

»Was macht ihr denn?«

Mir fiel auf, dass ich gar nicht wusste, wozu ich mich gerade mit meiner Chefin verabredet hatte. »Ich habe keine Ahnung.«

»Du weißt es nicht?«

»Nein«, sagte ich kleinlaut.

»Du weißt nicht, wozu du dich mit deiner Chefin verabredet hast?«

»Nein.«

»Das kann auch nur dir passieren.« Sie lachte wieder. »Aber sie muss doch etwas gesagt haben.«

»Ich weiß nur, dass ihr ein Partner fehlt.«

»Ein Partner? Vielleicht Tennis.«

»Könnte sein.«

»Du hast doch mal Tennis gespielt.«

»Da bin ich noch zur Schule gegangen.« Ich überlegte. »Es könnte auch gut irgendeine Kampfsportart sein. Das würde auf jeden Fall zu ihr passen.«

»Ich habe mal was über Businessboxen gelesen.«

»Was ist denn das?«, fragte ich.

»Da darf man sich nicht ins Gesicht schlagen, damit man am nächsten Tag wieder ins Büro kann.« Meine Frau lachte wieder.

»Großer Gott!«

»Du Ärmster! Vielleicht geht ihr ja auch Flamenco tanzen.«

»Mit Sicherheit würde sie beim Tanzen führen. Da ziehe ich das Boxen vor.«

Ich hörte das laute Lachen meiner Frau am anderen Ende der Leitung.

»Ich muss jetzt Schluss machen. Die Patienten warten«, sagte sie. »Was immer es ist, ich bin sehr gespannt auf deinen Bericht.«

»Ich auch«, sagte ich.

17

Ich hielt mich krampfhaft an der Wand fest und hoffte inständig, dass ich ein nicht allzu erbärmliches Bild abgab. Glücklicherweise hatte ich in Folge der Gürtelrose um die zwölf Kilo abgenommen, was mir jetzt zu Gute kam. Mit meinem alten Körpergewicht hätte ich mich unmöglich an der Wand halten können.

Meine Chefin kletterte in einiger Entfernung einen anderen Parcours und hatte schnell mit beiden Händen den obersten Griff und damit das Ende erreicht.

Jeder Muskel in meinem Körper war angespannt. Schweiß lief in meine Augen. Doch ich konnte ihn nicht wegwischen, ohne meinen Halt zu verlieren. Ich kam weder vor noch zurück. Alle gelben Griffe meiner Route waren für mich unerreichbar. Ich griff nach einem weißen und roten Griff, was nicht den Regeln entsprach. Aber solange meine Chefin nichts merkte, konnte es mir egal sein.

Ich hoffte, dass die Jugendlichen, die unten ungeduldig warteten, mich nicht bei ihr verpetzten. Mein Fuß fand an einem blauen Griff Halt und ich drückte mich weiter nach oben. Ich ließ meine Beine die Arbeit machen, denn meine Arme konnten nicht mehr.

Ich sah aus dem Augenwinkel, wie meine Chefin neben mir auf den Boden sprang. Jetzt würde sie jeden Moment sehen, dass ich mich nicht an die Regeln hielt. Ich hatte keine Wahl. Ich sprang ebenfalls von der Wand und landete neben ihr auf dem mit dicken Matten ausgelegten Boden.

»Ging nicht mehr?«, fragte sie.

Ich atmete schwer und schüttelte den Kopf.

»Da hatte ich mehr von dir erwartet.«

Ich sah zu ihr auf. Ein zarter Schweißfilm zog sich über ihren durchtrainierten Körper. Unter ihren Anzügen im Büro hatte ich mir das ganze Ausmaß ihrer Fitness nicht vorstellen können. Sie trug ein bauchfreies Tanktop, das den Blick auf ihre muskulösen Arme und ihre definierte Bauchmuskulatur freigab. Sie schien nur aus Muskeln zu bestehen.

Sie merkte, dass ich ihren Körper musterte. »Brauchst du eine Pause oder gehen wir die pinke Route an?«

»Ich muss vorher schnell zur Toilette.«

Sie sagte weiter nichts, trat wieder an die Wand und umfasste die beiden pinken Startgriffe. Sie drehte sich um und ihre Augen funkelten mich an. »Lass mich nicht zu lange warten«, sagte sie. Dann stieg sie behände wie eine Katze die Wand empor. So als würde sie hierhergehören. In diese Welt aus künstlichen Felswänden.

Ich ging zur Toilette und trank Wasser aus dem Hahn. Ich spürte jeden Muskel meines Körpers. Ich konnte mit dieser Frau nicht mithalten.

Ich ging zu den Umkleiden, kramte in meinem Rucksack und entschied mich schnell für Novamin. Tramal hätte mich vermutlich noch schlaffer an der Wand hängen lassen. Dann ging ich wieder zurück in die Halle und hoffte, dass der Abend nicht allzu lang werden würde.

»Hier wohne ich«, sagte ich und zeigte aus dem Fenster der Fahrertür.

»So habe ich es mir vorgestellt«, sagte sie und stellte den Motor des Porsches ab, was mich ein wenig nervös werden ließ.

Wir hatten uns auf der Fahrt von der Boulderhalle nur sporadisch unterhalten. *Sie will doch jetzt nicht noch ein Gespräch mit dir anfangen. Womöglich noch über irgendwas Persönliches? Das hat dir gerade noch gefehlt.* »Also vielen Dank«, sagte ich. »Ich hätte wirklich den Zug nehmen können.«

»Du kannst dich doch kaum noch rühren. Das kann ich nicht verantworten«, sagte sie und fasste mit ihrer rechten Hand auf meinen Oberschenkel. »Ich kümmere mich um meine Mitarbeiter.«

Ich saß da, wie ein Kaninchen vor der Schlange und wusste nicht, was ich sagen sollte.

»Nächste Woche bist du wieder fit. Ich zähle auf dich.« Ihre Hand glitt unmerklich nach oben.

Ich schaute aus dem Fenster und rührte mich nicht. »Ich glaube, ich geh jetzt mal«, brachte ich nach einer gefühlten Ewigkeit hervor. »Meine Frau wartet bestimmt schon auf mich.«

Sie ließ ihre Hand noch einen Moment auf meinem Oberschenkel liegen, bevor sie sie langsam wegnahm. »Wir sehen uns morgen im Büro«, sagte sie und startete den Porsche. Der Motor heulte auf.

Meine Beine gaben beim Aussteigen etwas nach. »Bis morgen«, sagte ich und schloss die Autotür.

Meine Chefin gab Gas und nach wenigen Augenblicken war das Weiß des Autos im Schwarz der Nacht verschwunden.

Frau Müller winkte am Fenster. Ich winkte kurz zurück, versuchte ein Lächeln und ging mit wackeligen Beinen auf unser Haus zu.

19

»Und? Wie war es?« Meine Frau stand bereits im Flur als ich die Haustür aufschloss.

»Ich weiß nicht. Mir tut alles weh.«

Meine Frau lachte. »Was habt ihr denn gemacht?«

Gemacht? Tja, was habt ihr da gerade gemacht? Deine Chefin und du. In ihrem Porsche. Ich würde sagen, du hast gar nicht viel gemacht. Aber deine Chefin schon. Sie hat dich belästigt und du hast es über dich ergehen lassen, du Memme. Was bist du für ein Mann! Lässt dich von einer Frau begrapschen!

»Wir waren Bouldern«, sagte ich.

»Bouldern?«, fragte meine Frau.

»In einer Boulderhalle.«

Meine Frau sah mich verständnislos an.

»Klettern, wir sind an Wänden geklettert.«

»Und?«

»Anstrengend«, sagte ich und ließ meinen Rucksack auf den Boden fallen. Die Muskeln schmerzten. Jede Bewegung war eine Tortur.

»Du Ärmster.« Meine Frau nahm mich vorsichtig in die Arme. »Da hat deine Chefin dir was angetan.«

»Ja«, sagte ich. *Die makellos manikürte Hand wandert langsam deinen Oberschenkel herauf. Ist es blauer oder grüner Nagellack? Ist ja auch egal. Ab jetzt bist du ihr kleines Büroflittchen. Deine Chefin wird dich von jetzt an ganz besonders unter ihre Fittiche nehmen.*

»Du bist ja kreidebleich im Gesicht«, sagte meine Frau. »Komm, kümmern wir uns mal um dich.« Meine Frau löste die Umarmung und brachte mich ins Wohnzimmer. »Setz dich und ich hole dir etwas zu trinken. Hast du Hunger?«

»Nein danke, ich habe keinen Appetit. Aber du könntest das Tramal aus meinem Rucksack mitbringen.«

»Mach ich.« Meine Frau ging in den Flur zurück und dann in die Küche.

Ich ließ mich in das Polster sinken und atmete schwer. Sollte ich meiner Frau erzählen, was gerade im Auto passiert war? *Davon würde ich dir abraten, mein Freund. Nach all dem Schlamassel in der letzten Zeit. Deine Frau würde dir ohnehin nicht glauben. Und selbst, wenn. Was würde das schon ändern? Deine Chefin ist deine Chefin. Oder willst du noch mal woanders von vorn anfangen? In deinem Alter?*

Jetzt entspann dich mal. War doch eben gar nicht so böse gemeint, alter Kumpel. Was ist denn schon passiert? Ihre Hand lag auf deinem Bein und du hast nichts getan. Na und? Kein Grund, daraus eine Riesenwelle zu machen, wenn du mich fragst.

Außerdem überleg dir, was passiert, wenn du das öffentlich machst! Wie die anderen im Büro über dich herziehen würden. Wie dein Team sich über dich das Maul zerreißen würde. Willst du das?

»Hier ist Wasser und hier sind deine Schmerzmittel.« Meine Frau reichte mir ein Glas Wasser und das Tramal.

»Danke.«

»Soll ich dich ein bisschen massieren?« Meine Frau setzte sich neben mich, küsste meinen Nacken und legte ihre Hände auf meine Schultern.

Ich zuckte zusammen.

»Alles okay?«, fragte sie.

»Ja, es ist nur – ich bin einfach fertig.«

Sie legte eine Hand auf meinen Oberschenkel. Wieder ein heftiges Zucken.

»Tut mir leid«, sagte ich. »Mir tut alles weh.«

»Schon gut. Das verstehe ich. Es ist schon spät. Wir können ja ein anderes Mal weitermachen.« Sie zwinkerte. »Ich muss mit deiner Chefin mal ein ernstes Wörtchen reden«, sagte sie. »Bringt sie mir meinen Ehemann vollkommen erschöpft nach Hause. Die Frau macht dich ja komplett fertig.« Meine Frau lachte.

Ich nickte zustimmend und versuchte ein Lächeln.

20

Im Büro ließ sich meine Chefin nichts von dem Zwischenfall im Auto anmerken. Sie war, wie immer, kurz angebunden und machte mir gegenüber keine Andeutungen. Ich war beruhigt und dachte, dass es sich damit erledigt hatte. Es war lediglich ein Missverständnis gewesen. Eine dumme Situation, die sich in Wohlgefallen aufgelöst hatte.

Im Laufe der Woche verschwand der Muskelkater, der sich in meinem gesamten Körper ausgebreitet hatte. Am Wochenende konnte ich meine Arme und Finger normal bewegen, womit die letzte Erinnerung an den Ausflug an die Kletterwand und den Vorfall im Auto verblasste.

Ich war am Freitagabend spät nach Hause gekommen und Lilly schlief schon in unserem Bett. Ich hatte Finn versprochen, gemeinsam weitere *Mega Drive*-Spiele auszuprobieren. Nachdem bei *Alex Kidd* nach ein paar Versuchen schnell das ›Game Over‹ auf dem Bildschirm auftauchte, wollte Finn wieder *Super Hang-On* spielen. Er hatte in den letzten Tagen bereits die ersten beiden Kurse gemeistert und versuchte sich jetzt an der ›Senior‹-Strecke.

»Ich geh mal gerade nach oben«, sagte ich, als Finn einen neuen Versuch startete.

Leise schlich ich ins Schlafzimmer. Lilly lag quer in dem

großen Bett und schlief zufrieden. Ich öffnete den Kleiderschrank und nahm das kleine Tütchen mit Marihuana in die Hand. *Heute probierst du es aus, mein Freund!* Ich würde es erst alleine nehmen und meiner Frau später davon erzählen. Ich wusste, dass sie für solche Dinge nicht viel übrig hatte und wollte sie nach der letzten Zeit nicht beunruhigen.

Ich nahm den Joint, den Peer gedreht hatte, aus der Tüte und ging lautlos an Lilly vorbei aus dem Zimmer. Meine Frau war unten im Wohnzimmer und telefonierte.

Im Badezimmer schaute ich den Joint eine Weile an, bis ich das Fenster öffnete und ihn anzündete. Ich hoffte, dass der Rauch nicht allzu sehr im Badezimmer hängen blieb. Draußen war es bereits dunkel geworden. Finn musste bald ins Bett. Aber sollte der Junge ruhig noch etwas spielen. Es war schließlich Wochenende.

Ich zog an dem Joint und blies den Rauch aus dem Fenster. Er zeigte keine Wirkung. Aber ich war vom letzten Mal gewarnt. Ich durfte es nicht übertreiben. Ich zog ein weiteres Mal und atmete tief ein. Ich spürte, wie sich der Rauch in meinen Lungen sammelte, und musste schlagartig anfangen zu husten.

Ich musste kichern. *Wie ein kleines Mädchen!* Und darüber musste ich wieder kichern. Dieses Mal schien das Zeug eine direkte Wirkung auf mich zu haben.

Ich schüttelte den Kopf und grinste. Was war ich doch für ein Idiot gewesen! In welche Situation hatte ich mich damals im Hotelaufzug nur gebracht? *Weißt du noch, wie sie geguckt haben? Die Ärztin, der Portier und die alte Schachtel?*

Ich musste wieder kichern und nahm einen weiteren tiefen Zug. *Wie willst du es gleich anstellen, deine Frau zu verführen, Romeo?* Meistens hatte sich unser sexueller Kontakt eher ergeben. Wann war das zu einem Thema geworden? *Es ist immer eines gewesen. Meinst du nicht, mein Freund?*

Die Hälfte des Joints war heruntergebrannt. Ich versuchte, ihn mit den Fingern auszudrücken und verbrannte mir dabei die Finger. Ich ließ kaltes Wasser über meine Finger und die brennende Spitze des Joints laufen. *Na bitte. Warum denn nicht gleich so?*

Auf Zehenspitzen schleichst du zurück ins Schlafzimmer. Wie in einem Comic. Plötzlich richtet sich Lilly im Bett auf und ruft laut: »Erwischt! Ich habe Papa erwischt! Papa nimmt Drogen, Mama!« Aber Lilly bleibt schnarchend im Bett liegen. Der kleine Körper bewegt sich auf und ab, auf und ab. Wie ist sie nur so schnell groß geworden? Du stehst da wie angewurzelt und der nasse Joint tropft auf den Teppich. Ach nein, so nass ist er gar nicht. Das ist nur eine Einbildung.

Die Gedanken werden immer mehr. Bis du keinen Platz mehr hast in deinem Kopf. Du hast Durst, du musst sofort etwas trinken. Es ist zum Schießen! Zum Schießen? Wie alt bist du? 86? Ein alter Opa, der seinen Kindern erzählt, dass er damals eine Dummheit gemacht hat: »Ich habe einen Joint geraucht, Kinder, stellt euch das mal vor. Ich habe sie umgebracht. Es ging nicht anders. Aber ich bin davongekommen. Es sind die Gedanken, Kinder. Die Gedanken, die einen fertigmachen wollen.«

Dabei musst du auf der Stelle etwas trinken. Du packst jetzt das Ding in deiner Hand weg, dieses Wunderding. Du versteckst es ganz hinten, ganz tief in deinem Kleiderschrank. Ein Schrank für Kleider. Dann gehst du nach unten und trinkst Wasser. Du wirst im Wasser planschen und plätschern.

Du schleichst auf Zehenspitzen, kicherst und winkst deiner Tochter zu. Du schließt so unfassbar leise die Tür. Toll, wie du das machst! Du bist ein guter Vater! Du weckst deine Kinder nicht auf. Du lässt sie schlafen.

»Was machst du denn da oben?« Deine Frau flüstert von der Treppe zu dir hinauf.

Du hast das Babyphon vergessen. Erwischt, mein Freund. Sie hat dich erwischt. Was hat sie alles mitbekommen? Hat sie dich gehört? Denkst du oder sprichst du alles laut vor dich hin? »Eine homöopathische Dosis«, hatte Peer gesagt. *Der gute Peer.*

»Schatz, ist bei dir alles in Ordnung?«

Ja klar, es ist alles in bester Ordnung. Dir ging es noch nie so gut. Du musst nur wieder runter. In deinen Keller. Finn wartet. Dein Mund hat sich nicht bewegt. Versuch es noch mal. Los, du schaffst das. Nur Mut.

»Ja, Finn wartet unten auf mich.« *Du flüsterst sogar. Gut gemacht, man kann dich nur loben.*

»Okay, aber macht nicht mehr so lange. Finn muss gleich auch ins Bett. Er soll sich vorher noch mal die Zähne putzen. Kümmerst du dich drum?«

»Wird gemacht.« *Das hast du jetzt zu fröhlich gesagt, etwas zu sehr betont. Wie ein freundlicher Soldat. Du willst doch nicht den guten Eindruck sofort wieder kaputtmachen, du Schlingel. Aber deine Frau scheint mit der Antwort zufrieden zu sein und geht zurück ins Wohnzimmer.*

Der freundliche Soldat marschiert in den Keller. Immer geht es in den Keller. Links rechts, links rechts. Immer geht es in den Keller. Links rechts, links rechts. Immer geht es in den Keller.

»Mein Sohn, deine Mutter meint, es sei langsam Zeit fürs Schlafgemach.« *Was soll das denn jetzt? Versuchst du, lustig zu sein? Das ist uncool. Finn sieht vom Fernseher auf.*

»Papa, sieh dir das mal an!« *Er hat nichts von deinem Zustand bemerkt.*

Du gehst zu ihm rüber und lässt dich neben ihm auf den Boden fallen. Hopsa! Das war nicht besonders elegant. Du siehst auf den Fernseher.

Er hat die Strecke gemeistert. Gemeistert. Auch so ein Wort.

Aber nicht nur das. Dein Sohn hat sogar den ›Expert-Kurs‹ geschafft. Die letzte Strecke. Die Strecke aller Strecken.

Davon hast du in seinem Alter nicht zu träumen gewagt. Du bist stolz auf deinen Sohn. Er macht es richtig. Er macht sein Ding. Er zieht es durch. Von dir hat er das nicht. Er wird es später besser machen als du.

Du nimmst ihn in die Arme. Wie lange ist das her, dass du ihn so umarmst hast? Und er drückt zurück. Dein Sohn drückt dich! Nun sag es schon! Oder willst du so enden wie dein Vater?

»Ich bin stolz auf dich.« *Na bitte, war gar nicht so schwer.*

»Schon gut, ist doch nur ein Spiel«, *sagt er. Aber das ist es nicht. Es ist mehr als das. Das weißt du. Auch wenn er es nicht weiß.*

»Finn, stell dich mal neben den Fernseher.«

»Wieso?«

»Mach mal«, *sagst du und holst umständlich dein Smartphone raus.* »Bitte Lächeln und Siegerpose einnehmen. Bauch einziehen, Brust raus.«

Finn reckt die Daumen nach oben und nimmt Haltung an.

Du drückst den Auslöser. »Perfekt, mein Sohn. Dann mal ab ins Bett. Und vorher noch Zähne putzen.«

»Mach ich, Papa. Gute Nacht.« *Er umarmt und drückt dich.*

»Gute Nacht, Finn.« *Du drückst zurück.*

Dein Sohn geht nach oben. Du schaust auf das Display des Smartphones. Finn strahlt über das ganze Gesicht. Er hat geschafft, was du nicht geschafft hast. Doch da ist kein Neid. Jede Generation macht es ein bisschen besser. Das wäre doch ein Anfang. Meinst du nicht, mein zugedröhnter Freund?

❧ 21 ❧

»Wie hast du das denn angestellt?« Meine Frau schaute mich irritiert an, als sie in die Küche kam. »Was hast du mit unserem Sohn gemacht? Hast du ihn einer Gehirnwäsche unterzogen?«

Ich trank gerade das vierte Glas Wasser in einem Zug leer. Die Wirkung des Marihuanas hatte erstaunlich schnell nachgelassen, doch der ungeheure Durst war noch größer geworden.

»Er hat sich ohne Widerworte die Zähne geputzt und ist ab ins Bett.« Meine Frau war sichtlich beeindruckt.

»Das ist eben mein Sohn«, sagte ich.

Meine Frau lachte. »Aha, immer wenn es gut läuft, ist er dein Sohn!«

»Ganz genau.« *Du gehst auf deine Frau zu und legst einen Arm um ihre Hüften.* »Und du bist meine Frau.«

»Aha«, *sagt sie belustigt.*

»Und daher ist es meine Pflicht, dich jetzt ins Wohnzimmer zu geleiten.«

»Dein Muskelkater scheint ja ganz verschwunden zu sein.«

»Genauso ist es, mein getreues Weib.«

»Da bin ich ja mal gespannt.«

Sie wirft dir einen kecken Blick zu und geht vor dir her ins Wohnzimmer. Alles klar. Wir sind im Spiel, mein Freund! Du dachtest, die Wirkung hat nachgelassen? Jetzt ist sie wieder da. Wir sind wieder da! Jetzt geht's los! Lass dich fallen. Mach dir eine schöne Zeit! Aber vergiss deine Frau nicht. Sei ein Gentleman. Und mach dich locker! Darum geht es doch.

Du gehst hinter deiner Frau her und machst dich locker. So wie ich es dir geraten habe.

Das Wasser lief an mir herunter. Ich spürte jeden Tropfen auf meiner Haut. Warum war mir das vorher nie aufgefallen?

Meine Frau putzte sich vor dem Badezimmerspiegel die Zähne. Durch die beschlagene Scheibe der Dusche konnte ich erkennen, wie sie dabei ihre Zähne fletschte. *Wie ein Tier.*

Der Sex war fantastisch gewesen. Das heiße Wasser lief meinen Rücken herunter. Plötzlich bekam ich von meiner Frau einen Schlag auf den Hintern.

»Das war unglaublich«, sagte sie.

»Finde ich auch. Das sollten wir öfter machen.« Ich fasste ihren Arm, zog sie halb zu mir unter die Dusche und gab ihr einen Kuss.

»Hör auf, du Spinner! Ich werde ganz nass.« Sie löste sich aus meinem Griff und gab mir noch einen Klaps, bevor sie kopfschüttelnd das Badezimmer verließ.

In der Tat hatte ich so einen Sex noch nie erlebt. Ich hatte alles spüren können.

Ich schüttelte den Kopf. Mir ging es gut. Das heiße Wasser öffnete meine Poren. Ich rieb meinen Körper mit Waschlotion ein.

Bis ich an meinem Bauchnabel eine merkwürdige Entdeckung machte. Ich spürte einen winzigen Widerstand. Immer wieder fuhr ich mit Daumen und Zeigefinger über die Stelle, bis ich etwas zu fassen bekam. Die Stelle gab nach, als ich daran zog. Immer weiter und weiter konnte ich etwas aus meinem Bauchnabel herausziehen. Was war das? Schließlich hielt ich einen langen dünnen Faden in der Hand. Ich betastete meinen Bauchnabel, konnte aber sonst nichts Auffälliges entdecken.

Ich hielt den Faden hoch, um ihn im Licht besser sehen zu können. Er funkelte schwarz im Halogenstrahler. Erstaunt betrachtete ich den schwarzen, dünnen Wurm. *Er hat sich vor langer Zeit in dir eingenistet. Doch jetzt hat er nichts mehr mit dir zu tun. Er hat keine Macht mehr über dich. Nicht mehr. Du hast ihn abgesondert.*

Ich warf das Ding in den Mülleimer neben der Toilette, trocknete mich ab und verließ das Badezimmer.

23

Ich hing an der Kletterwand und hatte das Ziel vor Augen. Nur noch wenige Griffe und ich hätte den Kurs geschafft. Ich schaute nach unten. Meine Chefin schaute demonstrativ gelangweilt zu mir hoch. *Nicht nervös werden! Vergiss sie. Du bist so weit gekommen. Konzentriere dich. Du wirst die letzten Griffe schaffen. Vergiss alles andere.*

Ich atmete tief durch, drückte mich mit beiden Beinen nach oben und bekam den nächsten Griff mit der linken Hand zu fassen. Meine Hand war schweißnass, doch die Rückstände der Kreide meiner Chefin halfen mir, den Halt nicht zu verlieren. Ich presste mich mit der ganzen Kraft meines Körpers an die Wand und atmete tief durch.

Ihre Rückstände. Folge ihren Rückständen, ihren Spuren. Folge ihrem Weg. Noch zwei Griffe und der Gipfel ist erreicht. Atme durch, komm einen Moment zur Ruhe und dann greif den nächsten Griff. Mach es kühl und ruhig. Ohne Hast und ohne Druck. Lass deinen Körper die Sache tun. Die Sache, für die du hier bist. Du wirst die Wand bezwingen. Nein, du hast sie schon bezwungen. Dein Körper muss es nur noch ausführen.

Wieder ein Griff geschafft. Siehst du. Jetzt ist das Ziel genau über dir. Lass deinen Körper entscheiden, welche Hand nach dem letzten Griff fasst. Lass ihn entscheiden, lass ihn die Arbeit machen. Du bist gar nicht mehr hier. Du bist dort oben. Du bist längst am Ziel.

Meine linke Hand griff nach dem letzten Griff. Ich hatte den Kurs tatsächlich geschafft. Dennoch spürte ich keine Erleichterung. Vielmehr schwand nach und nach die Leere, die sich während des Kletterns in mir ausgebreitet hatte.

Nach ein paar Sekunden ließ ich mich nach unten fallen.

»Nicht schlecht«, sagte meine Chefin. »Das sollten wir feiern.« Sie deutete auf die kleine Bar, vor der lediglich ein junges Paar saß und irgendwelche gesunden Shakes trank.

Ich musste an die Bar auf Neumanns Gartenparty denken. Mir schauderte. »Warum nicht«, sagte ich bemüht gleichgültig.

Wir gingen hinüber zur Bar und ein durchtrainierter Typ um die dreißig nahm unsere Bestellung entgegen. Wir setzten uns auf die Hocker an der Bar und warteten auf unsere Proteinshakes.

Das Spielhaus hatte gebrannt wie Zunder! Ein Wunder, dass Lilly nichts passiert war. Es hätte übel enden können. *Hat es aber nicht, mein Freund. Also entspann dich. Es war nicht deine Schuld. Es ist alles in Ordnung.*

Unsere Shakes kamen und wir tranken schweigend. Meine Chefin konzentrierte sich ganz auf die wenigen Menschen, die um uns herum wie Fliegen an den Wänden hingen. Da es bereits später Abend war, war die Halle fast leer.

Eigentlich hätte ich mit jedem Menschen auf der Welt lieber hier sitzen müssen als mit meiner Chefin. Aber erstaunlicherweise machte es mir heute nicht besonders viel aus. *Vielleicht ist sie gar nicht so übel. Gib ihr eine Chance.*

Der Umkleideraum leerte sich als ich ihn betrat. Ich stellte mich unter die Dusche und ließ kaltes Wasser über meinen Körper laufen. Meine rechte Gesichtshälfte brannte. Nach einem ersten Erfolg an der Wand hatte ich mich an der pinken Route versucht und war jedes Mal kläglich gescheitert. Hier gab es keine Griffe, sondern lediglich Erhebungen, von denen ich ein ums andere Mal abgerutscht war.

Ich verließ die Dusche, holte das Tramal aus meiner Tasche und nahm eine größere Dosis als üblich. Ich ließ mich nackt auf die Bank vor meinem Spind fallen und atmete tief durch. Außer mir war die Umkleidekabine jetzt leer. Die Halle würde bald schließen.

Ich schloss die Augen und ließ das Tramal wirken. *In ein paar Minuten geht es dir besser. Dann wirst du es schaffen, dich aufzusetzen und anzuziehen. Es kommt alles in Ordnung. Du hattest mit deiner Frau den besten Sex eures Lebens. Naja, zumindest deines Lebens. Also lass das Zeug wirken und entspann dich!*

Ich hörte, wie sich hinter mir die Tür des Umkleideraums öffnete und Schritte langsam näherkamen. *Klack-klack-klack-klack, klack-klack-klack-klack.* Mir fuhr ein Schock durch die Glieder. Ich hatte den Fernseher vor Augen, auf dessen Mattscheibe sich die schwarz-weiß gestreiften Pumps gezeigt hatten. Das alles schien Ewigkeiten zurückzuliegen.

Ich drehte mich um und im ersten Moment dachte ich, die rothaarige Frau würde vor mir stehen. Es war jedoch meine Chefin. Sie trug ihr Businesskostüm, in dem sie vor wenigen Stunden von der Arbeit in die Halle gekommen war. Das weiße Hemd war jedoch nicht zugeknöpft. Ich konnte einen schwarzen Spitzen-BH und ihre ausgeprägte Bauchmuskulatur sehen, die im grellen Licht des Umkleideraums glänzte. Ihre definierten Beine steckten in einer Nylonstrumpfhose, unter der sich ihre Schamlippen abzeichneten.

Ich saß da wie betäubt. Mein Blick glitt über ihren muskulösen Körper. Ich konnte nichts sagen. *Ihre roten Augen fixieren dich. Wie der Löwe das Lamm. Bevor er es in Stücke reißt.*

Meine Chefin lächelte freudlos und ging mit langsamen Schritten auf mich zu.

Ich konnte mich nicht daran erinnern, mit welchen öffentlichen Verkehrsmitteln ich nach Hause gekommen war. Mir schwirrte der Kopf. Meine zittrigen Hände schafften es schließlich, die Haustür aufzuschließen.

Im Haus brannte kein Licht. Meine Frau musste bereits ins Bett gegangen sein. Ich versuchte, die Uhr über der Kommode zu entziffern, doch es war zu dunkel. Einen Augenblick stand ich benommen da, bis ich meinen Mantel an die Garderobe hängte. Dann ging ich in die Küche, öffnete den Kühlschrank und blieb ratlos davor stehen.

Du willst wissen, wie du nach Hause gekommen bist? Ich will es dir sagen, mein Freund. Du bist an ihrem Porsche vorbeigeschlichen. Als es vorbei war. Sie hat auf dem Parkplatz auf dich gewartet. Doch du wolltest sie nicht sehen. Du konntest nicht. Und deswegen bist du wie ein Schulmädchen davongerannt. Zur nächsten Bushaltestelle. Hätte nur noch gefehlt, dass du deine Eltern anrufst, damit sie dich abholen. Ihr kleines, missbrauchtes Flittchen von der Haltestelle abholen.

Ich nahm die Milch aus dem Kühlschrank und schüttete sie in den Ausguss. Dann nahm ich zwei weitere Packungen und entsorgte auch sie. Weiße Milch rann den Abfluss hinunter.

Kannst oder willst du dich nicht erinnern? Mein Freund, ich will dir ein bisschen auf die Sprünge helfen. Damit du auf dem Laufenden bist. Soll niemand sagen, ich würde mich nicht um dich kümmern.

Als es vorbei war, hast du dich wieder auf die Bank gesetzt und hast die Bodenkacheln angestarrt. Bis der Mitarbeiter kam. Fang an, dich zu erinnern! Der hatte euch vorher schon dabei gesehen und deine Chefin ungestört ihr Werk tun lassen.

Er konnte nicht ahnen, was für eine Memme du bist.

Ich schloss die Kühlschranktür, setzte mich an den Küchentisch und schloss die Augen.

Jetzt hättest du gern einen Whisky, was? Tut mir leid, ihr habt nicht mal Bier im Haus. Du bist schon viel zu lange abstinent, findest du nicht? Deine rechte Gesichtshälfte schmerzt, ich weiß. Aber wir müssen weitermachen. Du musst dich erinnern. Du bist doch mein Kumpel oder nicht?

Na also. Wo waren wir? Du siehst, wie sie auf dich zukommt. Du siehst ihre Augen und ihr Lächeln. Ihre Bauchmuskeln kommen auf dich zu. Arme, die keinen Widerspruch dulden. Sie packen dich und drücken dich zu Boden. Der muskulöse Körper reibt sich vor Erregung an dir.

Eine Hand umschließt fest dein Glied und beginnt, es auf und ab zu reiben. Du willst etwas sagen. Du willst Widerspruch einlegen. Aber du kannst nicht. Du bist paralysiert. Da ist wieder das Kaninchen vor der Schlange, du erinnerst dich? Du willst dich befreien, aber es gelingt dir nicht. Ihr starker Körper hat die Kontrolle übernommen.

Du rührst dich nicht, als sie dein hartes Glied in sich einführt. Sie sitzt auf dir und bewegt sich auf und ab. Du lässt es über dich ergehen, bis du zum Orgasmus kommst. Diese roten Augen sind nicht die ihren. Es ist etwas Böses, das dich ansieht, das tief in dich eindringt.

Ich öffnete die Augen. Ich hatte einen Orgasmus gehabt, auch wenn ich das nicht gewollt hatte. Es war eine rein körperliche Reaktion gewesen. Ich war weder sexuell erregt gewesen, noch hatte ich ihren Körper in irgendeiner Form begehrt. Ganz im Gegenteil. Ich hatte ihn als abstoßend empfunden, als Bedrohung. Hatte meine Chefin mich vergewaltigt?

Ich schaute auf die Digitaluhr am Herd. In ein paar Stunden würde ich wieder aufstehen und zur Arbeit gehen müssen. Bei diesem Gedanken drehte sich mir der Magen um. Ich konnte unmöglich einen Fuß in das Büro setzen und meiner Chefin begegnen.

Ich stand auf, holte Novamin aus dem Küchenschrank und nahm mehr als gewöhnlich. Die Flasche ging langsam zur Neige. Ich würde bald wieder Nachschub bei Doktor Schmelling holen müssen.

Ich schleppte mich nach oben und legte mich zu meiner Familie ins Bett. Immer wieder spielte sich die Szene vor meinen Augen ab. Ich wälzte mich hin und her, bis ich schließlich in einen unruhigen Schlaf fiel.

26

Du träumst. Du weißt, es ist lange her. Du bist hier. Du bist wieder da. Du bist zu Hause. Herzlich willkommen. Hier kann dir niemand etwas anhaben. Es ist deine Welt.

Vor dir siehst du das Meer. Türkis rauscht es sanft in der Sonne. Eigentlich hasst du diese Farbe. Aber hier, hier gefällt dir dieses Türkis. Und das Grün der Palmen, die im Wind wehen.

Du gehst den Strand hinunter zum Wasser. Es umspült deine nackten Füße. Es ist angenehm warm. Du willst hierbleiben, die Wärme und die Aussicht auf das Meer genießen. Aber du weißt, dass du das nicht kannst. Du weißt, dass etwas passieren wird, das dich davonträgt, dich in die Tiefe mitnehmen wird.

Du starrst angestrengt auf das Wasser. In Erwartung, etwas zu entdecken. Und tatsächlich. Vor dir auf der Wasseroberfläche bildet sich ein öliger Film. Silbern glänzt er in der Sonne. Er nimmt dich ganz in seinen Bann, nimmt dich in seinen Besitz. Du erkennst, dass es deine Umrisse sind, die du anstarrst.

Du gehst darauf zu, watest bis zu den Hüften in das Wasser hinein, das nun kühler und kühler wird. Jetzt stehst du direkt vor deinem Spiegelbild, deinem öligen Selbst. Dein Zeigefinger nähert sich langsam, ganz wie von selbst, der spiegelnden Oberfläche. Er berührt sie.

Du spürst ein Kribbeln in deinem Finger, das sich über deinen ganzen Körper ausbreitet. Die Umrisse scheinen auf dich zu reagieren. Du hast ihnen Leben eingehaucht. Oder war es andersherum? Du weißt jetzt, was du zu tun hast.

Du beginnst, raus auf das offene Meer zu schwimmen und fängst schließlich an zu kraulen. Erwachsene in Schwimmbädern können kraulen, so wie dein Vater immer seine Bahnen zog, es dir aber nicht beibrachte. Draußen in der Welt kannst du nicht kraulen. Das spielt hier jedoch keine Rolle. Hier kannst du es. Es ist deine Welt.

Du wirst immer schneller und schneller und vor dir taucht eine Insel auf. Du durchpflügst mühelos das Wasser, das salzig schmeckt. Bis du ankommst.

Vor dir ist kein Strand, sondern Felsen. Du verstehst und beginnst, die ersten Felsen hochzuklettern. Was erst wie von selbst geschieht, wird irgendwann zur Pein. Die Wand aus Felsen ragt unüberwindbar vor dir auf.

Du schaust dich um und entdeckst ein Vogelnest in der Felswand. Du kletterst hinüber und siehst hinein. Zwischen zerbrochenen Eierschalen liegen zwei lange Nadeln. Du nimmst sie auf und steckst sie in die Felswand. Sie tragen dich.

Mit ihrer Hilfe erklimmst du weiter und weiter die steile Felswand. Du beginnst zu schwitzen. Der Aufstieg dauert unendlich lange. Doch schließlich kommst du oben an und schaffst es, dich über die Felskante zu ziehen.

Du blickst über eine weite Ebene. Karge Felsen, die mit Schnee bedeckt sind. Wie aus dem nichts fängt es an zu schneien. Weiter hinten erkennst du eine Hütte und gehst auf sie zu. Je näher du der Hütte kommst, desto stärker fängt es an zu schneien. Bald kannst du deine eigene Hand nicht mehr vor Augen sehen. Überall ist Schnee, endloser Schnee.

Das ist dein Traum! Deine Welt, in der deine Regeln herrschen. Warum kannst du den Schnee nicht verschwinden lassen? Du hältst die Hand vor Augen, um besser sehen zu können. Du erkennst ein schwaches Licht.

Du gehst darauf zu und tatsächlich taucht die Hütte wieder vor deinen Augen auf. Du stehst jetzt dicht vor ihr. Das Licht scheint aus einem Fenster. Du trittst zur Tür, öffnest sie lautlos und betrittst das Innere der Hütte. Plötzlich wird dir klar, dass du dein Gartenhäuschen betreten hast. Das Gartenhaus mit der abgeblätterten Farbe.

Doch das Innere ist ganz anders. Du scheinst in einer Art Höhle zu sein. Im Schein des kalten Lichts kannst du nur Felswände erkennen. Wo hinter dir die Tür war, ist jetzt nur kalter Fels. Du bist gefangen. Es gibt kein Zurück.

Du drehst dich zur Lichtquelle um. Du hast ein Lagerfeuer erwartet, aber dieses Licht ist anders. Es ist kalt und bringt dich zum Frösteln.

Du gehst näher an die unbestimmte Lichtquelle heran. Umrisse werden sichtbar. Konturen schälen sich aus der Materie. Auf deiner Netzhaut brennt es. Das Licht scheint stärker und stärker zu werden. Du schließt deine Augen und versuchst, sie mit den Händen zu schützen.

Aber es bringt nichts. Das Licht ist da. Das kalte Licht. Es riecht nach Plastik. Hell und unbeugsam, erbarmungslos. Du gehst weiter darauf zu. Du musst. Eine Flucht ist unmöglich. Das weißt du jetzt. Das ist sonnenklar. Du musst ganz nah an das Licht heran. Du musst es berühren und in dich aufnehmen, damit es erlischt. Damit der stechende Schmerz hinter deinen Augen aufhört.

Du stehst jetzt direkt vor dem Licht. Du siehst nur Weiß, unendliches Weiß. Du tastest dich mit den Händen vorwärts

und stößt auf etwas Hartes. Der Geruch in deiner Nase be-
täubt dich. Hinter deinen Schläfen, in deinem Kopf ist nur
der Geruch von Plastik.

Du schüttelst den Kopf. Dir kommen die Tränen. Salz und
Plastik und Neonlicht. Es beginnt zu flackern. Die Abstände
werden kürzer. Das Schwarz, die Pausen werden länger. Der
beißende Geruch schwindet. Dein Atmen wird ruhiger. Du
nimmst die Hände herunter. Das Neonlicht flackert in immer
längeren Intervallen. Die Pausen werden länger. Immer länger.

Plötzlich ist es dunkel. Vollkommene Schwärze umhüllt
dich. Doch auf deiner Netzhaut ist alles weiß. Deine Augen
müssen sich erholen, müssen sich umstellen. Aber du spürst,
dass das Licht verschwunden ist. Der Geruch ist weg. Zurück
bleibt ein Geschmack von altem Gummi in deinem Mund.
Deine Augen gewöhnen sich allmählich an die Dunkelheit.
Wie angenehm es ist, nicht sehen zu müssen.

Du hörst aus weiter Ferne das dir so bekannte Geräusch.
Klack-klack-klack-klack, klack-klack-klack-klack. Hochha-
ckige Schuhe auf Fliesenboden. Da bist du dir sicher. Das Ge-
räusch verschwindet. Vor dir beginnt es zu rauschen und zu
schneien. Der Kasten ist ein alter Röhrenfernseher. Aber das
wusstest du bereits.

Du setzt dich auf den Boden. Die Fliesen sind dir vertraut.
Du konzentrierst dich auf den Fernseher. Schnee und Rau-
schen. Nicht mehr. Hier ist kein Muster, keine Wiederholung.
Du versuchst, etwas zu erkennen. Es muss sich etwas abzeich-
nen. Ein Bild. Warum bist du sonst hier? Wenn du dich an-
strengst, wirst du auch etwas erkennen. Du musst es schaffen.

Doch je länger du auf die Mattscheibe starrst, auf den Schnee,
das Gekrisel, das Rennen der Ameisen, desto weniger scheinst
du zu sehen. Du kannst nicht sehen, wenn du nicht weißt, was
du sehen sollst. Sehen allein wird dich nicht weiterbringen.

Das weiße Rauschen in deinem Kopf wird lauter. Du musst

es hören. Du musst es schmecken. Dir wird übel. Doch du kannst den Brechreiz unterdrücken. Du musst dich konzentrieren. Dann wirst du es finden. Lass dich von dem Schmerz nicht ablenken. Im Gegenteil. Lass den Schmerz zu. Vertrau ihm. Er ist ein Teil von dir. Er zeigt dir den Weg. Lass ihn dich führen.

Vor deinem Gesichtsfeld zucken kleine Blitze. Es kommt nicht durch deine Ohren in deinen Kopf hinein, wie du geglaubt hast. Es ist umgekehrt. Das Rauschen dringt aus dir. Es dringt hinaus in die Welt.

Da! Das Bild verändert sich. Fühl genau hin. Dort ist ein kleiner Punkt auf dem Bildschirm. Du siehst ihn jetzt ganz deutlich. Ein kleiner, roter Punkt. Ziemlich genau in der Mitte. Weiche ihm nicht aus. Fokussiere ihn. Bleib bei ihm. Rot strahlt er im Schnee.

Um ihn herum beginnt erneut eine Veränderung. Die Punkte beginnen, sich ebenfalls rot zu färben. Oder waren sie vorher schon rot? Du rutschst näher an die Scheibe heran. Es werden immer mehr rote Punkte. Rasend schnell beginnen sie, sich aus der Mitte des Fernsehers auszubreiten. Der Schnee weicht jetzt immer mehr dem Rot. Nein, er weicht nicht, sondern wird rot. Roter Schnee. Mehr und mehr.

Du bemerkst, dass das Rauschen schwindet. Je röter das Bild, desto leiser wird es in deinem Kopf. Der Bildschirm ist jetzt komplett mit rotem Schnee bedeckt. Das Geräusch ist verschwunden. Gebannt schaust du dem roten Schneetreiben zu. War es das?

Ja, das war es, mein Freund. Und jetzt wachst du auf.

27

Der Wecker klingelte. 5:30 Uhr. Ich musste nur wenige Stunden geschlafen haben. Meine Frau und meine Kinder lagen neben mir im Bett und schliefen. Meine rechte Gesichtshälfte hatte seit langer Zeit nicht mehr so geschmerzt. Benommen schaltete ich den Wecker aus und erhob mich.

Ich ging ins Badezimmer, nahm Novamin und hoffte, dass die Wirkung bald einsetzte. Ich stieg unter die Dusche und ließ eiskaltes Wasser über mein Gesicht laufen.

Mein Frühstück bestand aus zwei Tassen Kaffee, die ich nur mit Mühe herunterbekam. Ich musste wach werden. Ein neuer Arbeitstag stand bevor. *Ein neuer Arbeitstag? Da wirst du deine neue Freundin wiedersehen, oder? Deine Chefin wird auch da sein, mein Freund. Oder ist das gestern Abend gar nicht wirklich passiert? Du scheinst mehr und mehr deinen Verstand zu verlieren.*

»Guten Morgen«, sagte meine Frau. »Du bist gestern aber spät nach Hause gekommen. Ich habe dich gar nicht mehr gehört.« Sie ging an mir vorbei zur Küchenzeile und goss sich Kaffee in eine Tasse.

Ich nickte und seufzte übertrieben. »Meine Chefin hat einfach kein Ende gefunden«, sagte ich.

»Du siehst ja furchtbar aus.« Meine Frau sah mich entsetzt an. »Hast du überhaupt geschlafen.«

»Wenig«, gab ich zu.

»Willst du dich nicht lieber noch einmal hinlegen. Ich kümmere mich um die Kinder. Die müssen jetzt sowieso aufstehen. Sonst schaffen wir es wieder nicht pünktlich.«

»Ist schon gut. Ich kann Lilly noch umziehen und dann düse ich los.«

Ich stand auf, um noch etwas Novamin zu nehmen. Ich zitterte am ganzen Körper und ich spürte den Blick meiner Frau auf mir.

»Ist wirklich alles in Ordnung?«, fragte sie.

Was meinst du, Kumpel? Ist alles in Ordnung? Erzähl ihr doch alles. Du hattest gestern Sex mit deiner Chefin in der

Umkleidekabine einer Boulderhalle. Keine große Sache. Na los, mach schon! Worauf wartest du?

»Es ist wirklich alles in Ordnung«, sagte ich und schluckte das bittere Novamin herunter.

Auf dem Weg ins Büro überlegte ich wieder und wieder, wie ich mich gegenüber meiner Chefin verhalten sollte. Schließlich kam ich zu dem Ergebnis, dass es wohl das Beste sein würde, mich so zu verhalten, als wäre nichts passiert. Ganz sicher konnte ich ohnehin nicht sein, ob sich tatsächlich alles so abgespielt hatte, wie ich mich zu erinnern glaubte. *Meinst du wirklich, deine Erinnerung spielt dir einen Streich? Dafür hast du alles aber sehr deutlich vor Augen, mein Freund. Der durchtrainierte Körper. Die glänzenden Schamlippen. Die gewaltige Kraft, die keine Widerrede duldet.*

Ich versuchte, die Bilder so gut es ging aus meinem Kopf zu verscheuchen, als ich die Türen des Großraumbüros öffnete. Meine Chefin war nirgends zu sehen. Ich grüßte flüchtig meine Kollegen und ging schnell zu meinem Platz.

Für zehn Uhr hatte meine Chefin ein Meeting angesetzt, zu dem alle erscheinen sollten. Sie würde das Meeting leiten, bei dem es um das Bonusmeilenprogramm einer großen Fluggesellschaft ging. Ich hatte mit dem Kunden nicht viel zu tun und würde mich so im Hintergrund halten können.

Ich öffnete die Schreibtischschublade und tastete in ihr herum, nur um sie dann wieder zu schließen. Ich schaute zum Büro meiner Chefin. Sie war anscheinend nicht im Hause, was für diese Uhrzeit ungewöhnlich war. Ich schaute auf die Uhr. Bis zum Meeting blieb mir noch eine Stunde. Ich nahm mir vor, diese Zeit nicht weiter über meine Chefin nachzudenken und mich, so gut es ging, auf meine Arbeit zu konzentrieren.

Doch ich schaute jedes Mal nervös vom Bildschirm auf, wenn jemand an meiner Büronische vorbeiging. Mein Blick fiel immer wieder ganz automatisch auf das leere Büro meiner Chefin. Das Tramal konnte mich nur wenig beruhigen.

Kurz vor Beginn des Meetings versammelten sich alle Mitarbeiter im Besprechungsraum. Auch ich schlich mich hinein und bot einer Kollegin meinen Platz an, um mich hinter ihr in der zweiten Reihe verstecken zu können.

Mir gegenüber hatte mein ehemaliger Sitznachbar mit dem Dutt Platz genommen. Er grinste vor sich hin und starrte an den Kopf des Tisches, an dem unsere Chefin Platz nehmen würde. *Dieser Idiot mit seinem lächerlichen Dutt! Dieses Scheißgrinsen. Wer hat dem denn was in seinen Matetee getan?*

Gemeinsam warteten wir auf unsere Chefin, die sich offenbar verspätete. Das war vorher noch nie vorgekommen. Pünktlichkeit hatte für sie stets oberste Priorität. Gemurmel machte sich unter den Kollegen breit. Schließlich schauten alle ratlos in meine Richtung. Sie erwarteten anscheinend, dass ich die Leitung des Meetings übernahm.

Ich zuckte mit den Schultern und ging nach vorne. »Ich bin mit dem Projekt nicht vertraut und sie scheint sich zu verspäten.« Ich räusperte mich. »Ich würde vorschlagen, wir gehen alle wieder an unsere Arbeit.«

Die Kollegen nickten zustimmend und wir gingen alle zurück an unsere Schreibtische.

Auch den Vormittag über erschien meine Chefin nicht im Büro. Als ich aus der Mittagspause kam und sie immer noch nicht da war, fragte ich bei einigen Kollegen herum, doch niemand hatte etwas von unserer Chefin gehört.

Auch Lars oder Lukas schüttelte seinen Dutt und sagte:

»Wir haben ihre Anrufe entgegengenommen und gesagt, dass sie sich so bald wie möglich zurückmeldet. Oder sollen wir die Anrufe erst mal zu dir weiterleiten?«

Ich sah ihn stirnrunzelnd an. Daran hatte ich noch gar nicht gedacht. Auf zusätzliche Anrufe hatte ich nun wirklich keine Lust. Aber er hatte recht. Ich war jetzt der ranghöchste Mitarbeiter und musste die Verantwortung für das Büro übernehmen. Mir blieb nichts anderes übrig.

Ich nickte. »Stellt die Anrufe zu mir durch, wenn es sich nicht vermeiden lässt. Ich hoffe, sie kommt heute noch rein.« *Dass du das mal sagen würdest, hättest du dir auch nicht träumen lassen! Gerade nach dem letzten Abend. Ist das nicht lachhaft?*

Aber zum Lachen war mir nicht zu Mute. Ich ging zurück zu meinem Schreibtisch und versuchte, mich auf meine Arbeit zu konzentrieren. Auch den Nachmittag über blieb das Büro meiner Chefin leer und es ging auch keine Nachricht von ihr ein.

Einerseits war ich erleichtert, meine Chefin nicht sehen zu müssen. Doch andererseits standen mir im Laufe des Nachmittags, zusätzlich zu meinen gewöhnlichen Aufgaben, noch Telefonate bevor, mit denen sich sonst meine Chefin herumärgerte.

Außerdem hat dich ihr Fernbleiben schon den ganzen Tag beunruhigt. Natürlich hast du dir das nicht eingestanden. Aber du weißt, dass etwas nicht stimmt! Deine Chefin ist in all den Jahren kein einziges Mal zu spät gekommen. Und natürlich hat es mit dir zu tun. Es ist kein vages Gefühl, sondern Gewissheit. Mach dir da nichts vor!

Mir fiel der Traum der letzten Nacht ein. Ich wendete seine einzelnen Bestandteile in meinem Kopf hin und her, bis er sich anfühlte, als würde er jeden Moment platzen. Es hatte keinen Sinn, über den Traum nachzudenken. Ein

Traum war nichts weiter als ein Traum. Man verarbeitet das, was man in der Realität erlebt hat. Was immer es auch war.

Ist dir das immer noch nicht klar? Was du erlebt hast, war eine Vergewaltigung. Sie hat dich vergewaltigt, mein Freund.

Zugeben. Du hast sie oft angestarrt. Verständlich bei ihrem Körper. Und du hast nicht Nein zu ihr gesagt, als sie über dich herfiel.

Aber nur, weil du es nicht gekonnt hast, mein kleines Häschen. Schockstarre nennt man das. Das hast du schon mal gehört oder nicht? Es mag sein, dass du ejakuliert hast. Aber wolltest du es auch?

Immer wieder wurden meine Überlegungen von Anrufen aufgebrachter Kunden unterbrochen, die meine Chefin sprechen wollten. Ich wimmelte sie einen nach dem anderen ab, bis es endlich Zeit war, Feierabend zu machen.

Meine Chefin war den ganzen Tag über nicht im Büro erschienen. Etwas in mir ahnte, dass ich sie niemals wiedersehen würde.

29

Die folgende Nacht hatte ich mehr wach als schlafend verbracht. Ich wälzte mich im Bett hin und her, meine Familie ließ sich jedoch nicht stören und schlief ruhig weiter.

Ich stand auf und ging in die Küche. Ich holte eine Milch aus dem Kühlschrank, goss mir ein Glas ein und trank es in großen Zügen aus. Eigentlich machte ich mir nichts aus Milch, aber vielleicht würde sie dafür sorgen, dass ich endlich etwas Schlaf finden könnte. Zur Unterstützung nahm ich Tramal. Die Szene im Umkleideraum spukte in meinem Kopf herum. Ich wollte die Bilder nicht mehr sehen, die Schamlippen, die Bauchmuskeln und die starken Arme, die mich zu Boden drückten und mich festhielten. Ich schüttelte den Kopf, um die bösen Geister zu vertreiben und ging wieder ins Bett.

Als der Wecker klingelte, war ich wie gerädert. Ich hatte höchstens zwei, drei Stunden geschlafen. Ich brachte die Morgenroutine nur mit größter Mühe hinter mich, verabschiedete mich von meiner Familie und kam matt im Büro an.

Ich ließ mich auf den Stuhl vor meinem Schreibtisch fallen und atmete tief durch. Ich hatte am Morgen den Volvo nehmen können und mich nicht in den vollen Zug quetschen müssen. Wie in Trance war ich an meinen Kollegen vorbeigelaufen und hatte nicht bemerkt, dass alle zusammenstanden und durcheinanderredeten. Einige Kolleginnen weinten. Ich schaute zum Büro meiner Chefin, das immer noch leer war.

Ich erhob mich vom Stuhl und ging zu meinen Kollegen hinüber. »Was ist denn los?«, fragte ich.

»Hast du es nicht gehört?« Weinen. Schluchzen.

»Sie ist tot«, sagte Lars oder Lukas mit dem Dutt.

»Wer?«, fragte ich und kannte die Antwort.

»Sie«, sagte er und deutete rüber zum leeren Büro der Chefin.

»Tot?«, fragte ich. Mir brach der Schweiß aus.

Stummes Genicke. Wieder Weinen. »Ermordet. Es war heute Morgen in den Nachrichten«, sagte eine Kollegin.

»Was machen wir denn jetzt?«, fragte eine andere.

Es dauerte einen Moment, bis ich begriff, dass die Frage an mich gerichtet war. »Seid ihr sicher, dass sie es ist?«

»Hundertprozentig«, sagte der Dutt. »Die Beschreibung in den Nachrichten passt genau auf sie.«

»Erst Anna Lena und dann sie«, sagte eine dicke Kollegin.

»Was jetzt?«, fragte die Kollegin wieder.

»Vielleicht sollte jemand bei der Polizei anrufen und sich

erkundigen«, sagte ein Kollege.

Alle sahen mich an.

Jede Zelle meines Körpers sträubte sich bei dem Gedanken, mich bei der Polizei über den Tod meiner Chefin zu erkundigen. Ich hatte die ganze Zeit geahnt, dass etwas Schlimmes mit ihr passiert war und es mit mir in Zusammenhang stand.

Es drehte sich mir der Magen um. Ich hatte Sex mit meiner Chefin gehabt. Meine Spuren befanden sich überall an der Leiche. Wenn ich der Polizei erzählte, dass meine Chefin mich vergewaltigt hatte, hätte ich ein Motiv für ihren Mord gehabt. Mord aus Rache. Das war offensichtlich. Und wenn ich behauptete, dass der Sex einvernehmlich gewesen war, würde meine Frau die Kinder nehmen und mich endgültig verlassen. Schluss. Aus. Ende. Keine Diskussion. Sie würde nie wieder auch nur ein Wort mit mir sprechen, das war klar. Egal, was ich tat, es würde ein schlimmes Ende nehmen. Ich saß in der Falle.

»Würdest du das übernehmen?«

Verloren schaute ich meine Kollegen an und brauchte einen Moment, bis ich antworten konnte. »Natürlich, ich mache das. Entschuldigt. Ich bin nur etwas durcheinander.«

Alle drückten dafür ihr Verständnis aus. Ihnen erginge es wie mir, meinten sie. Sie hatten ja keine Ahnung.

Ich ging zu meinem Schreibtisch zurück und die Gedanken schwirrten in meinem Kopf herum. Hatten meine Träume tatsächlich etwas mit der Ermordung von Anna Lena Henrichs und meiner Chefin zu tun? Vor Anna Lenas Ermordung hatte ich geträumt, dass ich die rothaarige Frau erwürgte. Sie hatte es gewollt. Ich erinnerte mich an den Traum ganz deutlich. Und auch Anna Lena war erwürgt worden. Unter welchen mysteriösen Umständen auch immer.

Aber bei meiner Chefin war es anders. Ich hatte weder

explizit von der rothaarigen Frau geträumt, noch, dass ich sie erwürgte. Ich wusste nicht, was der Traum zu bedeuten hatte und wahrscheinlich spielte er keine Rolle. Es musste sich um einen Zufall handeln. Zugegeben, um einen erneuten Zufall.

Ich ließ mich auf meinem Stuhl sinken und merkte, wie ich von meinen Kollegen beobachtet wurde. Ahnten sie etwas? *Quatsch, sie sind so gerührt, dass du so mitgenommen über die Nachricht vom Tod deiner Chefin bist. Guck dir vor allem die Weiber an! Wie sie dich bedauern! Die sind alle vollkommen ahnungslos.*

Ich nahm den Telefonhörer in die Hand. Ich sah das Gesicht von Frau Krüger vor mir. Mir wurde klar, dass ich am ganzen Körper zitterte. Mein Hemd war nassgeschwitzt.

Ich richtete mich auf, wischte den Schweiß von der Stirn und wählte die Nummer der Polizei.

30

Ich ließ die Flasche im Handschuhfach verschwinden und prüfte meinen Atem. Ganz annehmbar. Aber meine Frau würde mit Sicherheit etwas merken. Ich hatte sie am Nachmittag angerufen und ihr vom Tod meiner Chefin erzählt, ohne auf die näheren Umstände einzugehen. Dafür war keine Zeit gewesen, denn alle Kollegen hatten sich mit ihren Anliegen an mich gewandt.

Ich öffnete das Handschuhfach, nahm noch einen Schluck aus der Flasche und verstaute sie diesmal in meinem Rucksack. Während der Fahrt nach Hause hatte das Zittern wieder angefangen. Doch jetzt wurde es langsam besser.

Ich lehnte mich im Autositz zurück und atmete aus. Nachdem ich Rücksprache mit der Firmenzentrale gehalten hatte, hatte ich schließlich alle Angestellten nach Hause geschickt.

Bis zum Wochenende würde das Büro geschlossen bleiben. Die IT-Abteilung hatte entsprechende Abwesenheitsnotizen eingerichtet und die Telefone auf die dänische Zentrale umgestellt. Am Montag würden wir dann weitersehen, hatte der CEO gesagt und dann zügig aufgelegt.

Ich schob ein Hustenbonbon in meinen Mund und lutschte daran herum. Mein Blick fiel ins Küchenfenster. Ich konnte nur Schemen meiner Familie erkennen.

Ich stieg aus dem Auto, prüfte noch einmal meinen Atem und hoffte, dass meine Frau die Fahne nicht bemerkte.

Als die Kinder im Bett waren, erzählte ich meiner Frau die ganze Geschichte, wobei ich den Vorfall im Umkleideraum wohlweislich verschwieg. Auch der Polizei gegenüber hatte ich diesbezüglich meinen Mund gehalten.

»Unfassbar. Das ist jetzt schon der zweite Mord in deiner Firma.«

»Ich weiß. Es ist mir unbegreiflich.« *Soso, mein Freund. Unbegreiflich ist dir das.*

»Hat die Polizei denn noch etwas gesagt?«

»Nur das, was ich dir erzählt habe.« Ich nahm einen Schluck Tee und dachte an die Flasche in meinem Rucksack.

»Und wie geht es jetzt weiter?«

Ich war merkwürdig aufgekratzt. Das Zittern hatte ich im Laufe des Abends durch Tramal und Novamin in den Griff bekommen. »Alle kommen am Montag wieder ins Büro. Ich soll Krister am Sonntagabend anrufen.«

»Krister?«

»Herrn Jensen, den CEO.« Ich holte mein Smartphone, suchte ein Bild von ihm heraus und reichte es meiner Frau. »Am Telefon hat er mir gleich das Du angeboten.«

»Jung sieht er aus.«

Ich nickte. »Du willst gar nicht wissen, was der junge Kerl letztes Jahr für einen Bonus hatte.« *Dein Freund Krister verdient in einem Jahr mehr als du in deinem ganzen Leben. Aber das dürfte momentan dein geringstes Problem sein.*

Meine Frau gab mir mein Smartphone zurück. Als sie dabei meine Hand berührte, überfiel mich eine unglaubliche Müdigkeit.

»Ich kann es immer noch nicht fassen«, sagte sie.

Ich nickte wieder.

»Wie geht es dir?«, fragte meine Frau und sah mir in die Augen.

Tja, wie geht's uns denn? Abgesehen davon, dass du am Arsch bist, weil sich dein Sperma in deiner toten Chefin befindet. Was glaubst du eigentlich, wie lange du noch frei rumläufst, mein Freund? Ein paar Tage? Vielleicht schaffst du ja noch diese Woche, bevor dir alles um die Ohren fliegt!

Ich starrte meine Frau an und brachte kein Wort heraus.

»Immerhin wart ihr ja jetzt öfter zusammen weg«, sagte sie.

»Zweimal«, sagte ich.

»Da hast du sie doch bestimmt etwas näher kennengelernt.«

Ich zuckte unwillkürlich zusammen. »So würde ich das jetzt nicht gerade sagen.« Ich fing an zu schwitzen und nahm einen Schluck Tee. Ich hatte Mühe, die Tasse nicht überschwappen zu lassen. Das Zittern war also wieder da. *Herzlichen Glückwunsch!* Ich stellte die Tasse zurück auf den Couchtisch. »Wir haben eigentlich nur über den Job gesprochen, wenn wir nicht gerade an der Wand hingen.«

»Privates hat sie dir überhaupt nicht erzählt?«

Ich schüttelte den Kopf und dachte an die Schamlippen meiner Chefin. »Sie war immer sehr professionell«, sagte ich.

Deine Frau merkt, dass etwas nicht stimmt. Sie ist dir auf der Spur. Das ist offensichtlich. Oder vielleicht wirst du paranoid. Ich habe sowieso langsam das Gefühl, dass es mit dir bergab geht. Aber okay. Ich gebe dir einen Tipp. Ohne mich kommst du noch vor die Hunde. Sag ihr, wie schlecht du dich fühlst. Das zieht immer bei Frauen. Drück ein bisschen auf die Tränendrüse. Na los!

Ich vergrub das Gesicht in meinen Händen. »Ich begreife das alles nicht«, sagte ich. »In der letzten Zeit ist so viel passiert. Und jetzt auch noch das.«

Meine Frau nahm mich in die Arme. »Du Ärmster«, sagte sie und streichelte über meinen Rücken. »Wir schaffen das zusammen. Wie du gesagt hast. Ich kümmere mich um die Kinder und du ruhst dich für den Rest der Woche aus. Du musst nicht ins Büro und nimmst dir eine Auszeit. Und am nächsten Montag sieht die Welt schon anders aus, okay?«

Es blieb mir nichts anderes übrig als dankbar zu nicken. Vielleicht hatte meine Frau recht. Und wenn nicht, dann würde ich die letzten Tage meines Lebens in Freiheit zumindest zu Hause verbringen.

Am folgenden Morgen blieb ich im Bett liegen. Ich hatte keine Kraft, aufzustehen und meiner Frau mit den Kindern zu helfen. Es war so, als wäre sämtliche Energie aus meinem Körper gewichen, wie Luft durch ein kaputtes Ventil. Nachdem meine Familie aus dem Haus war, lag ich da und starrte an die Zimmerdecke. Wie hatte alles nur so weit kommen können? In was war ich da reingeraten? Wann hatte mein Leben diese Wende genommen, dass ich jeden Moment damit rechnen konnte, wegen Mordes verhaftet zu werden? Oder sogar wegen Doppelmordes, wenn die Kommissarin es schaffte, mir den Tod von Anna Lena Henrichs ebenfalls anzuhängen.

Mir fiel die Flasche Whisky ein, die ich gestern im Rucksack zurückgelassen hatte. Ich ging in den Keller, kramte den Rucksack unter dem Schreibtisch hervor und betrachtete die Flasche einen Moment lang. Plötzlich ging ein Ruck durch meinen Körper.

Ich setzte mich vor den alten Röhrenfernseher, öffnete die Flasche und nahm einen Schluck. Der Whisky brannte angenehm in meinem Hals. Als ich wieder zum Fernseher schaute, stand er unverändert da. *Was hast du auch erwartet? Dass sich der Fernseher wie von Zauberhand einschaltet? Dass es auf dem Bildschirm anfängt zu schneien? Dass sich der Schnee allmählich, Punkt für Punkt, rot färbt? Dass deine Chefin auf dem Bildschirm erscheint und dich aus dem Jenseits anklagt?*

Ich setzte die Flasche noch einmal an und trank sie in hastigen Zügen leer. Jetzt fühlte ich mich etwas besser. Ich stand auf, ohne den Fernseher noch einmal anzusehen, und ließ die leere Flasche wieder in meinem Rucksack verschwinden. Ich beschloss, in die Küche zu gehen, um Tramal zu nehmen. Das würde helfen.

Gerade als ich das Tramal herunterschluckte, schreckte ich auf. Mein Handy klingelte. Vielleicht war es die Firmenzentrale, und man wollte mit mir das weitere Vorgehen besprechen. Als ich auf das Display schaute, sah ich jedoch eine Nummer, die ich nicht kannte. Es konnte also nicht die Firma sein. Ich ließ es klingeln, bis der Anrufer aufgab. Kurz darauf kam eine SMS: »Bitte rufen Sie zurück. Ich möchte umgehend mit Ihnen sprechen. Krüger.«

Die Alte hat dir gerade noch gefehlt. Aber was hast du erwartet? Jetzt bist du ihr Verdächtiger Numero Uno! Wenn du es ohnehin nicht die ganze Zeit schon warst. Dabei hat sie sich auffallend lange nicht bei dir gemeldet. Wahrscheinlich wollte sie dich in Sicherheit wiegen, mein Freund. Dass du unvorsichtig wirst. Und jetzt ist sie wieder da und du wirst sie so schnell nicht wieder los. Sie wird viele Fragen stellen! Und was willst du ihr antworten? »Frau Kommissarin, mein Verhältnis zu meiner Chefin war rein beruflich. Ich kannte sie nicht näher. Wie mein Sperma in ihre Leiche kommt, kann ich Ihnen auch nicht sagen.«

Wieder klingelte es. Die gleiche Nummer. Wieder war es Frau Krüger. Als das Klingeln aufhörte, schaltete ich mein Handy aus und legte es auf den Küchentisch.

Ich ging nach oben und legte mich aufs Bett. *Es kann sein, dass sie zu dir nach Hause kommt. Das ist ihr ohne Weiteres zuzutrauen, meinst du nicht? Sie hasst dich. Und es wird ihr eine Freude sein, deine Ehe und dein Leben zu zerstören. Sie wird dich vor deiner Frau und deinen Kindern verhören:* »Wie kommt Ihr Sperma in die Leiche? Antworten Sie!« *Und das war es dann. Schluss. Aus. Ende. Keine Diskussion. Deine Frau wird die Koffer packen und ist mit den Kindern über alle Berge!* Sollte ich Frau Krüger lieber anrufen, um einer Befragung zu Hause zu entgehen? Ich seufzte.

Mein Blick fiel auf den Kleiderschrank. Ich ging zu ihm hinüber und kramte hinter meiner Unterwäsche herum. Vielleicht würde mich das Marihuana ein wenig entspannen, damit mir eine Lösung einfiel. Ich tastete hinter meiner Unterwäsche. Doch das Tütchen mit Marihuana war nicht zu finden! Geschockt wühlte ich meine Unterwäsche aus dem Schrank und verteilte sie auf dem Boden. *Das Tütchen ist weg! Es gibt nur eine Antwort: Deine Frau hat es gefunden und ist jetzt stinksauer auf dich. Erst die ständigen Probleme mit dem Alkohol und jetzt fängst du auch noch mit anderen Drogen an! Wie willst du ihr das erklären?*

Aber warum hatte sie mich noch nicht zur Rede gestellt?

Dafür musste es eine Erklärung geben. Ich erschrak. Finn! *Der kleine Teufel hat deinen Kleiderschrank durchstöbert. Wie Kinder das so machen. Er hat das Zeug gefunden. Ohne zu wissen, was er da in den Händen hält. Was hat er damit angestellt? Dir ist schon klar, dass das gefährlich ist, oder? Wie verantwortungslos kann man bitte sein? Was wird deine Frau dazu sagen?*

Ich stürzte in Finns Zimmer und schaute mich um. Ich hoffte, dass er das Tütchen noch nicht geöffnet und es irgendwo versteckt hatte. Bloß wo? Ich schaute unter dem Kopfkissen, unter der Matratze und unter seinem Bett nach. Fehlanzeige. Kein Tütchen mit Marihuana. Ein Zittern hatte meinen ganzen Körper erfasst. Wieder schaute ich mich um. Ich versuchte, einen kühlen Kopf zu bewahren und durchforstete systematisch alle Bereiche des Zimmers. Doch es war nichts zu entdecken.

Erschöpft und panisch zugleich setzte ich mich in die Raummitte und ließ meinen Blick über die Einrichtung schweifen. Ich musste durchatmen und mich beruhigen. Ich schloss die Augen für einen Moment, um mich zu konzentrieren. *Wo kann dein Sohn das Zeug versteckt haben? Wo hast du noch nicht nachgesehen?*

Ich öffnete die Augen und mein Blick fiel auf die Weltkugel, die als Wandlampe über Finns Bett hing. *Da ist etwas Auffälliges unter dem Lampenschirm! Sieh genau hin! Links neben Paraguay. Siehst du es?*

Ich sprang auf und versuchte, den Lampenschirm aus der Fassung zu bekommen. Mit bloßen Fingern gelang mir das nicht. Ich brauchte ein spitzes Werkzeug. Ich wühlte in Finns Schreibtischschubladen und fand bei seinen Bastelsachen ein Cuttermesser. Mein Gott, wie war das hierher geraten?

Ich setzte das Messer unter dem Lampenschirm an und versuchte es als Hebel zu benutzen. Ein ums andere Mal glitt ich mit dem Messer von dem harten Plastik ab und verletzte mich selbst. Die Lampe gab erst nach einigem Widerstand nach. Das Plastik knackte und zersprang schließlich in mehrere Stücke. Die Lampe war kaputt. Aber das war nicht wichtig. Wichtig war, dass ich endlich das Zeug hatte und Finn in Sicherheit war.

Ich schaute an der Stelle nach, wo ich das Marihuana vermutet hatte. Doch dort war nichts! Ich tastete an der Fassung und in dem Lampenschirm herum. Nichts!

Stattdessen hatte ich auf der Lampe überall blutige Spuren hinterlassen. Auch die Wand neben dem Bett und Finns Bettwäsche waren mit Blut besprizt. Die Hunde der *Paw Patrol*, für die Finn eigentlich schon zu alt war, waren mit einem Regen aus Blut überzogen. Ich betrachtete meine Hand und meinen Arm. Ich hatte mir mehrere Schnitte zugefügt, die allem Anschein nach tiefer waren, als ich es zunächst vermutete hatte. Um ehrlich zu sein, blutete ich wie ein Schwein.

Natürlich hast du hier nichts gefunden! Wie denn auch? Wie hätte Finn denn die Lampe aufkriegen sollen, wenn du es nur mit einem Cuttermesser und unter Verletzungen geschafft hast? Idiot! Vielleicht hat Finn es gar nicht genommen. Hast du schon einmal daran gedacht? Wer käme noch infrage, mein Freund?

Ich stürmte in Lillys Zimmer und suchte zwischen ihren Kuscheltieren und anderem Spielzeug. Nichts. *Denk nach! Lilly hat das Tütchen gefunden und was macht sie damit?* Mein Blick fiel auf Lillys Puppenstube. *Sie hat das Marihuana für Tee gehalten und es zu ihrem Teeservice gelegt!* Ich stürzte mich auf die Puppenstube und schaute unter jedes Möbelstück und unter jede Puppe. Nichts.

Enttäuscht ließ ich den Kopf sinken. Mein Blut hatte sich über das Teeservice verteilt. Die Puppen starrten mich

entgeistert an. Die Kuscheltiere hatten ebenfalls eine Blut-
dusche abbekommen. Es sah aus, wie in einem Horrorfilm.

»Ist ja gut«, sagte ich, um den vorwurfsvollen Blicken
etwas zu entgegen.

*Du musst dich um deine Wunden kümmern! Oder willst
du Idiot verbluten? Schau dir die Schweinerei an!*

Ich ging ins Badezimmer und klebte ein Pflaster über die
Wunden, wobei das Blut besonders an der Hand sofort durch
das Pflaster sickerte. Ich setzte mich auf die zugeklappte
Toilette und umwickelte das blutige Ding zusätzlich mit
einem Verband. Das würde fürs Erste halten und ich würde
damit nicht mehr alles vollbluten.

Ich ging zurück zu meinem Kleiderschrank und schaute
noch einmal in das Fach mit meiner Unterwäsche. Ich räumte die komplette Unterwäsche aus und verteilte sie auf dem
Bett. Ich durchsuchte jedes Unterhemd und jede Unterhose
und da fand ich es! Das Tütchen war in eine Unterhose ge-
rutscht. Erleichtert atmete ich auf. *Es ist alles in Ordnung. Den
Kindern ist nichts passiert. Sie waren niemals in Gefahr. Du
hast alles im Griff. Du bist kein schlechter Vater! Deine Frau
muss sich keine Sorgen machen. Sie kann froh sein, dich an
ihrer Seite zu haben!*

»Wir sind wieder da!«, hörte ich meine Frau von unten
rufen.

Ich schaute auf den Radiowecker: 17:14 Uhr. Wie hatte
die Zeit nur so schnell vergehen können? Ich starrte auf
das Bett. Es sah wüst aus. *Und was ist mit Finns und Lillys
Zimmer? Hast du daran mal gedacht? Da ist alles voller Blut,
falls du dich erinnerst! Wie willst du das deiner Frau erklären,
du Held?* Ich schmiss meine Unterwäsche in den Kleiderschrank und stopfte das Tütchen irgendwo dahinter.

»Hallo! Hast du uns gar nicht gehört?« Meine Frau stand
im Zimmer und sah mich irritiert an.

»Hast du mich erschreckt!«, sagte ich und legte übertrieben eine Hand aufs Herz.

»Was ist denn mit deiner Hand passiert?«

»Was?«, fragte ich und folgte dem Blick meiner Frau, die auf die Hand auf meiner Brust schaute. »Ach das, ja weißt du –«

Ein Schrei kam aus Finns Zimmer. Er musste das Blut gesehen haben.

Meine Frau drehte sich um und lief dem Geschrei entgegen. Ich folgte ihr. Langsam musste ich mir eine gute Ausrede für das ganze Schlamassel einfallen lassen.

»Nicht so laut Finn. Was ist denn –« Meine Frau hielt in der Bewegung inne und starrte auf die blutverschmierte Lampe und das Bett. Lilly kam zu uns ins Zimmer und klammerte sich um das Bein ihrer Mutter.

»Das wollte ich gerade erklären.« Ich machte eine Pause. Meine Familie starrte abwechselnd mich und das Blut im Zimmer an. »Ich wollte die Lampe reparieren und dabei habe ich mich etwas verletzt.«

»Etwas? Das sieht aus wie bei einem Massaker«, sagte Finn.

»Was ist ein Mas-saka?«, fragte Lilly.

»Finn«, sagte meine Frau streng und starrte mich weiter an.

»Ich habe mich mit dem Messer geschnitten. Und an dem scharfen Plastik.« Ich nahm meine Hand hoch, dass der Verband für alle gut sichtbar war. Mittlerweile war er blutdurchtränkt. Ich nahm die Hand schnell wieder herunter. »Ich habe es schon verarztet und wollte gerade die Sauerei wegmachen, bevor ihr nach Hause kamt.«

Meine Frau schaute mich erst skeptisch, dann mitleidig an. »Lilly, Finn, ihr beide geht bitte nach unten und deckt den Abendbrottisch«, sagte sie schließlich, ohne mich aus den Augen zu lassen. »Ich mache hier so lange sauber. Es dauert nicht lange. Das Bett müssen wir neu beziehen.«

Finn und Lilly gingen ohne Widerworte nach unten in die Küche.

Meine Frau sah mich streng an. »Ist mit dir wirklich alles in Ordnung?«

»Es ist nur eine kleine Wunde«, sagte ich. »Wir machen das natürlich zusammen sauber.«

»Du gehst jetzt ins Bad und legst dir einen neuen Verband an. Der Alte ist schon ganz durchnässt.«

Ich schaute auf meine Hand. Sie hatte natürlich recht. »Okay«, sagte ich und verließ das Zimmer. *Was ist mit Lillys Zimmer? Darf ich dich daran erinnern, dass dort blutüberströmte Puppen und Kuscheltiere auf deine Tochter warten? Was willst du unternehmen, du Leuchte? Ein Wunder, dass deine Tochter noch nicht mit einem lauten Schrei vor ihren Kuscheltieren steht. Aber viel Zeit bleibt dir nicht mehr, würde ich sagen. Und welche Ausrede gedenkst du deiner Frau diesbezüglich aufzutischen? Ich bin sehr gespannt.*

Ich ging schnell ins Badezimmer, machte einen Waschlappen nass und ging mit ihm in Lillys Zimmer. Ich erschrak erneut über den Anblick. *Wie willst du die Schweinerei nur beseitigen, ohne dass deine Frau etwas merkt? Du sitzt in der Patsche, mein Freund!*

Ich musste mir einen Überblick verschaffen und überlegt vorgehen, wenn ich nicht auffliegen wollte. Als Erstes nahm ich mir die Kuscheltiere vor, die einen besonders gruseligen Anblick boten. Den Orang-Utan und die Giraffe hatte es schlimm erwischt. Sie sahen aus, als wären sie Insassen in einem Schlachthaus. Einem Schlachthaus für exotische Kuscheltiere.

Ich versuchte, sie mit dem Waschlappen zu säubern, doch je mehr ich rieb, desto mehr verteilte sich das Blut im Fell.

Du hast keine Chance, die Viecher sauber zu kriegen! Sieh sie dir nur an! Du musst dich später darum kümmern. Versteck sie irgendwo und morgen wirfst du sie in die Waschmaschine.

Geistesgegenwärtig schnappte ich mir die blutigsten Kuscheltiere und versteckte sie hinter Lillys Tipi. Da würde sie bis morgen niemand finden. *Das perfekte Verbrechen. Schon komisch, wenn man so darüber nachdenkt. Der erste richtige Tatort, an dem du bist. Dabei hast du schon zwei Frauen auf dem Gewissen!*

Ich musste weitermachen. Für krude Überlegungen blieb keine Zeit! Mein Blick fiel auf die Puppenstube. Dort hatte ich ganze Arbeit geleistet. Auf dem Teeservice und auf Lillys Puppen war überall mein Blut.

Ich begann mit dem Service, das sich erstaunlich gut reinigen ließ. Auch die Gesichter, die Arme und die Beine der Puppen bereiteten mir keine großen Schwierigkeiten. Auch wenn mich die Puppen immer noch mit ihren Blicken straften.

Probleme hatte ich bei den Puppenkleidern. Hier verhielt es sich so wie bei den Kuscheltieren. Mit dem Waschlappen würde ich den Stoff niemals sauber bekommen. Ich musste die Puppen der Reihe nach ausziehen und ihre Kleidchen später in der Waschmaschine waschen. Ich reihte die nackten Puppen nebeneinander auf, während ich die blutverschmierten Kleider auf einen Haufen neben mir warf. Bei diesem Anblick musste ich an den verschneiten Donnerpass denken. Eine merkwürdige Erleichterung überkam mich und ich fühlte mich heiter und ausgelassen. So als wäre es das Richtige, was ich tat. Als wäre ich dafür bestimmt.

»Was machst du denn hier?«

Ich fuhr herum. Meine Frau stand in der Tür und blickte mich fassungslos an.

Schnell bedeckte ich die blutigen Puppenkleider mit meinen Händen. *Erwischt! Sie hat dich erwischt. Ich bin gespannt auf deine Erklärung! Es gibt nur zwei Möglichkeiten. Entweder ist ihr Ehemann ein Perverser oder jetzt völlig durchgeknallt. Für was entscheidest du dich, mein Freund?*

Ich starrte sie einen Moment lang an. »Ich hatte Lilly versprochen die Puppenkleider zu waschen«, sagte ich.

Meine Frau verschränkte ihre Arme vor der Brust. »Und das muss unbedingt jetzt sein?«

Ich zuckte mit den Schultern. *Du musst deine Frau aus dem Zimmer bekommen! Sie ist misstrauisch. Sie wird das Blut entdecken. Und denk an die verschissenen Kuscheltiere hinter dem Tipi! Die wird sie früher oder später finden. Bring deine Frau hier raus!* »Entschuldige«, sagte ich. »Ich stehe heute etwas neben mir. Bestimmt ist es das Carbamazepin.«

Meine Frau ließ einen besorgten Blick auf mir ruhen. »Hast du den Verband gewechselt«, fragte sie.

Das ist deine Chance! Nutze sie. »Ich habe das mit einem Arm nicht hinbekommen. Könntest du mir helfen?« *Gut gemacht. Wie könnte sie das ablehnen? Was für eine Ehefrau wäre sie denn dann?*

»Natürlich«, sagte sie. »Komm mit ins Badezimmer.« Sie drehte sich um. Schnell ließ ich die blutigen Fetzen hinter dem Puppenhaus verschwinden. Darum würde ich mich morgen mit den Kuscheltieren kümmern.

Meine Frau war entsetzt, als sie den mit Blut durchtränkten Verband entfernte. »Wie ist das nur passiert?«

»Du weißt, ich hatte schon immer zwei linke Hände.«

»Das stimmt«, sagte sie und lachte. »Aber ich glaube, das muss genäht werden. Morgen gehst du zu Doktor Schmelling. Er muss sich das ansehen.« Sie machte eine Pause und sah mich eindringlich an. »Und du sprichst mit ihm über die Dosierung der Medikamente. Das fängt nicht wieder so an, wie beim letzten Mal.«

Ich sah die Besorgnis in ihrem Blick und eine große Traurigkeit überfiel mich. Ich würde sie und meine Kinder nur noch für ein paar Tage sehen können. Dann würde ich verhaftet werden und mein Leben wäre unwiederbringlich vorbei. »In Ordnung«, sagte ich, auch wenn Doktor Schmelling mir in meiner Lage auch nicht mehr helfen konnte.

33

»Die Wunden können wir nicht mehr nähen. Dafür bist du zu spät gekommen.« Doktor Schmelling sah mich über die Brillengläser hinweg an. An seinen besorgten Blick hatte ich mich längst gewöhnt. »Wir lassen sie offen abheilen. Das ist kein Problem.« Er legte einen neuen Verband an und setzte sich dann hinter seinen Schreibtisch. Er machte eine nachdenkliche Pause, bevor er fortfuhr. »Mein Junge, abgesehen von deiner Hand. Du siehst fürchterlich aus. Nimmst du genügend Schmerzmittel?«

Ich nickte. »So, wie wir es besprochen haben.«

»Gut, gut. Da solltest du wirklich nicht geizen. Wir erhöhen sicherheitshalber das Carbamazepin. Du nimmst ab jetzt morgens und abends die doppelte Menge.«

»Gut«, sagte ich und lutschte am Hustenbonbon.

»Wir müssen abwarten und geduldig sein.«

Ich sagte nichts darauf, sondern schaute aus dem Fenster. Passanten gingen durch die Fußgängerzone. Eine Mutter riss ihren kleinen Jungen hinter sich her, der offensichtlich aufgegeben hatte, sich zu wehren.

»Ich will dir nichts vormachen. Um ehrlich zu sei, kann es sein, dass du in Zukunft mit den Nervenschmerzen leben musst.«

Eine alte Frau und ein alter Mann schlurften Hand in Hand vorbei. Der Mann zog einen Einkaufstrolley hinter sich her. Wahrscheinlich kamen sie gerade aus dem Supermarkt, in dem ihre Rente für Corned Beef und Katzenzungen draufgegangen war. *Das sind alles nur dumme Klischees.*

»Ich weiß, dass das keine besonders ermunternden Aussichten sind, aber die meisten Schmerzpatienten lernen, damit zu leben und bei vielen wird es über die Jahre besser.«

Das greise Paar war aus meinem Sichtfeld verschwunden. Ich spürte, wie Doktor Schmelling noch etwas sagen wollte, es dann aber bleiben ließ. »Nichts wird in Ordnung kommen«, sagte ich und verließ ohne ein weiteres Wort die Praxis.

Es war alles gesagt.

Ich ging zum Parkplatz, auf dem ich den Volvo geparkt hatte. *Es gibt kein Zurück. Nichts wird besser. Im Gegenteil. Du wirst auffliegen. Du kannst die Kommissarin nicht ewig ignorieren. Wahrscheinlich wird sie am Montagmorgen im Büro auftauchen und dir kritische Fragen stellen. Sie hat längst Nachforschungen angestellt. Sie wird herausfinden, was deine Chefin mit dir in der Umkleide gemacht hat. Wenn sie es nicht schon längst weiß. Der Boulderhallentyp hat euch schließlich gesehen. Und dann ist da ja noch dein Sperma, das du in deiner Chefin hinterlassen hast.*

Du wirst in deiner Zelle verrotten und dir nicht mal sicher sein, ob du es nicht verdient hast. Mein Freund, du bist ein Serienkiller, ohne dir darüber klar zu sein. Aber du bist zu feige, dir das einzugestehen.

Ich schloss den Volvo auf, setzte mich vor das Lenkrad und öffnete das Handschuhfach. Ich trank hastig. *Und alles nur, weil die Schlampe von Chefin dich vergewaltigt hat! Erst hat sie dich vergewaltigt und dann in den Knast gebracht. Posthum sozusagen. Diese Fotze hat dein Leben zerstört. Es gibt keinen Lichtblick. Es gibt keinen Schatz, den es zu finden gilt. Das Leben ist kein beschissener Hollywoodfilm. Es gibt kein*

Happy End, in dem der Held in den verkackten Sonnenunter-
gang reitet. Das sind alles nur Scheißfotzen!

Ich trank aus der Flasche, startete den Motor und fuhr
vom Parkplatz. Ohne verschissenen Gaul und verkackten
Sonnenuntergang.

Das Wochenende verbrachte ich überwiegend im Bett. Mir fehlte der Antrieb, um irgendetwas zu tun. Wenn ich mir sicher sein konnte, dass es keiner aus meiner Familie mitbekam, trank ich heimlich Whisky im Keller oder rauchte Marihuana aus dem Badezimmerfenster. Meiner Frau sagte ich, dass Doktor Schmelling die Dosis des Carbamazepins angepasst hätte und ich deswegen neben mir stehen würde.

Die meiste Zeit lag ich im Bett und starrte an die Zimmerdecke. Es konnte jeden Moment so weit sein. *Du siehst die Kommissarin mit weiteren Polizeibeamten vor der Haustür stehen, sie klingeln. Deine Frau öffnet verwundert die Tür. Deine Kinder sehen mit an, wie du in Handschellen abgeführt wirst. Die Nachbarn stehen draußen und tuscheln miteinander. Deine Kinder umklammern die Beine deiner Frau und weinen. Sie verstehen nicht, was ihr Vater getan haben soll. Das Gesicht deiner Frau ist versteinert. Sie hat sich in dir getäuscht. All die Jahre. Alle haben sich in dir getäuscht. Sie haben mit einem Mörder zusammengelebt. Einem geisteskranken Mörder, der sich selbst nicht an seine Taten erinnert. So was kam doch häufiger im Fernsehen. »Die arme Familie. Was die jetzt durchmachen müssen. Das hat ja keiner ahnen können«, werden die Leute sagen. Aber du selbst wusstest immer, dass es irgendwann so kommen würde. Du warst ein Versager und wirst immer ein Versager bleiben.*

Am Sonntag kamen Peer und Bene zu Besuch. Meine Frau hatte das Treffen am Wochenanfang ausgemacht und Lilly hatte sich die gesamte Woche darauf gefreut. Sie wollte Bene die Spielgeräte im Neumanns Garten zeigen.

Die Kinder blieben dann auch nicht lange auf unserem Grundstück, sondern liefen zu Max und Emma Neumann hinüber, die im Garten spielten. Ich saß mit Peer auf der Terrasse und winkte Sven Neumann zu, der mit einer kleinen Spitzhacke in der Hand zurückwinkte.

»Scheint ein netter Typ zu sein«, sagte Peer.

»Wer?«

»Dein Nachbar.«

»Ach so, klar«, sagte ich und nippte an meinem alkoholfreien Bier. Mir war wirklich nicht nach Konversation zu Mute. Am Morgen hatte ich Marihuana geraucht, dessen Wirkung extrem nachgelassen hatte.

Wir tranken beide unsere alkoholfreien Biere und schauten den Kindern zu. Ich ertrug den Anblick kaum.

»Kann ich dich was fragen, ohne dass du es mir übelnimmst?«, fragte Peer.

»Um was geht es denn?«

»Um ehrlich zu sein. Du siehst fertig aus. Geht es dir gut?«

Jetzt fängt der schon wieder damit an! Können sich die Leute nicht um ihren eigenen Dreck kümmern?

»Versteh mich nicht falsch. Aber ist irgendwas passiert?«, fragte er weiter.

Ich starrte jetzt auf unser beschissenes Gartenhäuschen und dachte an roten Schnee. »Was soll denn passiert sein?«, fragte ich zurück.

»Ich weiß auch nicht. Du siehst so aus, als hättest du einen Toten gesehen oder so.«

»Mir geht es gut«, sagte ich und richtete meinen Blick weiter auf das Häuschen.

»Verstehe«, sagte Peer.

Ich starrte weiter auf das Häuschen und schwieg.

»Ich mache mir nur Sorgen, das ist alles. Ich wollte dich nicht beleidigen.« Er wedelte jetzt auffallend mit seinen Armen durch die Luft.

Ich hatte keine Lust mehr, mich mit ihm zu unterhalten. Wir schwiegen.

»Worüber sprecht ihr?« Meine Frau kam aus dem Haus und setzte sich zu uns.

»Nichts Bestimmtes«, sagte ich.

»Ihr habt es wirklich sehr schön hier«, sagte Peer und schaute sich in unserem Garten um.

So viel Belanglosigkeit an deinem letzten Tag in Freiheit. Respekt! Das muss man auch erst mal schaffen, mein Freund. Ich wollte wieder ins Bett.

»Danke«, sagte meine Frau. »Mein Herr Gemahl ist der geborene Gärtner. Gesegnet mit zwei braunen Daumen.« Sie lachte und gab mir einen Kuss. »Aber er gibt sich alle Mühe.«

»Mehr kann meine Frau Gemahlin auch nicht von mir erwarten«, sagte ich so charmant wie möglich. *Nimm Tramal. Damit erträgst du das Theater hier.*

Peer nickte und lachte ebenfalls. Wahrscheinlich war er erleichtert darüber, nicht mehr allein mit mir hier sitzen zu müssen.

»Dein Schrebergarten scheint ja super zu sein. Lilly war richtig begeistert«, sagte meine Frau.

»Keine große Sache«, gab sich Peer bescheiden.

»Keine große Sache? Du hast sogar Bienen, oder?«

Peer nickte. »Ein Volk steht im Schrebergarten.«

»Diese Drecksviecher.«

»Was?«, fragte meine Frau.

»Nichts. Ich muss mal eben rein.« Ich stand auf.

»Du kannst Peer noch ein alkoholfreies Bier mitbringen«,

sagte meine Frau. *Danke für den Tipp! Sie ist wie immer die perfekte Gastgeberin.*

»Danke, ich habe noch«, sagte Peer und wedelte wieder durch die Luft.

Wieso ist dir dieses Herumgefuchtel nicht schon früher aufgefallen? Der sieht aus wie ein Dirigent auf Speed.

»Kein Problem«, sagte ich und ging erleichtert ins Haus. *Was bildet sich der Pisser mit seinen beschissenen Bienen überhaupt ein? Seid ihr jetzt beste Freunde oder was? Offenbare dich ihm. Vertrau dich ihm an. Lass ihn dein Mentor sein. Der Klugscheißer hat mit Sicherheit für alles eine Lebensweisheit parat. Die hat er eingetuppert und im Regal stehen. Bei seinen übrigen Einmachgläsern und diesem ganzen Scheiß. Für einen Serienmörder hat er bestimmt auch einen guten Tipp!*

In der Küche nahm ich erst Tramal und dann Novamin. Ich musste die nachlassende Wirkung des Marihuanas ausgleichen. *Nüchtern wirst du den Nachmittag nicht überstehen. Denk nur an den lieben Besuch im Garten. Und vergiss deinen Kumpel Krister nicht. Deinen VIP-CEO! Der ruft seinen Untergebenen heute an, hat er gesagt. Also schön benehmen und stoned sein!*

Ich holte ein alkoholfreies Bier aus dem Kühlschrank, öffnete die Flasche und spuckte hinein. Dann wischte ich die Spuckefäden mit dem Küchenhandtuch ab und ging mit Peers Bier zurück in den Garten.

Als ich gegen neun Uhr ins Büro kam, rechnete ich jeden Augenblick damit, verhaftet zu werden. Zum Frühstück hatte ich wieder Tramal und Novamin genommen. Schweiß stand mir nicht nur auf der Stirn, sondern bedeckte jede

Stelle meines Körpers. Mein Hemd klebte.

Die meisten meiner Kollegen waren bereits im Büro und schauten mich gespannt an. Ich nickte ihnen zu und ging so entspannt wie möglich zu meinem Schreibtisch. Immer wieder schaute ich zur Eingangstür, aber von der Kommissarin war nichts zu sehen. *Du wartest auf deinen Untergang. Wie Hitler in seinem Bunker. Na und? Reiß dich zusammen und sei ein Mann!*

Ich stand auf, ging in die Mitte des Großraumbüros und verkündete allen, dass um zehn Uhr ein Meeting im Besprechungsraum stattfinden würde, bei dem alle Fragen geklärt werden würden. »Krister Jensen wird uns per Video über das weitere Vorgehen informieren.« Ich schaute in fragende Gesichter. »Mehr weiß ich auch nicht. Aber in einer halben Stunde wissen wir mehr.«

Ich ging zurück zu meinem Schreibtisch und allgemeines Gemurmel setzte ein. Ich merkte wie meine Beine immer wieder nachgaben und war erleichtert, als ich endlich auf meinem Stuhl saß.

Tatsächlich hatte mir Krister Jensen nur eine kurze Textnachricht geschickt, in der es hieß, dass der Vorstand eine vorläufige Lösung gefunden habe. Einzelheiten hatte er nicht geschrieben, nur ein »Take your chance« angefügt.

Ich nahm Novamin und ging in den Besprechungsraum, um den Videocall vorzubereiten. Nach und nach füllte sich der Raum mit Mitarbeitern und gemeinsam warteten wir, bis das jugendliche Gesicht pünktlich auf dem Bildschirm an der Wand erschien. *Dieses Bürschchen mit seinem Siebentagebart ist Multimillionär. Aber warum auch nicht? Schließlich werden Familienväter auch zu Serienkillern. Das ist unsere Welt.*

»Greetings from Kopenhagen«, sagte er. »Mein Mitgefühl für euch, auch vom gesamten Vorstand.« Er machte eine übertrieben mitfühlende Geste, indem er eine Hand an sein Herz legte. »Jeder und jede von euch kann sich freinehmen, solange es nötig ist.« Jetzt nickte er und machte eine Pause. »But. Business must go on. Ich mache es kurz.«

In diesem Moment sah ich aus dem Augenwinkel, wie sich die Tür des Großraumbüros öffnete. Es kam, was kommen musste, was ich schon den ganzen Morgen über befürchtet hatte. Es war unausweichlich. Das Schicksal ließ sich nicht aufhalten. Frau Krüger sah sich im leeren Raum um und erblickte mich schließlich durch die Scheibe des Besprechungsraums. Sie winkte mir zu, deutete auf meinen Schreibtisch und setzte sich auf den Stuhl davor. Erneut brach mir der Schweiß aus. *Du hättest Tramal nehmen sollen! Dann wärst du jetzt ruhiger.*

»Aber ich glaube, he isn't listening to me,« kam es vom Bildschirm.

Ich schreckte auf. Auf dem Bildschirm schaute mich Krister mit einem gespielt strengen Blick an.

»Entschuldige bitte. Ich war nur –« Ich stockte.

»Ich habe nur gesagt, dass du den Standort Frankfurt interimsmäßig leitest. Bis wir einen Ersatz haben. Okay für dich?«

»Ja. Natürlich. Danke«, sagte ich. »Danke für dein Vertrauen.«

Alle im Raum schauten mich an.

»All right.« Er senkte pathetisch seinen Blick. »Wir werden sie vermissen. Making the world a better place. See you soon.« Auf dem Bildschirm verschwand der CEO und wurde durch unser Firmenlogo ersetzt.

Im Raum herrschte jetzt absolute Stille. Mir wurde unbehaglich. Alle erwarteten, dass ich etwas sagte. Die Kommissarin saß noch immer auf dem Stuhl und beobachtete mich interessiert durch die Scheibe, auch wenn sie nicht hören konnte, was ich sagte. Ich räusperte mich.

»Also, ich –« Ich spürte, wie das Novamin jetzt doch zu wirken begann. Ich schwitzte. *Reiß dich zusammen! Ich weiß, du bedauerst nicht gerade den Tod der Schlampe. Bei allem, was sie dir angetan hat. Aber du musst jetzt deine menschliche Seite zeigen. Drück ihnen dein Mitgefühl aus. Es ist für alle schwer, aber als Team werdet ihr das gemeinsam schaffen. Bla bla. Und du hoffst auf eine gute Zusammenarbeit.*

Ich öffnete den Mund, aber ich bekam kein Wort heraus. Es hatte keinen Sinn! Eine Rede konnte ich mir schenken. Dort drüben an meinem Schreibtisch saß meine Zukunft in Form einer übergewichtigen Kommissarin. Sie würde mich verhaften und mein Leben wäre vorbei. Schluss. Aus. Ende. Keine Diskussion.

Ich ließ meine Mitarbeiter stehen und verließ, ohne ein Wort zu sagen, den Besprechungsraum. An meinem Schreibtisch wartete die Kommissarin mit einem Lächeln auf mich. Ich hätte ihr die Fresse polieren können. Ich würde es ihr nicht leicht machen, auch wenn es die letzten Minuten als freier Bürger für mich waren.

»Frau Kommissarin, schön Sie wiederzusehen.«

»Ich wünschte, ich könnte das Gleiche sagen. Aber das wäre gelogen.«

Ich stellte mir vor, wie ich mit dem Monitor auf ihre Visage einschlug.

»Ich habe mehrmals vergeblich versucht, Sie zu erreichen.«

»Ich war in letzter Zeit sehr beschäftigt, wie sie sich sicher vorstellen können. Ich nehme an, Sie sind nicht hier, weil sie meine Gegenwart so schätzen.«

»Da haben Sie recht.« Ihr Lächeln verzog sich zu einem Grinsen. »Sie hatten eine Besprechung? Ich nehme an, es ging dabei um den Tod ihrer Chefin.«

»Das ist richtig«, sagte ich. »Aber das sind natürlich in

erster Linie Interna des Hauses. Das verstehen Sie sicher.«

»Natürlich.« Sie fletschte hyänenhaft ihre Zähne.

»Wissen Sie schon, wie sie –?«

»Sie wurde erwürgt. Wie Frau Henrichs. Wir gehen davon aus, dass es derselbe Täter war.«

»Und wie kann ich Ihnen weiterhelfen? Sie verdächtigen mich doch nicht schon wieder?« Ich versuchte ein spöttisches Lachen, doch es klang hohl und wenig überzeugt.

»Sie müssen zugeben, dass es sehr ungewöhnlich ist, dass in so kurzer Folge zwei direkte Vorgesetzte von Ihnen ermordet werden.«

Ich bemühte mich, einen möglichst entspannten Eindruck zu machen und schwieg.

»Ich will ehrlich zu Ihnen sein. Die Ermittlungen im Fall Henrichs waren im Grunde zum Erliegen gekommen.« Sie bemühte sich um einen vertrauten Tonfall in ihrer Stimme, so als wären wir alte Weggefährten. »Aber jetzt ist das natürlich etwas anderes. Bedenken Sie das Medienspektakel, das ein Serienmord nach sich zieht. Mit Ihnen wollte noch niemand von der Presse reden?«

Ich schüttelte den Kopf. *Das hat dir gerade noch gefehlt, mein Freund. Ein riesiger Pressewirbel, der live bei deiner Verhaftung dabei ist. Deine Kinder werden sich bis in alle Ewigkeit für dich schämen!*

»Wenn wir das berufliche Umfeld betrachten, stellt sich natürlich die Frage, wer von den Morden profitiert. Da dürften Sie mir zustimmen.«

Du bist geliefert, mein Freund. »Und da haben Sie an mich gedacht. Wie Sie wissen, habe ich ein Alibi.«

Sie nickte. »Für den Mord an Frau Henrichs. Aber wo waren Sie zu der fraglichen Zeit, als ihre Chefin ermordet wurde?«

Diese alte Hyäne mit dem fetten Arsch. »Wie ich von ihren

Kollegen am Telefon erfahren habe, handelt es sich um den Montagabend bzw. um die Nacht auf den Dienstag«, sagte ich. *Starke Arme, die dich festhalten. Die keinen Widerspruch dulden.* Ich räusperte mich. »Tatsächlich war ich an dem Abend mit ihr zusammen.«

»Tatsächlich?« Frau Krüger schien freudig überrascht zu sein.

»Wir waren zum Klettern in einer Boulderhalle verabredet.«

»Das ist interessant.« Sie schrieb etwas auf ihren Notizblock. Sie schien keine Ahnung von dem Treffen zwischen meiner Chefin und mir gehabt zu haben.

»Die genaue Adresse muss ich Ihnen raussuchen«, sagte ich.

»Entschuldigung, wenn ich störe.« Der Dutt stand vor meinem Schreibtisch und nickte der Kommissarin freundlich zu. Sie nickte zurück. »Bei uns klingelt in einer Tour das Telefon. Die Presse. Was sollen wir denen sagen? Soll ich das direkt an dich weiterleiten?«

»Ja, das übernehme ich.«

»An dieses Telefon oder ziehst du heute in ihr Büro? Also in dein neues, meine ich.« Er schaute die Kommissarin verschlagen an.

Dieses Arschloch! Was ist los mit dem? Der will dich vor der blöden Kuh schlecht dastehen lassen! Ist doch klar! Wenn die Schlampe von der Polizei weg ist, dann wirst du ihn zur Rechenschaft ziehen! Der soll sich erst mal seine Haare schneiden lassen, der Freak!

»Ich kümmere mich nach dem Gespräch darum, danke«, sagte ich.

Der Dutt nickte uns unterwürfig zu und ging zurück an seinen Platz.

»Entschuldigung, wo waren wir?«

»Wann haben sie das Opfer zuletzt gesehen?«

Ich überlegte. »Das muss vor 22 Uhr gewesen sein. Da schloss die Halle und wir haben sie getrennt verlassen. Sie war bereits weg, als ich aus der Halle kam und nach Hause fuhr.«

»Sie sind also getrennt gekommen und sind getrennt wieder gefahren.«

»Wir sind zusammen von der Arbeit aus zur Halle gefahren und sind getrennt nach Hause gefahren.«

»Sie sind mit dem Auto gekommen?«

»Sie hat mich in ihrem Porsche mitgenommen.«

»Und wie sind Sie nach Hause gekommen?«

»Mit den öffentlichen Verkehrsmitteln.«

»Waren Sie vorher schon einmal mit Ihrer Chefin in dieser Halle?«

»Es war das zweite Mal.«

Sie machte sich jetzt fortwährend Notizen.

Schamlippen, die sich unter Nylon abzeichnen. Ich musste bei der Sache bleiben und mich konzentrieren. Tramal würde jetzt helfen.

»Hat Ihre Chefin erwähnt, ob sie noch Termine an dem Abend hatte?«

Ich schüttelte den Kopf.

»Oder hat sie sonst etwas gesagt, was sie ungewöhnlich fanden? Oder was mit ihrem Mord in Verbindung stehen könnte?«

»Das Privatleben meiner Chefin geht mich nichts an. Und sie hätte mir auch nichts Privates anvertraut. Unser Verhältnis war rein beruflich.«

»Ich verstehe«, sagte Frau Krüger.

Ich notierte die Adresse der Boulderhalle und reichte ihr das Notizblatt.

»Ich werde Ihre Angaben natürlich überprüfen. Bitte

stehen Sie für Rückfragen zur Verfügung. Gehen Sie das nächste Mal an Ihr Handy, wenn ich anrufe. Das erspart uns beiden viel Arbeit. Und davon haben Sie ja jetzt mehr als genug.« Sie zeigte auf das Büro meiner verstorbenen Chefin. Dann erhob sie sich und verließ das Büro. Ihre dicken Beine stampften zielsicher Richtung Ausgang.

Fürs Erste bist du sie los! Die blöde Kuh hat dich nicht verhaftet! Kaum zu glauben. Sie hat nichts gegen dich in der Hand! Aber kein Grund euphorisch zu werden. Du hast nur etwas Zeit gewonnen, mehr nicht.

Die Schlampe wird deine Angaben überprüfen und sie wird mit den Mitarbeitern der Boulderhalle sprechen. Und dann bist du geliefert. Du erinnerst dich, dass euch der Typ beim Sex gesehen hat? Und surprise surprise! Dein Sperma ist in ihrer Fotze. Es heißt also immer noch: Job weg, Frau weg, Kinder weg. Und herzlich willkommen im Knast!

Vielleicht blieben mir noch zwei Tage, wenn die Kommissarin langsam arbeitete. *Mach dir nichts vor! Die will dich hängen sehen! So schnell wie möglich. Von Anfang an hat ihr deine Nase nicht gepasst. Vermutlich ist sie gerade auf dem direkten Weg zu dieser beschissenen Boulderhalle.*

Ich nahm das Tramal aus der Schreibtischschublade und spülte mit etwas Whisky nach. Wenn ich schon ging, dann konnte ich auch erhobenen Hauptes gehen. Ich war Chef von diesem Mist hier. Zumindest für den Rest des Tages. *Spiel den Chef! Setz dich in den Chefsessel. Scheiß egal, ob er noch warm ist! Was spielt das für eine Rolle? Es spielt gar nichts eine Rolle. Wen kümmert schon irgendwas?*

Ich wählte die Kurzwahl der Mitarbeiterin mit dem knackigsten Hintern und wenig später war mein Schreibtisch ausgeräumt.

In der folgenden Nacht schaute ich mehrere Male auf mein Handy, aber von Frau Krüger war weder eine Textnachricht eingegangen, noch hatte sie versucht, mich telefonisch zu erreichen. Ich versuchte gar nicht mehr zu schlafen. Mit offenen Augen lag ich da und hörte den Schnarchlauten meiner Familie zu. *Wie ein Rudel Tiere. So liegen sie hier. Sie haben keine Ahnung, dass das die letzte gemeinsame Nacht mit dir ist. Ab morgen bist du für deine Kinder nur noch eine traurige Erinnerung. Die anderen Kinder werden sie auf dem Schulhof hänseln: »Euer Vater ist ein Mörder! Passt bloß auf, sonst kommen die Killerkinder und bringen euch um.« Deine Kinder werden sich für dich schämen. So wie du dich für deinen Vater geschämt hast. Damals auf dem Schulhof. Als du dich seinetwegen mit dieser Göre geprügelt und den Kampf verloren hast. Deine Kinder werden dich hassen. Und sie haben allen Grund dazu. Du hast ihnen das angetan. Morgen schon werden sie dich abgrundtief hassen.*

Doch weder am Morgen, noch im Verlauf des Tages hörte ich etwas von Frau Krüger. Ich lief nervös in meinem neuen Büro umher, schaute aus dem Panoramafenster auf die anderen, weit größeren Bürotürme und konnte nicht fassen, dass ich immer noch auf freiem Fuß war. Doch darüber freuen konnte ich mich nicht. Ganz im Gegenteil. *Warum meldet sich die Schlampe nicht bei dir? Na komm. Du wirst doch eine Ahnung haben! Nein? Ich will es dir sagen, mein Freund. Ohne mich wärst du komplett aufgeschmissen. Sie lässt dich zappeln! Sie wartet darauf, dass du endgültig den Verstand verlierst. Sie will dich leiden sehen. Und dann schlägt sie zu! Ich sehe schon die vielen Polizisten, die dich aus deinem Chefbüro abführen. Das hämische Grinsen der fetten Kuh. Sie hat über dich gesiegt. Sie bekommt eine Beförderung.*

Und du, mein Freund, stehst vor dem Nichts. Aber tröste dich. Letztlich ist alles eins. In hundert Jahren interessiert das keine Sau mehr. Das ist nur eine Geschichte von vielen. Und nicht einmal eine besonders gute.

Ich versuchte, mich zusammenzureißen, konnte mich aber kaum auf die Arbeit konzentrieren. Das Tramal half etwas, aber lange würde ich das alles nicht mehr ertragen. Das Warten musste ein Ende haben. Wieder und wieder ging ich die Möglichkeit durch, dass ich mich selbst stellte und die Morde zugab. Aber dann hatte ich jedes Mal das hämische Grinsen der Kommissarin vor Augen und entschied mich dagegen. Es musste eine andere Möglichkeit geben, mit der Situation fertig zu werden.

Nachdem ich auch an den zwei folgenden Tagen nichts von der Kommissarin gehört hatte, war ich dem Wahnsinn mehr als nahe. Das Tramal half längst nicht mehr. An Arbeit war unter diesen Umständen nicht zu denken. Ich musste mir anderweitig helfen. *Marihuana! Natürlich! Warum hast du daran nicht gleich gedacht. Das wird dir helfen, dich zu entspannen und auf deine Arbeit zu konzentrieren. Husch, husch, ins Bahnhofsviertel. Da kriegt man alles! Davon ist doch ständig in den Dokus im Fernsehen die Rede. Drogen sind da so einfach zu bekommen wie Süßigkeiten. Also los! Was hast du schon zu verlieren?*

Am Freitagabend stattete ich dem Bahnhofsviertel einen Besuch ab, und es dauerte nicht lange, bis ich von einem Mann Mitte zwanzig angesprochen wurde. So wie in den Dokumentationen sah er allerdings nicht aus. Er war eher wie ein Jurastudent gekleidet. Unter einer Barbour Jacke trug er ein rosa Poloshirt, dessen Kragen er aufgestellt hatte. Hinter einer rahmenlosen Brille musterten mich kleine Augen. Dann sagte er: »Koks, Ritalin. Ich mache Ihnen einen guten Preis.«

»Eigentlich hatte ich an Marihuana gedacht«, sagte ich und schaute mich nach allen Seiten um.

»Kein Problem. Wie viel?«

Ich zuckte mit den Schultern. »Wie viel haben Sie denn?«

Er grinste und zeigte mir eine kleine Tüte. »Reine Vorsichtsmaßnahme. Es ist kein Problem, wenn Sie noch mehr wollen.«

Ich hatte noch nie Drogen gekauft. Vermutlich war es klüger, erst eine kleinere Menge zu testen. »Das reicht«, sagte ich und zeigte auf seine Hand.

»Das macht zweihundert.«

Ich hatte keine Ahnung, ob das ein angemessener Preis war. Bei meinem derzeitigen Gehalt spielte es jedoch keine Rolle. Er hätte auch das Doppelte verlangen können. Ich reichte ihm das Geld.

»Interesse an Koks? Ritalin?«, fragte er und reichte mir unauffällig das Tütchen mit Marihuana.

Ich schaute ihn fragend an.

»Koks ist nicht nur zum Party machen. Das wirkt leistungsfördernd. Das nehmen alle. Viele meiner Kunden schwören aber auf Ritalin. Da sind Sie im Tunnel und können fünf, sechs Stunden durcharbeiten.« Er grinste. »So war die letzte Prüfung an der Uni echt easy.«

Echt easy! Mein Freund, das hört sich nach der Lösung all deiner Probleme an. Du bist wieder im Geschäft.

An diesem Wochenende hatte ich nicht besonders viel geschlafen und spürte die Müdigkeit in meinen Knochen, als ich am Montagmorgen ins Büro kam.

Ich hatte bei dem jungen Schnösel nicht nur das Marihuana, sondern auch Kokain und Ritalin gekauft. Zu Hause hatte ich es unbemerkt ausprobiert und die Wirkung war phänomenal. Das Kokain hatte ich durch die Nase geschnupft, so, wie sie es im Fernsehen immer taten. Die Wirkung hatte augenblicklich eingesetzt. Ich hatte heimlich so viel Whisky trinken können, wie ich wollte und wurde nicht betrunken. Die Schmerzmittel hatten mich in Kombination mit dem Koks überhaupt nicht müde werden lassen. Die Nachmittage über hatte ich mit den Kindern im Garten oder im Haus verbracht und dabei nicht bemerkt, wie die Zeit verflogen war. Als meine Frau abends ins Bett gegangen war, war ich noch bis tief in die Nacht wach geblieben und hatte mir öffentlich-rechtliches Fernsehen angesehen, ohne dabei fluchen zu müssen. Mir war es gut gegangen. *Das ist die Untertreibung des Jahrhunderts! Mein Freund, so gut hast du dich lange nicht gefühlt. Vermutlich noch nie!*

Jetzt saß ich an meinem Schreibtisch und in meinem Kopf breitete sich eine tiefe Mattigkeit aus. Plötzlich überkam mich wieder einmal ein heftiges Zittern. *Du musst dir neues Koks besorgen. In der Mittagspause geht's – husch, husch – ins Bahnhofsviertel! Hoffentlich sitzt der Typ nicht in irgendeiner Jura- oder BWL-Vorlesung. Bis zur Mittagspause wirst du durchhalten. Das schaffst du, mein Freund.*

»Ist alles in Ordnung?« Eine Mitarbeiterin, die ohne anzuklopfen in mein Büro gekommen war, sah mich besorgt an.

Darum musst du dich dann bei Gelegenheit auch mal kümmern! Die haben hier alle zu wenig Respekt vor dir. »Jaja, danke. Vielleicht habe ich mich am Wochenende etwas erkältet«, sagte ich. »Ich war mit den Kindern draußen.«

Die Mitarbeiterin lächelte.

Männer, die Zeit mit ihren Kindern verbringen, kommen bei Frauen immer gut an. Vielleicht geht da mal was bei der?

Bei der hast du einen Chefbonus. Unattraktiv ist die Kleine ja nicht. In ihrem Hosenanzug.

»Kann ich dir vielleicht einen Tee bringen?«, fragte sie.

»Vielleicht ist das eine gute Idee«, sagte ich.

»Mit Honig?«

»Das wäre nett.«

Sie nickte. Kurz bevor sie mein Büro Richtung Teeküche verließ, drehte sie sich noch einmal um. »Das wollte ich ja eigentlich sagen.« Sie lachte über ihre Vergesslichkeit. »Leander ist heute wieder nicht da.«

»Wer?«, fragte ich.

»Leander. Er fehlt jetzt schon seit letzten Donnerstag. Ohne Krankmeldung.«

Ich schaute sie begriffsstutzig an.

»Unser Kollege mit dem langen Haar«, sagte sie.

Ach der Dutt! Leander, Lars, Lukas ... Ist doch völlig egal! Was interessiert dich dieser Milchbubi? Was denkt die denn? Dass du nichts anderes zu tun hast? Du musst hier bald andere Seiten aufziehen!

»Ich versuche, ihn noch einmal zu erreichen«, sagte die Kollegin, als sie meinen Blick bemerkte.

»Gut«, sagte ich. »Bitte schließ die Tür hinter dir.«

Endlich verließ sie mein Büro.

Etwas nervig ist sie ja, aber ihr Körper ist nicht schlecht. Und sie macht alles für ihren Chef! Sie macht sicher gern Überstunden für dich. Wenn du weißt, was ich meine ... Im Kopierraum legst du den Arm um ihre Taille und ziehst sie an dich heran. Sie schaut irritiert. Was denn? Nur, weil sie fünfzehn Jahre jünger ist als du? Die soll sich mal nicht so haben! Du küsst sie. Sie erwidert zwar nicht den Kuss, lässt ihn aber über sich ergehen. Du fährst mit deiner Hand unter ihren Rock. Jetzt wehrt sie sich etwas. Aber sie sagt nichts. Du hältst sie fest im Griff. Deine Hände liegen um ihren Hals.

Wie von selbst drücken sie immer fester zu. Sie versucht zu schreien, aber aus ihrer Kehle kommt nur ein leises Röcheln.

Ich spürte, wie sich in meiner Hose etwas regte, während sich sonst alle Glieder meines Körpers schlaff anfühlten. Nach solchen Gedanken stand mir jetzt wirklich nicht der Sinn. Ich sollte mir lieber etwas einfallen lassen, wie ich die Zeit bis zur Mittagspause überbrücken könnte. *Du Dödel! Du bist jetzt der Chef. Geh einfach! Deswegen stehst du jetzt ganz oben in der Nahrungskette, du Hanswurst. Du hast auswärts einen wichtigen Termin. Schluss. Aus. Ende. Keine Diskussion.*

Ich zitterte am ganzen Körper. War es eine gute Idee, jetzt das Büro zu verlassen? Schließlich wollte ich jedes Aufsehen vermeiden. Zumindest, bis die Kommissarin mir nicht mehr im Nacken saß. *Was bist du nur für ein feiger Kerl! Na schön. Ich helfe dir. Wieder einmal. Das Ritalin! Du hast es noch immer in deiner Tasche. Hol es raus, und nimm etwas. Dann geht es dir besser. Gönn dir was, mein Freund!*

Vor der Glasscheibe neben meinem Schreibtisch ließ ich die Jalousien herunter. So war dieser Teil meines Büros für meine Mitarbeiter nicht einsehbar. Ich nahm das Ritalin aus meinem Rucksack und betrachtete die kleinen Tabletten, bevor ich zwei davon mit Wasser herunterschluckte. Ich hatte keine Ahnung, wann sie anfangen würden zu wirken.

Ich ließ mich in den Sessel fallen. Es klopfte an der Tür.

»Herein«, sagte ich genervt.

»Entschuldige die Störung. Ich habe gehört, dir geht es nicht gut.« Ein Kollege in einem teuer aussehenden Anzug trippelte ins Büro und blieb vor meinem Schreibtisch stehen. »Ich habe die immer dabei. Für den Notfall.« Er reichte mir eine Pappschachtel. »Einfach in Wasser auflösen. Das wirkt Wunder.«

Ich schaute auf die Verpackung. Es war zwar kein Kokain,

aber besser als nichts. »Danke«, sagte ich und tat so, als würde ich mich wieder meiner Arbeit zuwenden.

Es klopfte im Türrahmen. »Mit extra Honig«, säuselte die Kollegin. Sie kam herein, stellte eine dampfende Teetasse auf meinen Schreibtisch und blieb erwartungsvoll vor mir stehen. Sie widerte mich an. Beide widerten mich an.

Langsam wird's voll in deinem Büro, Chef. Sieh sie dir nur an! Diese kleinen Arschkriecher! Jeder trägt plötzlich einen Anzug. Ist dir das aufgefallen? Jeder will einen Teil vom Kuchen. Der Schleimer mit seinem Scheißmedikament kommt ganz nach unten auf die Beförderungsliste. Der wird kein Teamleiter. Und bei der Büromaus müssen wir noch mal gucken, wie sie sich so anstellt. Du weißt, was ich meine.

»Ich muss dann auch mal wieder an die Arbeit«, sagte ich, ohne meinen Blick vom Bildschirm abzuwenden.

Die beiden schlichen aus dem Büro und schlossen leise die Tür hinter sich. *Geht doch!*

Ich starrte auf den Bildschirm vor mir, aber es war aussichtslos. Ich würde mich niemals auf die Arbeit konzentrieren können, auch wenn das Zittern nachgelassen hatte. Aber vielleicht bildete ich mir das auch nur ein.

Ich verbrachte die nächste Stunde damit, zwischen Bildschirm und Fenster hin und her zu schauen. Doch plötzlich merkte ich, dass die Gedanken in meinem Kopf aufhörten, sich im Kreis zu drehen. Wie war das möglich? *Das Ritalin, mein Freund. Es fängt an zu wirken.*

Es gelingt dir, die ersten Zeilen des Dokuments zu lesen. Du erfasst den Inhalt. Du nimmst ihn mühelos in dir auf. Zeile für Zeile. Absatz für Absatz. Du stellst fest, dass du bereits die ersten Seiten durchgearbeitet hast. Und jetzt den gesamten Text. Du setzt dich an die Kalkulation, die du seit gestern vor dir herschiebst und stellst sie fertig. Vollkommen mühelos. Es ist alles im Fluss. Du arbeitest und vergisst die Zeit.

6

»Freut mich, wenn die Kundschaft zufrieden ist.« Er lächelte schief. Heute trug er unter seiner Barbour Jacke einen babyblauen Pullover von Lacoste.

Ich hatte bis in den späten Nachmittag hinein durchgearbeitet und dabei wie in Trance jedes Zeitgefühl verloren. So produktiv war ich seit langer Zeit nicht mehr gewesen. Vermutlich noch nie. Ich hatte schließlich noch etwas Ritalin genommen und so bis in den Abend hinein ungestört arbeiten können. An die Kommissarin hatte ich überhaupt nicht mehr gedacht.

»Wie beim letzten Mal?«, fragte er.

»Ich hätte gern mehr, wenn das möglich ist.« Ich war entschlossen, mir einen Vorrat anzulegen. »Kokain und Ritalin. Ich habe zweitausend Euro bei mir«, sagte ich.

»Kein Problem. Warten Sie hier einen Moment.« Er schaute sich um und ging dann tiefer in den Park hinein.

Mein Blick fiel auf meinen Volvo, der an der gegenüberliegenden Straßenseite auf mich wartete. Auf der Fahrt hierher war mir aufgefallen, dass der Wagen sich ein wenig schwammig steuern ließ. Ich beschloss, dass möglichst bald von dem Autohaus untersuchen zu lassen. Immerhin handelte es sich um ein nigelnagelneues Auto. *Man kann sich von den Leuten auch nicht alles gefallen lassen!*

Nach kurzer Zeit kam der Drogendealer mit einem Rucksack unter dem Arm zurück. Er öffnete den Reißverschluss und hielt mir den geöffneten Rucksack entgegen. »Koks und Ritalin, für zweitausend«, sagte er. »Die Gym-Bag geht auf mich. Geschenk des Hauses.« Er grinste schief.

Ich gab ihm das Geld und nahm den Rucksack entgegen. Er war überraschend leicht.

»Empfehlen Sie mich Ihren Freunden«, sagte er und ging

zurück in den Park.

Ich sah ihm noch eine Weile nach, bis ich zu meinem Volvo ging. Bevor ich einstieg, schaute ich mich auf der Straße um. Es war nichts Auffälliges zu erkennen. Einzelne Fußgänger gingen durch fahle Lichtkegel. Wie aus dem Nichts fiel mir das alte Bürogebäude ein, in dessen Keller ich so oft hinabgestiegen war. Es musste hier irgendwo ganz in der Nähe sein. Ich hatte es eine Ewigkeit nicht mehr gesehen. Ich überlegte, ob ich nicht kurz daran vorbeifahren sollte, entschied mich dann aber dagegen. Es war schon spät und meine Frau wartete bereits auf mich.

Ich stieg in den Volvo, öffnete den Rucksack und holte ein Tütchen mit Kokain heraus. *Nur für den Nachhauseweg, mein Freund. Keine große Sache!* Ich holte mit meinem Zeigefinger etwas von dem weißen Pulver heraus und zog es durch die Nase ein. *Jetzt kommt die Sache ins Rollen! Wir sind wieder da.* Ich verstaute das Tütchen im Rucksack, den ich auf den Beifahrersitz legte. *Es kann losgehen!*

Ich startete den Motor, wendete den Wagen und fuhr in die Richtung, aus der ich gekommen war. Dank des Kokains steuerte ich den Wagen wieder mühelos. *Alles klar! Wir sind im Rennen. Du kommst pünktlich nach Hause und deine Frau wird nichts merken. Du bist auf Betriebstemperatur, mein Freund. Alles funktioniert. Mehr als das. Du kratzt gerade an dem einen Prozent, das nach hundert kommt. Die kleinen Scheißer liegen dir alle zu Füßen! Alle kriechen sie dir in den Arsch. Und du kriechst bald in den Arsch der kleinen Büromaus. Warts nur ab! All diese Businessfrauen in ihren Kostümen und Hosenanzügen. Mit ihren sündhaft teuren Handtaschen und Accessoires. Ihren figurbetonten Hemden und umgeschlagenen Ärmeln. Alle kriechen sie dir in den Arsch.*

In diesem Moment nahm ich aus dem Augenwinkel etwas Rotes auf dem Fußgängerweg wahr. Ich wusste sofort, dass es sich um die rothaarige Frau handelte, auch wenn das unmöglich sein konnte. Ich sah in ihre Richtung und zuckte zusammen. Es war nicht die rothaarige Frau, die ich so oft auf dem Fernseher gesehen hatte. Es handelte sich um meine Chefin. Um meine tote Chefin. Ich sah sie ganz klar vor mir. Sie sah aus wie immer und war elegant gekleidet. Sie trug einen eng geschnittenen Businessanzug, der ihren muskulösen Körper betonte. Doch statt ihres Pagenschnitts, fielen lange rote Haare ihre Schultern herab.

Mir brach der Schweiß aus.

Sie schaute mich jetzt an und lächelte. Dieses Lächeln durchbohrte mich, ließ mich bewegungsunfähig werden. Wie damals im Umkleideraum. Ich starrte sie an und konnte es nicht fassen. Wie war das möglich?

Das alles konnte sich höchsten in ein oder zwei Sekunden abgespielt haben, doch kam es mir wie eine Ewigkeit vor.

Als sie aus meinem Blickfeld verschwand, merkte ich, wie sich die Zeit wieder beschleunigte, um schließlich in ihrer gewohnten Geschwindigkeit abzulaufen.

Ich schaute zurück auf die Fahrbahn und fuhr, ohne reagieren zu können, in eine Bushaltestelle.

7

Das Kissen schmiegte sich weich an mein Gesicht. Es fühlte sich gut an. Wie lange war es her, dass ich die Augen zugemacht und geschlafen hatte? Ich sollte mich ausruhen. Aber etwas stimmte nicht. Ich hatte nicht die üblichen Schmerzen in der rechten Gesichtshälfte. Vielmehr fühlte sich mein Schädel an, als würde er in einem Schraubstock zusammengepresst.

Ich öffnete langsam meine Augen. Die vagen Umrisse und

Schemen passten nicht zum Mobiliar unseres Schlafzimmers. Es war mir nicht möglich, einzuordnen, was sich vor meinen Augen abspielte. Ein Stöhnen entfuhr meinem Körper.

Ich hörte ein Klopfen. Waren das die Kinder? Konnten sie mich nicht einmal in Ruhe schlafen lassen? Jetzt riefen sie auch noch etwas. Es hörte sich dumpf und aufgeregt an. *Das sind nicht deine Kinder, mein Freund. Hör genau hin!*

Ich hob den Kopf, der jetzt von dem Schraubstock noch weiter zusammengepresst wurde.

»Hallo? Hallo! Hören Sie mich?!« Jemand klopfte gegen die Scheibe der Fahrertür.

Ich schaute mich benommen um und verstand noch immer nicht, wo ich mich befand.

»Geht es Ihnen gut? Sind Sie verletzt?«

Ich grunzte etwas und verstand meine eigene Stimme nicht. *Mit deinem alten Saab wäre dir das nicht passiert!* Dann verlor ich das Bewusstsein.

Du bist im Garten deiner Eltern. Es ist ein Traum. Das weißt du jetzt. Gleich wird die rothaarige Frau erscheinen und dich verführen. Du wirst an ihren nackten Füßen und Beinen emporschauen, du wirst ihr Schamhaar sehen, ihre schlanke Taille und schließlich ihre Brüste. Sie wird dich mit ihren grünen Augen ansehen und sie wird lächeln. Unendliches Grün, unendliches Lächeln.

Und tatsächlich. Du siehst die roten Haare, wie sie auf dich zukommen. Die Locken schaukeln, fallen auf nackte Schulterblätter und heben sich wieder. Du kennst sie, doch du weißt nicht woher. Es will dir nicht einfallen. So sehr du dich auch anstrengst. Die roten Haare waren immer da. Sie waren immer schon ein Teil von dir, von deiner Existenz.

Du spürst, wie etwas deine Hand berührt. Du entdeckst einen roten kleinen Punkt auf deinem Handrücken. Dann noch einen und noch einen. Du schaust nach oben. Die Sonne steht hoch am Himmel und brennt gnadenlos. Rote Flocken fallen vom Himmel. Erst denkst du, dass es sich um eine optische Täuschung handelt. Doch es beginnt immer stärker zu schneien. Roter Schnee beginnt sich auf alles zu legen. Rasen, Sträucher, Bäume. Über allem liegt ein roter Teppich aus Schnee.

Du bemerkst, dass die rothaarige Frau verschwunden ist. Du gehst an die Stelle, an der sie gestanden hat. Doch nichts ist zu sehen. Du bist allein. Niemand ist hier. Es schneit unaufhörlich. Du siehst nichts außer rotem Schnee. Instinktiv reibst du deine Hände aneinander. Aber dir ist nicht kalt. Du faltest die Hände wie zum Gebet. Wie damals, denkst du. Als es noch geholfen hat. Und dann irgendwann nicht mehr. Du kniest nieder und schließt die Augen. Roter Schnee schmiegt sich warm an deine nackten Beine.

Wenn du dir deine Schwester vorstellst, dann wird sie hier vor dir stehen. Wenn du nur fest genug an sie glaubst, dann werden sich ihre Konturen nach und nach herausbilden, bis du sie sehen kannst. Doch es gelingt dir nicht, dich an sie zu erinnern. Dir ihr Gesicht vorzustellen, ihren Körper. Den Körper eines Kindes. Sie gleitet dir davon. Immer und immer wieder. Je mehr du versuchst, dir ihr Gesicht vorzustellen. Die Umrisse verpuffen in Zeitlupe, wie Staub in der Luft.

Du bist allein. Du wirst immer allein sein.

Sie ist deine Schwester. Ihre langen Haare wehen im Wind der Schaukel. Hin und her. Sie schimmern in der roten Sonne. Ihr Lachen kann Eisberge zum Schmelzen bringen, sie ist vollkommen.

Sie war vollkommen. Sie würde kein mittelmäßiges Leben führen. Sie würde leben und die Welt um sich herum zum Blühen bringen. Warum ist sie längst zu Erde verrottet? Und du lebst?

Du öffnest die Augen. Das ist der letzte Traum, den du in deinem Leben haben wirst. Ab jetzt, mein Freund, wird nicht mehr geträumt.

✳

Ich wache auf und fühle mich matt und leer. Als würde ich von einer Reise zurückkehren, an die ich mich nicht erinnern kann.

Ich öffne die Augen. Das grelle Licht brennt auf meiner Netzhaut, Schemen tanzen herum. Allmählich tauchen Umrisse auf, um kurz darauf wieder zu verschwinden. Diese Bettwäsche habe ich vorher nie gesehen. Wo bin ich? Etwas steckt in meinem Arm. Warum steckt ein Tropf in meinem Arm? Was ist passiert?

Ich muss in einem Krankenhausbett liegen. Ich versuche, mich umzusehen, und erkenne Apparate, die im rhythmischen Abstand blinken und piepen. Ich muss daran denken, wie ich mit Finn verstecken spielte, als er noch kleiner war. Piep, piep, piep. Papa, piep doch mal!

Gedanken und Erinnerungen springen wirr in meinen Kopf herum. Mein Gehirn muss ordentlich durchgerüttelt worden sein, aber ich habe keine Schmerzen. Im Gegenteil. Es geht mir gut. Ich taste über mein Gesicht, die Schmerzen sind verschwunden.

Was ist das Letzte, woran ich mich erinnere? Ein Bild taucht vage vor mir auf. Ich bin ins Auto gestiegen und losgefahren. Die Szenerie wird unklar und verschwimmt schließlich wieder vor meinen Augen. Ich kann mich nicht erinnern.

Ich sehe mich um. Es ist niemand hier außer mir. Was ist

mit meiner Familie? Wissen sie, wo ich bin? Ich muss meine Frau anrufen und ihr sagen, dass es mir gut geht.

Ich richte mich auf und sehe instinktiv aus dem Fenster. Eine Wolkendecke, grau und dicht, verdunkelt den Himmel. Diffuses Licht scheint durch die schmierige Scheibe. Eine Schar Krähen hat sich in den Bäumen vor meinem Fenster niedergelassen. Die Krähen starren mich an. Was sehen ihre kleinen schwarzen Augen?

Sie sehen Lillys kleinen Körper im viel zu großen Krankenhausbett liegen. Wie damals, als meine Schwester im Sterben lag.

Die Krähen reißen ihre Schnäbel auf, sie feixen über mich. Wobei sie jede Unachtsamkeit ihrer Artgenossen nutzen, um aufeinander einzuhacken. Mehr und mehr Vögel lassen sich auf den Bäumen vor meinem Fenster nieder.

Einer der Vögel sitzt abseits und starrt mich an.

Meine Nackenhaare stellen sich auf.

Die Türklinke wird heruntergedrückt. Ich zucke zusammen und starre auf den Türspalt, der sich vor mir auftut. Kein Zweifel, das ist das Ende.

Klack – klack – klack, klack – klack – klack – klack. Natürlich weiß ich, dass es ihre Stöckelschuhe sind. Ein letzter Hall dringt zu mir ins Zimmer, bevor die Stöckelschuhe verstummen. Ich weiß, was zu tun ist.

Wie von selbst erhebe ich mich und setze einen Fuß nach dem anderen auf den kalten Linoleumboden. Alles ist absolut klar.

Ich gehe auf die geöffnete Tür zu und werde von etwas zurückgehalten. Mein Arm blutet. Ich habe den Tropf herausgerissen, der sich nun schlaff wie eine tote Schlange auf dem Boden kräuselt.

Ich öffne die Tür und horche hinaus. Nichts ist zu hören. Ich betrete den Flur und stelle fest, dass er menschenleer ist. Kein Krankenhauspersonal ist zu sehen.

›Ping.‹ Auch dieses Geräusch ist mir vertraut. Ich gehe zum Ende des Flures, der Boden fühlt sich warm und vertraut an. Meine nackten Füße gehen stetig über das Linoleum und haben bald ihr Ziel erreicht. Sie bleiben vor dem offenen Aufzug stehen. Rechts führt ein weiterer Gang tiefer in die Krankenhauskulisse hinein. Doch ich weiß, dass dies nicht mein Weg ist.

Ich steige in den Fahrstuhl und drücke die Taste. Kurz bevor sich die Türen des Aufzugs schließen, nehme ich drei Gestalten wahr, die mich ansehen. Ich weiß, dass ich sie schon einmal gesehen habe. Der Aufzug hat sich längst in Bewegung gesetzt, doch ihre Silhouetten haben sich auf meiner Netzhaut festgebrannt. Die Gestalten wollten, dass ich nicht den Aufzug betrete, sondern weiter den Gang entlanglaufe. Doch diesen Gefallen habe ich ihnen nicht getan. Ich muss an die Krähen denken und weiß, dass sie nicht mehr in den Bäumen vor dem Fenster sitzen, sondern längst davongeflogen sind.

Als ich im Kellergeschoss ankomme, öffnen sich die Türen und ich betrete einen hellerleuchteten Gang. Ich durchschreite die Lichtkegel der Deckenstrahler und komme an der Tür an. Sie ist bereits einen Spalt geöffnet, so als hätte sie auf mich gewartet. Ich öffne sie weiter und betätige den Lichtschalter.

Ich stehe in einem fensterlosen Keller, vor mir befindet sich die Spiegelwand, die ich so oft gesehen habe. Sonst ist der Raum leer.

Ich höre meine nackten Füße auf dem steinernen Boden, während ich auf die Wand zugehe, auf mein Spiegelbild zugehe, das nicht mein Spiegelbild ist. Es ist das Bild von etwas anderem, das aus einer fremden Welt auf mich zukommt. Etwas Feuchtes rinnt mein Bein herunter und tropft auf den nackten Boden. Es ist mein Blut. Aber ich habe keine Schmerzen.

Ich gehe auf die Gestalt im Spiegel zu, einer ölig schimmernden Version meiner selbst. Wenn ich mich konzentriere, sehe ich Augenhöhlen, die mich dumpf betrachten. Es zeichnet sich immer deutlicher ein Gesicht aus dem schmierigen Film heraus. Erst denke ich, dass es mein eigenes Gesicht ist, und zum Teil stimmt es auch. Aber da ist etwas anderes.

Fast berührt meine Nase das Glas. Lila, grün und gelb tanzt der Film vor meinen Augen. Es fordert mich auf. Doch das ist gar nicht nötig. Ich habe mich längst entschieden.

Ich mache den letzten Schritt. Ich allein. Ein Lächeln huscht über mein Gesicht.

3, 2, 1 – los.

**

Ich gleite mit dem California Zephyr durch die Sierra Nevada den Donnerpass hinauf. Die Sonne steht hoch am Himmel und reflektiert das Weiß des Schnees, der um mich herum immer dichter wird. Vor mir wird meine letzte Station sein, dann bin ich am Ziel. Ich bin nicht verwundert darüber, dass ich der einzige Passagier im Zug bin. Das ist meine Reise.

Ich muss an meine Familie denken. Durch das Fenster zeichnen sich riesenhafte Weißkiefern ab, die erhaben ihre weiße Last erdulden. Eines Tages werde ich meine Familie wiedersehen. Da bin ich mir sicher.

Der Zephyr hält an einem Bahnsteig, der mich mit einer absoluten Stille empfängt. Ruhig schaue ich mich um. Es ist keine Menschenseele zu sehen. Das alte Bahnhofsgebäude mit seiner Holzkonstruktion könnte einem Wildwestfilm entsprungen sein. Keine Sprayereien. Überall nur Weiß, unendliches Weiß.

Am Ende des Bahnsteigs nehme ich eine Gestalt wahr und gehe langsam auf sie zu. Die Silhouette kommt mir bekannt vor. Ich habe sie in der anderen Welt schon einmal gesehen. In der Welt, die nun für immer hinter mir liegt. Ich komme näher und erkenne eine Person in einem Schaukelstuhl, der langsam vor- und zurückwippt. Der alte Mann tippt mit zwei Fingern an seinen verschlissenen Hut, so wie es die Cowboys in den Filmen machen. Ich bleibe vor dem alten Mann stehen und sehe sein schiefes Grinsen, das mir unendlich sympathisch ist. Jetzt wird mir klar, dass es der alte Mann mit dem Mayonnaiseglas ist, bei dem ich damals das vergilbte Heft mit den Tagebuchauszügen gefunden habe. Er sieht mich für eine Ewigkeit mit gütigen Augen an. Schließlich erhebt er sich und klopft mir im Vorübergehen auf die Schulter. ›Du bist angekommen‹, soll es heißen. ›Mach dir keine Sorgen mehr. Ich kümmere mich um den Rest.‹

Ohne sich noch einmal umzudrehen, steigt er in den einzigen Waggon des Zephyrs, der sich schnaufend wieder in Bewegung setzt und langsam in die Richtung zurückfährt, aus der er mich hierher brachte.

Ich schaue dem Zug noch lange nach. Auch als ich ihn schon längst nicht mehr sehen kann, bleibe ich wie angewurzelt stehen und starre auf die leeren Schienen, die sich eisig hinunter in das verschneite Tal schlängeln.

Plötzlich nehme ich ein vertrautes Schimmern wahr. Silbern sehe ich Metall hinter einem mit Schnee überzogenen Holzzaun glitzern. Ich lächle, gehe darauf zu und laufe die letzten Meter.

Die Sonne lässt den Lack in meinen Augen funkeln. Ich berühre schließlich meinen alten Saab, der aussieht, wie am Tag als ich ihn gekauft habe. Eine Freudenträne rinnt über meine Wange, als ich in den Wagen steige. Das Lenkrad schmiegt sich warm an meine Hände. Ich starte den Motor und ein sattes Brummen ertönt, gefolgt von dem Radio. »He looks on, doesn't look back«, höre ich Phil Collins aus den Lautsprechern singen. »Ganz genau«, sage ich laut. »Es gibt kein schlechtes Gewissen mehr.«

Ich setze zurück, um den schmalen Pfad den Berg hinaufzufahren. Ich öffne die Fenster, kühle Luft durchströmt den Wagen. Links und rechts nur Weiß, unendliches Weiß. Nach etwa einer halben Stunde erreiche ich mein Ziel. Die schlichte Holzhütte liegt verlassen da, niemand scheint sich hier oben aufzuhalten.

Ich steige aus und betrachte das Panorama. Beim Anblick der Landschaft verschlägt es mir die Sprache. Alles ist in Weiß gehüllt. Die Bäume und Wiesen an den Berghängen sind mit einer dichten Schneedecke überzogen. Der Fluss, der eigentlich von Norden hinab in einen kleinen See fließt, ist zugefroren und funkelt in der Sonne. Weit und breit ist keine Menschenseele zu sehen. Keine Nachbarn und keine Gartenzäune. Ich bin allein, von einer eisigen Stille umgeben.

Nie wieder werde ich in den Keller hinabsteigen.

Ich löse mich von dem Anblick und gehe auf die Veranda zu. Ich will gerade einen Fuß auf die Schwelle setzen, da wird die schwere Holztür aufgerissen. Lilly und Finn stürmen mir entgegen. Ich schließe sie in die Arme. Freudentränen, gefolgt von Küssen und Liebkosungen.

»Sie haben es einfach nicht mehr ausgehalten, auf ihren Papa zu warten«, sagt meine Frau mit einem Lächeln.

Verblüfft sehe ich sie an. Ihre neue Frisur steht ihr ausgezeichnet. Die roten Haare hat sie zu einem Dutt nach hinten gebunden. Ich gehe auf sie zu und weiß nicht, was ich sagen soll.

»Ist schon gut«, sagt sie und umarmt mich. »Es liegt hinter uns.« Sie gibt mir einen Kuss, in dem die ganze Welt zu liegen scheint. »Und jetzt kommt rein. Es ist kalt hier draußen.« Sie lächelt mich an.

❋ ❋ ❋

Ich knie mich neben sie und betrachte ihren nackten Körper. Die Augen sehen mich stumm und ausdruckslos an. Da ist keine Anklage, kein Mitleid. All dies wären nur Sentimentalitäten, die sich gegenüber dem Fleisch verbieten, das man verzehren wird. Ein toter Körper ist ein toter Körper. Da ist weiter nichts.

Obwohl ich zugeben muss, dass es bei den ersten Versuchen des Zerlegens zu Unachtsamkeiten meinerseits gekommen ist, die gute Stücke des Fleisches ruiniert haben. Mittlerweile habe ich eine gewisse Routine entwickelt. Den Fernseher mit dem Anleitungsvideo lasse ich lediglich als eine Art Gewohnheit laufen. Ich schaue nicht mehr auf das Bild, in dem mein Spiegelselbst die Arbeitsabläufe Schritt für Schritt erklärt.

»Finn, beeil dich bitte mit dem Holz. Ich sag es nicht noch einmal«, höre ich meine Frau aus der Hütte, gefolgt von einem Schlurfen und einem Quietschen der Tür. Im Schuppen muss noch etwas Öl sein, denke ich bei mir. Es wird Zeit, die Tür mal wieder zu schmieren.

Finn kommt missmutig zu mir herüber. In einer anderen Welt hätte er die Tür hinter sich zugeschlagen. Aber hier brauchen wir keine Zugluftstopper. Ich wuschle ihm über den Kopf, was er sich gefallen lässt. Noch ist er in dem Alter und er wird es immer sein.

»Mein Sohn, die lästigen Hausarbeitspflichten gehören dazu. Sonst wäre vermutlich alles unglaubwürdig.«

»Ich weiß«, seufzt er.

Ich verstehe ihn. Welcher Junge in seinem Alter hat schon Lust, bei der Hausarbeit zu helfen.

»Beim nächsten Mal kannst du mir zur Hand gehen. Was hältst du davon?«

Seine Augen strahlen mich an. »Ehrlich? Du wolltest es doch immer allein machen.«

»Vielleicht ist es an der Zeit. Langsam wirst du erwachsen«, sage ich und weiß, dass es nicht stimmen kann.

Finn nickt stolz.

»Und jetzt hol lieber das Holz, mein Sohn. Sonst geht der Zorn deiner Mutter über uns allen nieder.«

Wir lachen und Finn stapft durch den Schnee Richtung Holzschuppen. Sein Atem stößt sanfte Wolken in die kalte Luft.

Ich wende mich wieder meiner Tätigkeit zu und wähle ein spitzes Messer. Ich steche in den Hals, genau an die Stelle zwischen den Schlüsselbeinen. Dort ist der Hals am weichsten. Mühelos lege ich die Luft- und Speiseröhre frei und schneide sie und die darum liegenden Muskeln durch. So hängt der Kopf nur noch an der Halswirbelsäule, die ich mit kräftigen Schnitten durchschneide. Ich lege den abgetrennten Kopf zur Seite, um ihn später zu den anderen zu bringen. Es ist nicht nur eine Frage der Ernährung, sondern auch eine des Respekts und der Anerkennung seiner eigenen Tätigkeit, aber auch dem Werkstoff gegenüber.

Es gibt nur wenige Menschen, die das nachvollziehen, die das wirklich in ihrer ganzen Tragweite verstehen können. Der alte Mann ist so jemand. Ihm muss ich nichts erklären. Unten am kleinen, vom Schnee bedeckten, Bahnhof hole ich die Körper bei ihm ab. Vielleicht bringt er sie mit dem California Zephyr hierher. Das ist nur eine Mutmaßung von mir und nicht weiter von Belang.

Ich mache mich daran, das rechte Schultergelenk freizulegen, wobei sich die Muskeln und Sehnen als widerspenstig erweisen. Natürlich weiß ich, welche Schnitte gemacht werden müssen, um zu den Gelenken vorzudringen. Ich nehme ein größeres Messer und arbeite eine geraume Zeit, bis ich den ersten Arm vom Körper abnehmen kann. Ich bemerke den Schweiß, der von meiner Nasenspitze in den blutigen Schnee tropft. Das gehört dazu. Ohne Schweiß kein Preis. Über diesen Spruch lächelnd, nehme ich mir den linken Arm vor. Ich verfahre mit ihm genauso, trenne ihm vom Torso und lege ihn schließlich parallel zum anderen Arm in den Schnee.

Ich mache mich an die Abnahme der Beine und bearbeite erst das rechte und dann das linke Bein. Das ist eine Angewohnheit von mir. Im Anleitungsvideo geht mein Spiegelselbst von links nach rechts vor. Folglich gehe ich spiegelverkehrt zu meinem Spiegelselbst vor. Ich weiß nicht, ob es so sein muss. Diese Freiheit nehme ich mir einfach heraus. Ich reihe die Beine neben den Armen im Schnee auf. Rot breitet sich das Blut um die abgetrennten Körperteile aus und bildet dabei ein Muster, das mich an Rosenblüten erinnert.

»Schatz, ich will dich nicht drängen. Aber bist du bald fertig? Die Kinder haben langsam Hunger.« Meine Frau steht hinter mir in der Tür.

»Mit den Armen und Beinen bin ich fertig.« Ich recke meinen Daumen in die Luft, ohne den Blick von dem Rosenbukett vor mir im Schnee zu nehmen. »Es dauert nicht mehr lang.«

»In Ordnung. Lilly und ich decken den Tisch und Finn macht Feuer.«

»Danke Schatz. Liebe dich.«

»Ich dich auch.« Meine Frau schließt die Tür hinter sich.

Ich werde mit dem Ölen der Tür warten. Ihr Quietschen gefällt mir.

Ich betrachte den Rumpf vor mir. Die Brüste haben etwa die Größe von Pampelmusen und sind schön geformt. Würde meine Schwester mich verstehen, wenn sie mich jetzt hier im roten Schnee knien sehen würde, die Hände in der Arbeit vergraben? Sie ist nicht hier und sie wird niemals hier sein. Sie gehört hier nicht hin. Das weiß ich.

Das Entfernen der Organe bereitet mir schon lange keine großen Probleme mehr, auch wenn es sich anfangs als tückisch erwies. Das Problem ist nicht der Schnitt, den man waagerecht über den Bauch platziert und durch den man einen guten Überblick über die Innereien erhält. Vielmehr erwiesen sich die Organe als äußerst glitschig. So bekam ich anfangs nur mit Mühe die dunkelrote Leber zu fassen. Sie glitt mir wieder und wieder aus den Händen und plumpste in den Schnee.

Heute bereitet mir das keine großen Umstände mehr. Ich übertreibe nicht, wenn ich sage, dass jeder Handgriff einigermaßen sitzt und ich meine Profession gefunden habe. Wer hätte das von mir gedacht? Früher habe ich mich nicht gerade als kompetenter Handwerker und Gärtner erwiesen. Aber das liegt nun hinter mir.

Ich setze einen großen Schnitt, schneide präzise jedes Organ aus dem Bauchraum heraus und lege es in die eigens dafür bestimmte Schale. Es hat sich herausgestellt, dass Lilly nicht genug von gebratenen Nierchen mit Zwiebeln bekommen kann. Das finde ich bemerkenswert. Es wird nicht viele Kinder in ihrem Alter geben, die diese Vorliebe mit ihr teilen.

In Gedanken versunken – das passiert mir nur noch äußerst selten – rutsche ich mit dem Messer ab und es dringt tief in den Magen ein. Zugegeben, der Geruch, der mir entgegenströmt, ist äußerst intensiv. Dafür entschädigt ein

Blick in den Magen hinein. Es ist stets aufschlussreich, welche Speisen – mehr oder weniger verdaut – verzehrt worden sind. Gerade zeigt sich ein gelbroter Brei, der mit unzerkauten Stücken gespickt ist. Vermutlich die Reste einer Pizza. Keine gesunde Lebensweise. Aber darüber muss sich wohl niemand mehr Gedanken machen.

Ich lächle, obwohl der Mageninhalt hervorquillt und sich über den Torso verteilt. Nobody ist perfect. Das nächste Mal wird mir das nicht passieren. Ich habe gelernt, mit meinen Fehlern umzugehen und mich deswegen nicht verrückt zu machen. Hier habe ich alle Zeit, meine Arbeit zu perfektionieren.

* * *

»Guck mal. Ich mach das ganz allein«. Lilly beißt von einem großen Stück Fleisch ab und hält es in ihren kleinen Händen. Blut tropft dabei auf ihr Kleid.

Draußen hören wir den Schneesturm. Bei uns drinnen brennt ein behagliches Feuer. Es ist schön, hier zu sein.

»Bitte rück näher an den Tisch und iss über dem Teller«, sagt meine Frau und wischt an Lilly und dem Tisch herum.

»Hab ich ja«, sagt Lilly zuckersüß. Wer könnte ihr da ernsthaft böse sein?

Finn grinst und rammt ebenfalls seine Zähne in das Fleisch, Blut rinnt an seinen Mundwinkeln herab. Vielleicht hätte ich das Fleisch länger braten sollen, aber die Kinder mögen es so. Und es ist doch schön, wenn es den Kindern schmeckt.

»Zocken wir nachher auf der alten Möhre?«, fragt Finn. Fleischfetzen fliegen aus seinem Mund und landen auf dem Tisch.

»Finn, mach bitte den Mund zu beim Essen«, mahnt meine Frau.

»Hab ich ja«, sagt er und ahmt dabei Lillys zuckersüßes Stimmchen nach.

Wir müssen lachen, auch Lilly amüsiert sich.

»Okay Finn, vor dem Schlafen gehen machen wir kurz den *Mega Drive* an. Aber du musst noch den Fernseher von draußen holen.«

»Warum immer ich?«

»Weil du mein Sohn bist. Und spielen willst.«

»Okay«, grummelt Finn, nicht wirklich genervt.

Ich lächle meinen Kindern zu.

Meine Frau sieht mich mit einem Blick an, der besagt, dass wir nachher ebenfalls ein Spielchen spielen werden, wenn die Kinder im Bett sind. Allerdings ein ganz anderes.

Ich zwinkere meiner Frau verschwörerisch zu.

Sie muss lachen.

»Was ist, Mama?«, fragt Lilly.

»Haben wir was nicht mitgekriegt?«, fragt Finn.

»Alles ist in bester Ordnung«, sage ich und meine es auch so.

Schluss. Aus. Ende. Keine Diskussion.

Dank an

Anna Lena Friedrichs, Stefan Klink, Malte Kramer,
Nicole Krause, Martin Mellen, Philipp Mesterschmidt,
Carsten Panitz und Aïsha Noomi Stief.

Milton Keynes UK
Ingram Content Group UK Ltd.
UKHW010009240823
427351UK00004B/188